LES COULEURS
DU CRIME

DU MÊME AUTEUR

La chasse est ouverte, Michel Lafon, 2002.
Mister Perfect, Michel Lafon, 2001.

LINDA HOWARD

LES COULEURS DU CRIME

traduit de l'américain
par Bénédicte Mayol

l'Archipel

Ce livre a été publié sous le titre
Now you see her
par Pocket Books, New York, 1998.

Si vous désirez recevoir notre catalogue et être tenu au courant de nos publications, envoyez vos nom et adresse, en citant ce livre, aux Éditions de l'Archipel,
34, rue des Bourdonnais, 75001 Paris.
Et, pour le Canada,
à Édipresse Inc., 945, avenue Beaumont,
Montréal, Québec, H3N 1W3.

ISBN 2-84187-381-1

Prologue

Clayton, État de New York

Cette journée du 3 septembre s'annonçait magnifique. Sweeney se gara sur le parking du supermarché et descendit de voiture. Le ciel, d'un bleu saisissant, la laissa bouche bée.

Il était peu de couleurs qui eussent encore des secrets pour elle. Pourtant, cette nuance d'azur l'émerveilla par sa texture et sa profondeur inouïes. Saurait-elle la reproduire ? Elle imagina plusieurs mélanges de pigments, sans parvenir à récréer, en pensée, cette teinte sublime. La jeune femme se perdit de nouveau dans la contemplation du ciel. Après quoi elle reporta son attention sur le parking. Une vive lumière l'éblouit et elle cligna des yeux devant une curieuse apparition : un enfant, en deux dimensions…

Son sang se figea.

L'enfant était décédé. La jeune artiste avait assisté à sa mise en terre, quelques semaines plus tôt. Or, par cette journée ensoleillée, le disparu traversait le parking du supermarché… en trottinant derrière sa mère. Sue Beresford tenait un sac d'une main ; de l'autre, elle serrait la menotte de Corbin, son fils cadet, âgé de quatre ans. Sue avait les traits tirés, les yeux cernés : Sam, son aîné, était mort d'une leucémie un mois auparavant.

Pourtant, Sam marchait derrière elle !

Sweeney resta clouée sur place tandis que le gamin de dix ans tentait désespérément d'attirer l'attention de sa mère.

— Maman ! répéta Sam Beresford, d'une voix angoissée.

Sue poursuivit sa route sans répondre, entraînant Corbin à sa suite. Sam agrippa la chemise de Mrs Beresford, mais le tissu lui échappa. Il regarda Sweeney, laquelle vit sa frustration, sa perplexité, sa peur.

— Elle ne m'entend pas ! déclara-t-il d'une voix grêle qui semblait sortir d'un haut-parleur défectueux.

Sam reprit sa course, dans le vain espoir de rattraper sa mère. L'enfant portait un short. Ses petites jambes nues avaient un aspect fluorescent.

Sweeney vacilla, en proie à une vive émotion, le souffle coupé. Elle posa ses mains sur le capot de sa voiture. La frêle silhouette grimpa dans l'auto de sa mère et se faufila sur la banquette arrière. Sue s'installa au volant, puis démarra. La petite figure translucide de Sam s'encadra dans la lunette arrière. Le garçon salua Sweeney d'un signe de la main. Impulsivement, elle lui répondit.

Un fantôme, pensa-t-elle. Je viens de voir un fantôme !

1

New York
Un an plus tard

C'était une chose que de croire à l'existence des fantômes, mais c'en était une autre que de croiser des revenants dans la rue – a fortiori quand on les avait connus de leur vivant. Sweeney habitait New York depuis un an. Auparavant, la jeune femme avait vécu à Clayton, une petite ville où elle connaissait de vue la plupart des gens, les vivants comme les morts… A New York, ils lui étaient tous inconnus, aussi pouvait-elle feindre de ne pas voir les visages translucides qu'elle croisait dans la rue.

Le petit Sam Beresford avait été le premier disparu qui lui fût apparu. Ces manifestations de l'au-delà restaient imprévisibles, mais Sweeney y répondait à chaque fois, si bien que les habitants de Clayton n'avaient pas tardé à la regarder d'un drôle d'air. La jeune femme avait déménagé avant qu'on ne la montre du doigt.

La mégapole lui convenait mieux. Et il y faisait plus chaud… En effet, depuis qu'elle voyait des fantômes, elle souffrait d'hypothermie. Ce phénomène déplaisant, qui durait depuis un an, allait empirant.

Ce jour-là, un matin de septembre, Sweeney frissonna dès le réveil. La jeune artiste se leva, ôta son pyjama à la hâte et enfila un survêtement. Elle se rendit dans la cuisine. La première tasse de café la réchauffa. La deuxième lui arracha un soupir de bien-être. Elle s'apprêtait à se resservir quand le téléphone sonna.

Qui donc pouvait bien l'appeler à – Sweeney regarda la pendule – 7 h 43 ? Elle reposa sa tasse avec irritation et décrocha le téléphone mural.

— C'est Candra ! annonça une voix chaleureuse. Je m'excuse de vous appeler si tôt, mais je voulais être sûre de vous trouver chez vous.

— Bien vu ! répondit Sweeney, finalement ravie de ce coup de fil.

Candra Worth, qui dirigeait la galerie où exposait Sweeney, eut un rire sensuel.

— Pourriez-vous passer vers 13 heures ? J'aimerais vous présenter des amis, les McMillan. Ils souhaitent qu'on fasse leur portrait. J'ai aussitôt pensé à vous.

— Vous pouvez compter sur moi, lui affirma Sweeney, bien qu'elle eût préféré travailler toute la journée sans s'interrompre.

— Parfait. Alors à tout à l'heure.

Sweeney raccrocha, frissonnante, et se resservit du café. L'idée de rencontrer des clients potentiels ne l'amusait pas, mais elle avait besoin de ce travail. Peu après que la jeune femme eut commencé à voir des revenants, sa peinture avait pris une orientation bizarre. Ses paysages et autres natures mortes, d'un classicisme léché, avaient laissé place à une créativité tumultueuse. Ce qui l'inquiétait. Ses couleurs, qui avaient toujours eu la translucidité des aquarelles, alors même qu'elle peignait à l'huile, étaient devenues presque violentes, peu réalistes. Elle n'avait rien montré à Candra depuis des mois, et même si ses anciennes œuvres se vendaient encore, il lui faudrait bientôt renouveler le stock disponible à la galerie.

Sweeney n'appartenait pas à l'avant-garde, et devait à Candra d'obtenir des travaux annexes. La directrice de la galerie Worth la mettait en rapport avec les clients appréciant une approche plus traditionnelle de la peinture et lui assurait ainsi un revenu régulier, presque lucratif. Par ailleurs, lorsque l'artiste avait émis le désir de quitter Clayton, un an plus tôt, c'était Candra qui lui avait trouvé un appartement.

Au départ, Sweeney n'avait pas souhaité vivre à New York, même si les températures y étaient plus clémentes qu'à Clayton, qui se trouvait au bord du Saint-Laurent, à l'est du lac Ontario. Elle avait d'abord envisagé de s'installer à Miami, mais Candra avait su la convaincre et elle ne le regrettait pas. Elle ne connaissait personne dans cette grande ville. Aussi, lorsqu'elle croisait des fantômes, ne se sentait-elle nullement tenue de les saluer. New York recelait par ailleurs une mine de personnages – vivants, ceux-là. Cette multitude de visages fascinait Sweeney, qui les observait à l'envi. La jeune femme réalisait de plus en plus de portraits. Grâce à cette activité, elle parvenait à maintenir son découvert bancaire dans des limites acceptables.

Sweeney payait un loyer raisonnable pour une aussi grande ville. Elle occupait un appartement dont le propriétaire n'était autre que le mari de Candra. Richard Worth avait fait fortune à Wall Street et ne devait sa réussite qu'à lui-même. Sweeney l'avait rencontré à deux ou trois reprises, mais s'était à chaque fois tenue aussi éloignée que possible du personnage, qu'elle trouvait plutôt intimidant. C'était le genre d'homme qui ne devait pas hésiter à briser quiconque se plaçait en travers de son chemin. Aussi Sweeney gardait-elle ses distances avec lui.

L'immeuble, assez vétuste, était situé dans un quartier sans grand intérêt. Cependant, le quatre pièces qu'elle occupait possédait d'immenses fenêtres. Elle songeait parfois qu'elle se serait volontiers contentée d'une grange, à condition toutefois qu'elle offrît une aussi belle lumière – et le chauffage central.

Le café avait eu raison de ses frissons. Cette impression de froid, qui ne la quittait pas de la journée, était à son comble le matin. Sweeney aurait volontiers consulté un médecin, mais chaque fois qu'elle s'imaginait décrivant ses symptômes, son bon sens l'arrêtait. « Depuis un an environ, j'ai la capacité de voir des fantômes. Depuis, je grelotte tout le temps. Oh ! et puis les feux passent au rouge dès que je m'apprête à traverser. Mes plantes fleurissent hors saison. Dites-moi ce qui ne va pas, docteur. »

Impensable ! On l'avait assez montrée du doigt dans son enfance. Être une artiste la singularisait déjà. Elle ne tenait pas de surcroît à passer pour folle.

L'année qui venait de s'écouler avait été éprouvante à bien des égards pour Sweeney. Tous ces phénomènes étranges survenus dans sa vie l'avaient destabilisée. Elle-même avait changé, même si elle parvenait encore à le cacher aux autres. Et pour couronner le tout, elle semblait à présent s'égarer dans son art.

Elle alluma la télévision et prépara son petit déjeuner – des corn-flakes sans lait, celui-ci étant froid. Une publicité pour le Coca Light conclut agréablement son repas. L'acteur vedette du spot était affreusement sexy. A la fin, la jeune femme transpirait presque. Peut-être avait-elle trouvé le remède à son hypothermie : s'installer plus souvent devant le petit écran.

Après avoir travaillé plusieurs heures dans son atelier, Sweeney se souvint qu'on l'attendait à la galerie. Elle se surprit à mettre une jupe, elle qui ne portait que des jeans. Une tache rouge vif attira son regard dans sa penderie. Sweeney repoussa les cintres vers le fond et décrocha un pull-over de sa tringle. On lui avait offert ce chandail pour Noël, trois ans plus tôt. Elle ne l'avait jamais mis et n'avait même pas enlevé les étiquettes. C'était l'occasion de l'étrenner.

Un coup de brosse à sa crinière rebelle ne lui ferait pas de mal non plus. Elle considéra les choix possibles : une queue-de-cheval qui lui donnerait des airs d'écolière ; un chignon dont s'échapperaient des mèches aguicheuses ; ou bien les cheveux dénoués. Elle opta pour cette dernière solution, et s'employa à discipliner ses longues boucles rebelles du mieux qu'elle put.

Sweeney tenait cette chevelure de sa mère, laquelle avait une prédilection pour les teintures rousses et les tenues voyantes. Sa fille, en réaction contre cette débauche de couleurs, avait toujours gardé sa teinte naturelle, le châtain. Une couleur moins tape-à-l'œil, mais rehaussée de quelques reflets flamboyants qui lui valaient des regards admiratifs.

Lorsqu'elle fut prête, Sweeney étudia son reflet dans la glace d'un œil critique. Elle jugea sa mise discrète. Mince, de taille moyenne, elle avait les yeux bleus et, à trente et un ans, une peau parfaitement lisse. Sa jupe noire s'arrêtait juste au-dessus du genou. Ses chaussures, bien que confortables, restaient élégantes. Quant au chandail rouge… il se révélait magnifique. Sweeney faillit l'enlever, puis se ravisa : cette couleur lui plaisait trop.

Un maquillage léger semblait s'imposer. Elle se limita à du mascara et à du rouge à lèvres – afin de ne pas ressembler à une pute… ou à sa mère, lui souffla son inconscient. Sweeney méprisait et l'apparence et le comportement de celle-ci. Que toutes deux soient artistes instaurait une ressemblance suffisante à son goût.

Elle choisit deux portraits qu'elle avait réalisés récemment et les glissa dans une chemise afin de montrer son travail au couple que voulait lui présenter Candra.

Son *book* sous le bras, Sweeney prit le chemin de la galerie. Le soleil lui procura une délicieuse sensation de chaleur. Les New-Yorkais étaient habillés comme en été, excepté les hommes d'affaires, qui semblaient ne jamais quitter leurs costumes et leurs cravates, pas même pour dormir. C'était un plaisir que de marcher par ce beau temps. Sweeney arriva au carrefour où se tenait son marchand de hot-dogs favori et s'arrêta devant sa boutique ambulante.

Toujours souriant, le visage du vieil homme respirait la bonté.

— Les vieux comme moi devraient laisser la place aux jeunes ! avait-il lancé à Sweeney, la semaine précédente, après lui avoir avoué son âge – soixante-huit ans.

Le marchand ne semblait pourtant pas disposé à se retirer. Elle l'avait remarqué la semaine où elle était arrivée à New York. Depuis lors, elle passait le plus souvent possible devant la boutique du vieillard, dont les traits la fascinaient.

Sweeney avait fait quelques esquisses de lui, à la hâte cependant : elle ne tenait pas à ce qu'il le remarque et perde son naturel. Elle n'avait pas réussi à rendre son expression – celle d'un homme en paix avec le monde, et qui savourait la vie. C'était cette absence de cynisme, cette fraîcheur enfantine que la jeune femme mourait d'envie de reproduire sur une toile.

— Tenez, Sweeney !

L'homme lui tendit son hot-dog, en échange de quoi elle lui donna un dollar. Elle coinça sa pochette contenant ses dessins entre ses jambes et arrosa le sandwich de moutarde.

— Vous êtes toute belle, aujourd'hui. Un rendez-vous galant ?

Sûrement, oui. Elle n'avait pas eu de rendez-vous avec un homme depuis… au moins deux ans. Probablement plus. Sans qu'elle en éprouve le moindre regret.

— Le boulot, répondit-elle en mordant dans son sandwich.

— Dommage, dans une tenue aussi sexy !

Le vieil homme fit un clin d'œil à Sweeney, que ce compliment étonna.

Elle, sexy ! La jeune femme préférait s'immerger dans son travail. Pourquoi s'inquiéter de l'opinion – ou de la fidélité – d'un amant à son égard ?

A l'université, Sweeney avait sacrifié au rituel amoureux, plus par conformisme qu'autre chose. Elle n'avait pas ressenti d'émoi sensuel depuis… eh bien depuis le matin même ! La publicité pour le Coca Light l'avait curieusement troublée. Ces émotions tardives la déconcertaient, elle qui s'était crue jusque-là maîtresse de ses sens – elle n'oubliait pas que les pulsions sexuelles gâchent la carrière artistique de tant de femmes, ou du moins la relèguent au second plan.

— Vous allez tous les tomber, dans une tenue pareille ! insista le marchand de hot-dogs, adressant à Sweeney un nouveau clin d'œil.

Curieux. Elle n'aurait jamais pensé que cette jupe toute simple et ce pull puissent la mettre à ce point en valeur. Le rouge du chandail, sans doute. Les New-Yorkais s'habillent en noir. Sweeney se demandait parfois si un seul habitant de cette ville possédait ne serait-ce qu'un vêtement d'une autre couleur. Je dois ressembler à un cardinal parmi une nuée de corbeaux, songea-t-elle. Sans compter que sa coiffure ajoutait à son élégance. Elle portait même des boucles d'oreille…

La jeune femme poursuivit son chemin. La galerie se trouvait cinq cents mètres plus loin – juste le temps de finir son sandwich. Il convenait de faire impression sur les McMillan.

Candra veillait aux intérêts de ses artistes – y compris les moins cotés, dont Sweeney. Mrs Worth savait de plus attirer les clients. Il y allait des bénéfices de sa galerie. Elle n'avait pourtant pas à se préoccuper de sa situation financière ; la fortune de son mari pourvoyait à ses caprices les plus dispendieux.

Le visage de Richard Worth s'imposa à Sweeney, qui en ressentit un certain malaise. Elle aurait aimé faire le portrait de Mr Worth, mais elle s'imaginait mal le lui demander. Ses traits étaient anguleux, son regard acéré… Elle l'imaginait sur les docks, ou bien au volant d'un poids lourd – mais pas dans un costume italien à trois mille dollars.

Candra et son mari paraissaient si mal assortis ! Mrs Worth était une femme distinguée, mais son élégance – cheveux châtains mi-longs, yeux noisette, tailleurs de grands couturiers – était commune à des milliers d'Américaines. Son charme résidait dans sa nature avenante. Richard, lui, se montrait beaucoup plus froid que son épouse. Tous deux étaient mariés depuis dix ans. Sweeney, qui les avait vus ensemble en diverses occasions, s'interrogeait sur leur relation. L'homme d'affaires paraissait trop glacial, trop stakhanoviste pour plaire à une femme chaleureuse comme Candra, mais il arrive que des êtres très différents s'entendent bien. Richard cachait sans doute des facettes de sa personnalité.

Comme Sweeney arrivait au coin de la rue, le feu changea de couleur, autorisant les piétons à traverser. Elle s'était habituée à de tels privilèges. Certains conducteurs paraissaient sidérés par la brièveté du feu vert, ce qui ne manquait jamais de l'amuser. Elle se retenait à chaque fois de leur adresser un sourire narquois.

Elle finit de manger son hot-dog, jeta le papier dans une corbeille et s'essuya la bouche. Les passants allaient, le visage fermé – ou bien parlaient dans leurs téléphones portables, évitant tout contact visuel avec leurs semblables. Ce qui permettait à Sweeney de les observer à son gré. A New York, même les fantômes se montraient peu communicatifs.

Cette variété de visages restait une source d'inspiration constante pour l'artiste qu'elle était. Alors qu'à Paris… Ce nom seul suffisait à l'agacer. La capitale française comptait une foule d'artistes imbus d'eux-mêmes – comme sa mère. Sweeney se sentait exclue de la communauté artistique parisienne – de même que des milieux de l'art new-yorkais. Cependant, dans la mégapole américaine, la jeune femme jouissait d'un merveilleux sentiment d'anonymat. Sweeney ne comptait pas passer sa vie à New York, mais pour l'heure, elle s'y plaisait.

La galerie se nichait, discrète, derrière deux doubles-portes vitrées. Celles qui donnaient sur la rue étaient à l'épreuve des balles, selon la volonté de Richard Worth. Elles arboraient une inscription simple, en petits caractères : « Galerie Worth. » Sweeney approuvait une telle sobriété.

On ne pouvait pénétrer dans les lieux sans remarquer Kai. Cet Adonis justifiait le déplacement à lui seul. Il occupait le poste de réceptionniste, mais sa fonction n'était pas clairement définie. Le jeune homme plaisait aux clientes. Il avait des cheveux mi-longs, d'un noir de jais. Ses yeux bridés, ses pommettes saillantes, sa bouche sensuelle – sans doute était-il d'origine polynésienne – lui valaient de poser pour des photographes et lui assuraient quelques revenus supplémentaires. Le soir, il suivait des cours d'art plastique. Un garçon très occupé.

Sweeney soupçonnait Kai et Candra d'avoir une liaison. L'exercice de la peinture avait aiguisé son sens de l'observation et elle avait surpris entre eux, à plusieurs reprises, un échange de regards suspects, et même suggestifs. Sweeney se demandait si le réceptionniste était amoureux de la directrice de la galerie. Dans l'affirmative, Candra ne pourrait s'autoriser à répondre à de tels sentiments : les dollars de Richard éclipsaient le charme de Kai.

Le jeune homme se leva de son fauteuil et contourna son bureau, d'où il surveillait les allées et venues dans la galerie. Il se dirigea vers Sweeney, tout sourire.

— Sweeney. Oh Seigneur !

Le play-boy reluqua la plasticienne de la tête aux pieds.

— Vous êtes vraiment sexy ! déclara-t-il, admiratif.

En l'espace de dix minutes, deux hommes avaient complimenté Sweeney sur son sex-appeal. Le chandail, sans doute. Elle se promit de remiser ce vêtement au fond de sa penderie. Et cela bien qu'elle adorât cette nuance de rouge.

— Les McMillan ne sont pas arrivés, lui annonça le réceptionniste, qui toucha son coude, puis effleura l'intérieur de son bras du bout des doigts. Voulez-vous une tasse de thé, en attendant ?

Le don Juan réservait d'ordinaire ce genre d'égards aux clients. Sweeney s'alarma. Le rouge semblait avoir des effets ravageurs sur la gent masculine. Or les hommes n'apportaient que des soucis. Sweeney se savait solitaire, et heureuse de l'être.

Mais elle boirait volontiers une tasse de thé.

— De l'Earl Grey, avec un morceau de sucre roux.

— Tout de suite.

Le jeune homme disparut dans la petite alcôve où l'on préparait les boissons. Sweeney regarda autour d'elle et s'étonna de ne pas voir Candra. On attendait les McMillan d'une minute à l'autre et la directrice de la galerie aurait déjà dû être là. Elle accueillait toujours ses clients elle-même.

Sweeney admira les lieux. Un double escalier majestueux, au fond de la pièce, conduisait à l'étage supérieur. L'endroit était très lumineux. Mais toujours pas de Candra.

Kai reparut, une tasse en porcelaine de Chine à la main. Le parfum de la bergamote ravit Sweeney.

— Où est Candra ? demanda-t-elle en humant son thé.

— Dans son bureau, avec Richard.

Kai jeta un coup d'œil à la porte fermée.

— J'imagine que les transactions posent quelques problèmes, remarqua-t-il.

Sweeney fronça les sourcils, perplexe.

— Quelles transactions ?

Kai lui fit un clin d'œil.

— Le divorce, bien sûr.

— Le divorce ? !

Sweeney en resta abasourdie. Elle avait deviné que le mariage de Candra n'était pas sans nuages, mais les séparations lui donnaient un sentiment d'insécurité et lui rappelaient les multiples divorces de ses parents.

— Ne me dites pas que vous n'êtes pas au courant ! s'exclama Kai. La chose est dans l'air depuis presque un an. Depuis votre arrivée à New York, en fait.

Sweeney ne suivait même pas les campagnes présidentielles. Comment aurait-elle pu savoir que Candra divorçait ? Elle avait conclu un accord avec la directrice de la galerie, un accord qui profitait aux deux parties. Sweeney avait établi des rapports cordiaux avec Candra, sans toutefois se lier d'amitié avec elle. Il se pouvait, de plus, que Mrs Worth quittât son mari sans regrets : les couples se faisaient et se défaisaient constamment, dans les milieux de l'art. Sweeney se demandait d'ailleurs pourquoi ces gens prenaient la peine de se marier.

Ses propres parents totalisaient sept remariages à eux deux ! Sweeney avait un demi-frère du côté de sa mère. Celle-ci, estimant que la maternité l'éloignait de sa création, s'était fait stériliser après la naissance du garçon. Le père de Sweeney, quant à lui, avait continué à procréer sans vergogne. Il avait pour sa part mené de front une carrière de cinéaste et de père – il comptait six enfants de six femmes différentes ! Aux dernières nouvelles, il devait se remarier pour la septième fois, mais cette information datait de deux ans : il pouvait fort bien avoir épousé sa huitième femme dans l'intervalle, puis avoir renoué avec la quatrième – voire même avec la mère de Sweeney. La jeune femme n'avait que des contacts épisodiques avec sa famille.

— Candra a quitté son hôtel particulier de Manhattan peu après Noël, déclara Kai, qui se repaissait de ces commérages. Je m'en souviens parce qu'elle a organisé une fête dans son nouvel appartement au jour de l'an. Un vrai délire ! Vous ne vous rappelez pas ?

— Je sors très peu, répondit Sweeney.

Sa dernière fête remontait à son dixième anniversaire : elle s'était réfugiée dans sa chambre avant qu'on ne serve la glace, laissant les garnements que sa mère avait invités se chamailler entre eux.

En réalité, elle se sentait mal à l'aise dans ce genre de réunion. Elle craignait sans cesse de commettre un impair. Sa mère, toujours prompte à la dévaloriser, se plaisait à dire que sa fille avait la grâce d'un d'éléphant dans un magasin de porcelaine.

— Vous auriez dû venir à celle-ci, remarqua Kai, qui frôla encore une fois l'intérieur de son bras. Les canapés étaient exquis, le champagne coulait à flots, et il y avait tellement de monde qu'on ne pouvait plus circuler. C'était génial !

Génial... Sans doute n'avaient-ils pas la même conception de la fête, songea Sweeney. Elle écarta son bras du jeune homme. Ce don Juan n'avait pourtant jamais tenté de la séduire. Elle se promit, cette fois, de brûler le pullover rouge – autant employer les grands moyens.

— Excusez-moi, dit Kai, conscient que ses attentions ne produisaient pas l'effet escompté.

Puis il lui sourit.

— Vous êtes hyper sexy, Sweeney. Cela valait la peine d'essayer !

— Hum, marmonna-t-elle.

— Vous découragez les hommes, ma chère, mais si un jour vous changez d'avis, passez-moi un coup de fil.

Kai s'interrompit.

— Mais sinon, le travail, ça avance ?

Sweeney haussa les épaules.

— Je ne saurais le dire. Je peins des choses différentes. J'essaie de nouvelles techniques.

Ce n'était pas la vérité. Cependant, elle n'allait pas pleurer sur l'épaule de Kai. Il n'avait pas à savoir combien la nouvelle orientation que prenait la peinture de Sweeney perturbait celle-ci – ni à quel point elle s'avérait impuissante à endiguer le phénomène. Elle essayait de poursuivre dans la veine délicate et éthérée qui la caractérisait, mais elle avait perdu la main, semblait-il. Sweeney avait pris goût aux couleurs vives, presque criardes. Son optique changeait. Le résultat était choquant, déséquilibré. Elle en arrivait à douter de son talent, au point qu'elle n'avait pu se résoudre à montrer ses toiles à quiconque.

— Vraiment ? demanda Kai, intéressé. Vous avez quelque chose d'achevé ? J'aimerais voir ce que vous faites.

— J'ai terminé plusieurs tableaux, mais je ne me sens pas prête à les exposer.

— Il n'y a plus que deux tableaux de vous à la galerie. Nous avons vendu tous les autres. Il faudrait que vous nous apportiez quelque chose, Sweeney.

— Je sais.

Elle allait effectivement devoir s'exécuter. Et si ses nouvelles œuvres ne se vendaient pas, elle allait crever de faim, c'était aussi simple que cela. Mais comment espérer trouver des acheteurs si elle ne laissait personne voir ses toiles ?

Kai jeta un coup d'œil à sa montre.

— Les McMillan ne devraient plus tarder, déclara-t-il. J'espère que Richard sera parti avant qu'ils n'arrivent. Candra n'aime pas que son mari vienne à la galerie. Elle préfère le voir chez son avocate. Elle est furieuse après lui, en ce moment.

— Il refuse de divorcer ?

Kai parut perplexe.

— Difficile de savoir ce que veut Richard. Mais il se montre intransigeant et ces discussions perturbent Candra.

— Elle regrette peut-être sa décision. Et elle ne sait plus comment faire marche arrière.

— Oh, elle n'a jamais souhaité cette séparation ! s'exclama Kai, ravi de médire. D'après ce que j'ai compris, c'est Richard qui a demandé le divorce. Candra parle de consentement mutuel, mais cette rupture l'afflige, en réalité.

Sweeney se reprocha de prêter l'oreille à ces ragots. Elle se promit de résister au désir d'en apprendre davantage sur Richard et Candra.

La tentation était forte, toutefois. Les potins rendent la vie plus délectable – comme les sucreries.

La porte du bureau s'ouvrit. Sweeney se retourna et, l'espace d'un instant, se surprit à dévisager Richard Worth, comme hypnotisée par ses yeux noirs. Candra parut à son tour, l'air tendu. Elle attrapa Richard par le bras et le força à rentrer dans le bureau. Puis elle claqua la porte sur eux, refusant d'afficher le spectacle de ses déboires conjugaux.

— Oh, oh, jubila Kai, avec une satisfaction perverse. Ça va saigner !

2

Sweeney était comme étourdie. Elle ne comprenait pas vraiment ce qui venait de se produire, mais elle en ressentait les effets. L'espace de quelques secondes, elle avait éprouvé une attirance incroyable envers Richard Worth – qui, de son côté, l'avait dévorée du regard ! La jeune femme s'inquiéta de ce chatouillement délicieux dans son bas-ventre.

Encore une manifestation étrange, pensa-t-elle. Comme tous ces changements survenus dans sa vie depuis un an.

Les portes d'entrée s'ouvrirent. Kai eut ce sourire qu'il réservait aux clients.

— Sénateur McMillan, Mrs McMillan ! s'exclama-t-il, tout en se dirigeant nonchalamment vers eux. Quel plaisir de vous voir ! Puis-je vous offrir à boire ? Du thé, du café ? Quelque chose de plus corsé ?

Sweeney fit volte-face, tandis qu'une grande perche au look impossible déclarait d'une voix languide :

— Du thé.

Sa demande fut aussitôt étouffée par celle de son mari, qui lança avec autorité :

— Du café. Noir, s'il vous plaît.

A sa vive surprise, Sweeney reconnut le politicien. Elle ne suivait pas l'actualité, mais ce visage apparaissait souvent à l'écran. Le charisme de Carson McMillan lui avait valu de devenir sénateur de l'État de Washington. L'homme exerçait son second mandat. Il avait de l'argent, du charme, une grande intelligence et de l'ambition – tous les ingrédients requis pour postuler à la présidence des États-Unis.

Sweeney le détesta d'emblée.

Était-ce la suavité de ce type qui la rebutait ? Ou bien ce léger dédain qu'exsudait le séducteur patenté, tels ces effluves malodorants qui s'échappent des bouches d'égout ? Carson McMillan appartenait à cette catégorie de leaders politiques qui, en leur for intérieur, pensent que leurs électeurs sont tous des crétins.

Cela dit, l'homme avait de la prestance et dégageait une impression de puissance. Sweeney, qui se passionnait pour les visages, nota qu'il avait la mâchoire carrée des lutteurs de la Rome antique.

Elle décida toutefois qu'elle ne réaliserait pas son portrait. Elle ne tenait pas à passer une minute de plus en sa présence. Ce matérialiste arriviste n'attachait d'importance qu'à l'apparence. Il aurait fallu qu'elle porte des bijoux et des vêtements de prix pour se voir épargné ce regard condescendant, qui s'était par ailleurs outrageusement attardé sur ses seins. Elle faillit afficher son propre mépris, mais se ressaisit par respect pour Candra. Elle tourna les yeux vers la femme du sénateur, disposée à compatir à son égard.

Cette aspiration charitable s'avéra inutile. Mrs McMillan avait une trop haute opinion d'elle-même pour tolérer la sympathie d'un subalterne. Si le sénateur avait peaufiné le rôle qu'il jouait en public, son épouse, elle, n'avait pas pris cette peine. De toute évidence, son mari n'avait pas intérêt à s'intéresser à une femme plus belle ou plus jeune qu'elle – sa carrière n'y résisterait pas.

Mrs McMillan suivait les diktats de la mode : elle était très mince, stylée, et blasée. Ses cheveux blond platine étaient coupés au carré et laissaient entrevoir des boucles d'oreilles en or serties de diamants. En vraie New-Yorkaise, elle était vêtue d'une robe noire faussement austère qui la faisait paraître émaciée, et avait sans doute coûté aussi cher que toutes les possessions de Sweeney réunies.

Kai reparut avec un plateau chargé de tasses fumantes. Voyant que Sweeney se tenait près des McMillan, le jeune homme sacrifia à ses devoirs d'hôte.

— Pardonnez-moi, dit-il, je ne vous ai pas présentés. Sénateur McMillan, voici Sweeney, la portraitiste dont vous a parlé Candra. Sweeney, voici le sénateur Carson McMillan et sa femme, Margo.

Sweeney tendit la main à cette dernière, et eut l'impression d'être un chien donnant la patte. Ce qui n'avait rien d'exagéré, vu le regard que lui lança l'épouse du sénateur. Hautaine, celle-ci ne lui offrit que le bout de ses doigts. Si Carson McMillan postulait un jour à la présidence du pays, ses conseillers devraient s'atteler à une tâche considérable : faire de sa femme une personne aimable, et l'empêcher d'être un handicap dans sa campagne.

La poignée de main du sénateur, par contraste, s'avéra parfaite. C'est probablement la première chose qu'on apprend à un politicien, songea Sweeney : serrer la main de ses électeurs potentiels. Carson McMillan gâcha toutefois son effet en reluquant de nouveau les seins de Sweeney – ce maudit pull-over, pensa-t-elle.

La porte du bureau s'ouvrit et livra passage à Candra, dont la mine inquiète redevint aussitôt souriante lorsqu'elle aperçut les McMillan.

Richard Worth sortit derrière sa femme. Il observa les personnes présentes puis s'avança tranquillement dans leur direction. L'homme d'affaires se mouvait avec aisance, tel un athlète. Sweeney se rappela la publicité pour le Coca Light et imagina Richard nu sur un lit.

— Carson, Margo, comme c'est aimable à vous d'être venus !

La voix de Candra tira Sweeney de sa rêverie érotique. Elle détourna aussitôt les yeux du milliardaire, consciente de l'avoir longuement dévisagé. La jeune artiste sentit ses joues s'empourprer.

Candra s'avança vers le petit groupe. La minijupe de son tailleur beige orangé mettait en valeur ses jolies jambes gainées de soie.

Candra et Margo s'embrassèrent du bout des lèvres. La directrice de la galerie Worth déploya ensuite tout son charme au bénéfice du sénateur. Carson McMillan se pencha vers elle et déposa un baiser sur sa joue. Sweeney nota qu'il avait pressé brièvement les mains de Candra entre les siennes.

— Je vois que Kai vous a déjà offert à boire, nota Mrs Worth.

— Richard ! s'exclama au même moment le sénateur, dont la voix couvrit totalement celle de Candra.

Déjà quelques instants plus tôt, il avait parlé plus fort que son épouse. Sweeney se demanda si l'homme politique avait pour habitude d'interrompre les dames. Il tendit une main que Richard accepta comme à regret.

Carson McMillan alla jusqu'à recouvrir leurs deux poings de sa main libre, en un geste qui visait à convaincre.

— Quelle mine superbe !

— Bonjour sénateur, répondit Richard, laconique.

Sweeney devina que les deux hommes n'étaient pas les meilleurs amis du monde. Richard Worth broya la main du sénateur, dont les phalanges blanchirent.

Un bras de fer, songea-t-elle, fascinée.

— Comment vont les affaires ? s'enquit Carson McMillan, qui blêmissait, prisonnier de la poigne du milliardaire.

— Je ne me plains pas.

Une goutte de sueur apparut sur le front de McMillan. Richard, qui se fatiguait de ce petit jeu, lâcha brusquement la main de son interlocuteur, lequel parut se retenir de masser ses doigts endoloris.

Sweeney détesta encore plus le politicien à l'issue de cette joute absurde.

— Je crois que tu pars pour Rome, Margo, intervint Candra, très mondaine tout à coup.

— Nous ne partons plus. Carson a une réunion impromptue avec le président demain matin, répondit Mrs McMillan d'un ton suffisant.

Son mari se tourna de nouveau vers Richard. Sweeney se balançait d'un pied sur l'autre, impatiente de retrouver son atelier, sa maison, sa peinture. Les discussions en cours – Rome, la bourse – l'ennuyaient. La jeune femme se demandait pourquoi Richard Worth ne plantait pas là les McMillan. Elle évitait son regard, de crainte de se retrouver sous son charme.

— Je suis heureuse que vous ayez pu rencontrer Sweeney, déclara Candra.

La jeune peintre sursauta et regarda la galeriste, qui lui sourit.

— J'ai deux tableaux à elle ici, mais pas de portraits. Ces travaux-là se font sur commande.

Sweeney s'abstint de tout commentaire et serra sa chemise cartonnée. Elle n'avait nulle intention de montrer ses croquis aux McMillan.

— Peu importe, déclara Margo, d'une voix lasse. Puisque tu nous la recommandes, Candra, je suis sûre qu'elle conviendra. Ce qui m'intéresse, c'est le Van Dern dont tu m'as parlé... Je suis certaine que les couleurs iront très bien dans le salon.

Sweeney faillit lever les yeux au ciel. Van Dern était un arriviste dénué de talent, qui barbouillait des toiles et appelait cela de l'art. Curieusement, ce faiseur plaisait au public.

— Je n'en doute pas, assura Candra en indiquant d'un geste la direction du Van Dern.

Sweeney ne tenait pas à suivre le petit groupe.

— Il faut que je parte, lança-t-elle brusquement.

Elle avait besoin de l'argent des McMillan, mais elle s'entendit pourtant déclarer :

— Je suis navrée, mais je ne pourrai pas exécuter vos portraits, Mrs McMillan. J'ai déjà un engagement.

Sweeney avait peine à croire à sa propre audace. Du moins avait-elle inventé un mensonge charitable. Une gaffeuse n'aurait pas eu cette présence d'esprit.

— Quoi ? !

Margo McMillan en resta abasourdie. Malgré l'air alarmé de Candra, Sweeney ne prit pas le temps de la réflexion. Elle avait un seuil de tolérance assez faible à la bêtise humaine. Il lui fallait quitter les lieux, au risque d'embarrasser son amie. Elle tourna donc les talons et se dirigea sans tarder vers la sortie.

Elle tendit la main vers la porte en verre fumé. Un bras habillé de noir lui bloqua le passage.

— Laissez-moi vous ouvrir la porte, déclara une voix grave. Je m'apprêtais à partir, moi aussi. Au revoir sénateur, Mrs McMillan, Kai.

La jeune femme fut si surprise qu'elle en oublia de prendre congé. Elle se retrouva sur le trottoir avec Richard Worth, dont la présence la troublait autant que sa courtoisie. Sweeney éprouva de nouveau cette sensation délicieuse dans le bas-ventre et se surprit à désirer ardemment l'homme d'affaires. D'où lui venait cette sensualité débridée ?

— Sweeney ?

Richard passa la main devant les yeux de la jeune artiste, qui cilla, puis rougit : elle avait dévisagé Richard, tout en songeant au réveil de ses pulsions sexuelles.

— Excusez-moi. Vous disiez ?

Il eut un petit sourire.

— Je vous demandais si vous vouliez que je vous dépose. Il commence à pleuvoir.

Sweeney leva les yeux vers le ciel, comme de grosses gouttes s'écrasaient sur le bitume. Elle serra ses dessins contre elle, pour les protéger de la pluie.

— Avec plaisir, Richard. Où est votre voiture ?

— Elle arrive.

Richard Worth leva la main. Une Mercedes gris foncé s'avança sans bruit et stoppa à leur hauteur. Il ouvrit la portière arrière, posa, un bref instant, la main dans le dos de Sweeney. Ce contact était tellement inattendu ! Tellement plaisant ! Elle en frémit d'émotion, avant de se reprendre et de s'avancer sur la banquette en cuir beige.

Le milliardaire glissa son grand corps dans l'auto et s'assit à ses côtés.

— Nous ramenons Sweeney chez elle, Edward, lança-t-il à son chauffeur.

— Très bien, monsieur, répondit celui-ci avec une distinction toute britannique. Quelle est l'adresse de miss Sweeney ?

Richard la lui donna, tandis que la jeune femme s'efforçait de se détendre et de goûter le confort des sièges en cuir.

Puis la tentation l'emporta : elle jeta un coup d'œil à Richard, qui lui-même la regardait, tout sourire. Elle lui sourit à son tour.

— Votre seuil de tolérance à la bêtise doit être aussi bas que le mien, remarqua-t-elle, ce qui arracha un rire à son compagnon.

— J'ai cru que vous alliez tout casser sur votre passage, tellement vous étiez pressée de sortir !

— Je ne sais pas lequel des deux est le pire, du sénateur ou de sa femme. Ils m'ont autant déplu l'un que l'autre.

— Tout le monde l'a vu ! Sauf eux, bien entendu. Kai attendait que les choses dégénèrent, conclut Richard d'un ton neutre.

Sweeney se demanda s'il avait eu vent d'une liaison entre Candra et le jeune homme. Cela aurait pu le décider à divorcer. Richard Worth n'était probablement pas de ces hommes qui tolèrent l'infidélité, ou qui essaient de « surmonter le problème » au moyen d'une thérapie conjugale.

Il se mit soudain à pleuvoir à verse. Les passants se réfugièrent dans les entrées d'immeubles et les parapluies fleurirent comme des champignons. Sweeney adorait le bruit de la pluie, qui ce jour-là était particulièrement évocateur. Il la bouleversait, comme un solo de violoncelle. Un frisson la parcourut tout entière. Elle serra ses bras autour d'elle.

— Edward, montez le chauffage, s'il vous plaît. Sweeney a froid.

— Tout de suite, monsieur.

— Je n'ai pas vraiment froid ! protesta-t-elle.

Elle était complexée par cette frilosité anormale, et ne tenait pas à l'avouer.

— C'est juste qu'écouter la pluie me donne la chair de poule.

— Vous frissonniez, rétorqua Richard. Voulez-vous mettre mon manteau sur vos épaules ?

Il l'avait vue frissonner ! Il l'avait donc observée avec attention – et intérêt. Sweeney se demandait ce qui l'émouvait le plus : cette constatation ou la perspective d'être nichée dans le pardessus de l'homme d'affaires, de sentir sa chaleur, son odeur.

— Sweeney ? dit-il en agitant la main devant ses yeux.

Richard souriait.

— Oui ?

— Voulez-vous mon manteau ?

Il l'enlevait déjà.

— Oh, non ! Je suis navrée. Je me suis laissé emporter par mes pensées.

— J'ai remarqué.

En dépit de son refus, Richard Worth l'enveloppa dans le vêtement.

Elle faillit ronronner de plaisir. La sensation se révélait telle qu'elle l'avait imaginée : une chaleur sensuelle et réconfortante. Elle remonta le col du vêtement sur son nez de façon inconsciente, huma le tissu, respira l'odeur de Richard avec avidité, tel le fumeur qui allume sa première cigarette de la journée.

— Il fallait que je fasse quelque chose pour cacher ce pull-over, déclara-t-il d'un ton badin.

— Ce chandail est maudit. Je le brûlerai dès que je serai rentrée chez moi !

— Ne prenez pas cette peine. C'est ce qu'il y a en dessous qui fait des ravages.

Alors lui aussi…

Sweeney se figea sur son siège et détourna les yeux de Richard, affolée à l'idée de ce qu'elle pourrait lire dans son regard. Il la trouvait désirable, et son désir flattait Sweeney, contrairement à la lubricité des autres hommes. Elle était réellement tentée – sans pour autant se sentir prête à succomber.

Pourtant, l'envie de le contempler, d'étudier ses traits, était presque irrépressible. Elle se surprit à fixer les mains de Richard. Des mains à la fois viriles et racées. Qui lui rappelèrent celles du David de Michel-Ange. Carson McMillan avait été stupide de vouloir se mesurer à ces mains-là.

Sweeney ricana au souvenir de la défaite du politicien.

— Je parie que le sénateur n'essaiera plus de vous broyer la main ! s'exclama-t-elle avec malice.

Richard Worth haussa les sourcils.

— Vous avez remarqué cet affrontement puéril ?

— Oui. C'était amusant. McMillan s'est mis à transpirer. J'avais envie d'applaudir !

Richard rit. Il regarda par la fenêtre, vit qu'ils étaient presque arrivés.

— Ce voyage n'aura pas duré longtemps, déclara-t-il, déçu.

Sa compagne ne lui avoua pas pourquoi les feux avaient tous viré au vert à leur approche, ni pourquoi les voitures s'étaient écartées sur leur passage.

— Voulez-vous dîner avec moi ce soir ? lui demanda-t-il.

Richard se tourna vers Sweeney. Sa jambe frôla celle de la jeune femme, et ce contact l'embrasa tout entière. Elle eut une envie soudaine de réduire encore la distance entre eux, pour voir comment il saurait la réchauffer. Très bien, sans doute.

— Oh mon Dieu, non !

Il rit de nouveau.

— Merci de prendre des gants !

Sweeney rougit comme une adolescente. La diplomatie n'était pas son fort.

— Je ne voulais pas dire que… mais vous compliqueriez ma vie. Vous exigeriez du temps, des relations intimes, or j'ai suffisamment à faire en ce moment.

Richard éclata de rire. Sweeney réfléchit à ce qu'elle venait de dire. Elle s'enferra dans sa franchise.

— Et puis il y a Candra. Elle m'a toujours soutenue. Je ne pense pas que ce soit une bonne idée, bien que vous soyez séparés depuis presque un an.

Richard resta silencieux une minute, les yeux rivés sur Sweeney. Il affichait une expression indéchiffrable.

— Je renouvellerai ma proposition, finit-il par dire.

Cette promesse sonnait comme une menace. Richard Worth n'était pas du genre à accepter une défaite.

— Comme vous le voulez, répondit Sweeney, tandis que la Mercedes s'immobilisait devant son immeuble. Mais je refuserai.

Elle enleva le manteau du milliardaire, le lui rendit et mit la main sur la poignée de la portière.

— Ne soyez pas ridicule, dit-il en mettant sa main sur celle de Sweeney. Pourquoi vous faire tremper ? J'ai un parapluie ! Je vais vous reconduire jusqu'à la porte.

— Ça ira, merci.

— Et votre chemise ?

La pluie tombait fort, effectivement.

Sweeney lui lança un regard de reproche.

— N'ayez pas l'air aussi satisfait, grommela-t-elle, sachant qu'il l'avait piégée.

Richard ébaucha un sourire, tendit la main vers le parapluie.

— Vous n'avez pas idée, chérie, de l'air que j'ai quand je suis satisfait !

Non, mais elle l'imaginait – et cette vision lui noua la gorge. Richard se pencha vers elle et embrassa ses lèvres. Un baiser léger – mais dévastateur.

— Pensez-y, souffla-t-il.

Après quoi il poussa la portière, ouvrit le parapluie et sortit de la voiture.

— Pensez-y, répéta-t-elle en le singeant, ce qui lui arracha un nouvel éclat de rire.

Comme Sweeney glissait sur la banquette, sa jupe remonta sur ses cuisses. Qu'il profite de la vue, pensa-t-elle, car il ne fera jamais que regarder.

Ils coururent jusqu'à la porte d'entrée. Puis l'homme d'affaires regagna sa voiture au pas de course. Et Sweeney son univers. Un monde solitaire, inaccessible à la tentation.

3

« Pensez-y. » Elle y avait pensé – des images enivrantes. Les autres hommes n'avaient rien eu de remarquable. Sweeney les chassait de son esprit à sa guise, oubliant le désir qu'elle avait eu d'eux.

Richard, lui, l'obsédait.

La jeune femme arpentait son atelier, incapable de peindre. Sa métamorphose l'inquiétait : ce goût soudain pour les couleurs violentes, ces pouvoirs surnaturels, ces pulsions sexuelles. Elle se résolut à accepter ces changements, même s'ils s'avéraient troublants.

L'image du marchand de hot-dogs lui vint à l'esprit et la pensée de ce vieil homme souriant l'attendrit. Elle imagina son visage à divers âges de la vie. Elle eût aimé réaliser un portrait du vieillard dans lequel l'enfant, l'adolescent et l'homme de trente ans auraient transparu. Elle se munit de son carnet de croquis, tout en sifflotant.

Nombre d'artistes effectuent des esquisses rapides de leur sujet. Sweeney, plus perfectionniste, se plaisait à représenter les ombres et autres détails. A sa grande satisfaction, elle parvint à rendre l'expression presque enfantine du vieil homme. Elle dessina avec justesse, avec plaisir, avec aisance. Ce qui ne lui était pas arrivé depuis longtemps.

Le marchand de hot-dogs s'appelait Elijah Stokes. Ce soir-là, il ferma sa boutique à l'heure habituelle, remplit un bulletin de dépôt, puis se rendit à la banque. Le vieillard aurait pu glisser son document dans la boîte aux lettres de l'établissement, mais il préférait avoir affaire à des humains qu'à des objets. Il lui plaisait de ressortir de la banque, son récépissé tamponné dans la poche. Dès qu'il rentrait chez lui, Elijah classait le reçu dans un dossier. Être ordonné lui évitait de perdre du temps.

Mr Stokes avait été marié quarante-quatre ans avec la même femme, jusqu'à la mort de celle-ci, cinq ans plus tôt. Ils avaient eu deux fils, aujourd'hui mariés et pères de famille. Elijah leur avait offert les meilleures universités et ses enfants exerçaient à présent des professions honorables. Le vieil homme avait rempli son rôle de père, ce qui lui procurait un certain apaisement.

Il aurait pu fermer boutique bien plus tôt. Il avait effectué des investissements astucieux et réalisé un capital. Il continuait à placer de l'argent, qui un jour reviendrait à sa famille et contribuerait à financer les études de ses petits-enfants. Elijah avait fixé l'âge de sa retraite à soixante-dix ans.

Comme le vieillard rentrait chez lui, il se remit à pleuvoir. L'automne arrivait. Elijah aimait cette saison, ainsi que le printemps, et ses températures clémentes. Le froid de l'hiver new-yorkais le glaçait jusqu'aux os. Il avait déjà envisagé de s'installer dans le Sud. Douce illusion : il ne trouverait jamais le courage de s'éloigner de sa famille.

Il lui restait à traverser un quartier mal famé avant d'arriver chez lui. Ses enfants le pressaient de déménager, mais le vieil homme habitait le même immeuble depuis la naissance de son aîné. Il demeurait attaché à ses souvenirs. Sa femme avait arrangé l'appartement avec goût et il témoignait une fidélité sans faille à ce décor désuet, dont chaque détail lui rappelait sa défunte épouse.

Habituellement, Mr Stokes ouvrait l'œil sur la dernière partie du trajet. Ce jour-là, il se montra moins vigilant. Un voyou jaillit d'une ruelle, lui bloqua le passage, les yeux brillants de haine. Une vive douleur explosa dans le crâne d'Elijah avant même qu'il pût voir son agresseur.

Le vieil homme s'écroula sur le bitume. Le délinquant se pencha sur lui, le traîna dans la ruelle, à l'écart des passants. Puis, alors même que le vieillard était incapable de se défendre, il le frappa sauvagement avec une batte de base-ball. Il lui fit ensuite les poches, s'empara des billets de banque qu'il trouva dans son portefeuille et prit la fuite. L'opération avait duré vingt secondes. Le type avait un certain entraînement.

Elijah gisait dans la ruelle, sentant la pluie tomber sur son visage – sensation toutefois très atténuée. Dans un dernier éclair de lucidité, il sut qu'il allait mourir. Il voulut penser à ses enfants, mais son cerveau refusa de coopérer. Sa femme lui apparut, avec son sourire d'ange. Cela suffit à Elijah Stokes pour partir heureux.

— Voici *Jeopardy !* coassa le présentateur.

Sweeney s'installa dans son fauteuil, un grand bol de pop-corn sur les genoux. On présenta les trois joueurs. Comme chaque fois, elle observa leurs visages sans entendre leurs noms. Celui du milieu va gagner, se dit-elle. Sweeney se plaisait à deviner qui allait l'emporter. Ces derniers temps, elle relevait même ce défi un peu trop facilement à son goût.

Alex Trebek énuméra les questions par genre.

— Auteurs de romans policiers.

— Dick Francis, répondit Sweeney à voix haute, en croquant un grain de maïs soufflé.

— Boissons fortes.

— Absinthe.

— Royauté anglaise.

Charles II, songea-t-elle. Vraiment trop simple.

— Science.

— Fission de l'atome – à tous les coups.

— États américains.
— Delaware. Évident.
— Et finalement, l'infiniment petit.
— Les quasars, bien sûr !

Sweeney s'amusait de même à trouver les réponses avant que le présentateur ne fournisse des indices aux joueurs. Depuis peu, elle s'avérait très douée pour cette gymnastique mentale.

Le jeu se poursuivit. Les réponses de Sweeney aux cinq premières questions furent exactes. La jeune femme coupa le son du téléviseur, nerveuse. Elle se leva, se posta devant la fenêtre, regarda la pluie tomber. Ordinairement, ce spectacle l'apaisait. Ce soir, toutefois, la magie ne fonctionna pas.

Son désir très vif pour Richard Worth la perturbait, mais cette émotion était sans rapport avec son état d'âme du moment. La jeune femme se sentait triste. Et cela sans raison particulière.

Elle tenta de dessiner, mais ne parvint pas à se concentrer. Elle s'installa sur son canapé avec un livre. Après une heure de lecture, elle se sentit gagnée par la fatigue. Il n'était que 21 heures, mais elle avait sommeil. Elle se coucha.

Sweeney se glissa dans son lit avec délice, tandis que la pluie tombait sur les carreaux. La couverture électrique avait chauffé la place. Rien de comparable au manteau de Richard Worth, certes, mais la sensation n'en demeurait pas moins très agréable. Elle posa la tête sur l'oreiller et s'endormit quelques minutes plus tard.

Peu après minuit, elle s'agita dans son sommeil et repoussa ses couvertures. Elle marmonna des paroles incompréhensibles, battit des paupières. Sa respiration s'accéléra, comme si elle venait de courir.

Après quoi elle se calma. Son souffle s'apaisa.

Dix minutes plus tard, son cœur se remit à cogner dans sa poitrine. Sweeney ouvrit les yeux, sortit de son lit et traversa l'appartement sans allumer la lumière. La clarté des réverbères lui suffit pour contourner divers obstacles, puis pour s'orienter dans son atelier.

Elle posa une toile vierge sur un chevalet. D'un geste précis, elle pinça un tube de vermillon, étala la peinture sur sa palette. Le premier coup de brosse laissa une traînée de rouge brillant sur la surface blanche. Son choix se porta ensuite sur un tube de noir.

La jeune femme travailla pendant deux heures. Son pinceau se mouvait avec aisance. Elle n'entendit pas la sirène des pompiers qui passaient dans la rue. Elle ne sentit pas le froid sous ses pieds nus.

Sweeney éprouva tout à coup une impression de fatigue immense. Elle mélangea du rouge et du noir, ajouta une touche de couleur dans le bas du tableau puis plaça son pinceau dans un pot d'essence de térébenthine et sortit de l'atelier aussi silencieusement qu'elle y était entrée. Elle traversa l'appartement et regagna son lit.

Le réveil sonna à 6 h 30. Sortant une main hésitante de sous la couverture, Sweeney fit taire l'appareil. L'arôme du café lui donna le courage de se lever. Elle enfila une paire de chaussettes, tituba jusqu'à la cuisine tel un zombie. Comme chaque matin, elle se réjouit de posséder une cafetière dotée d'un programmateur : du café chaud l'attendait au saut du lit. La première tasse la réveilla. Sweeney se dirigea vers la douche, après s'être resservie.

Dix minutes plus tard, vêtue d'une tenue de jogging propre, elle se rendit dans son atelier. La pièce possédait deux pans de murs entièrement vitrés. Les jours de soleil, la lumière était fantastique.

Il était encore trop tôt pour jouir d'un éclairage naturel. Sweeney actionna l'interrupteur. Les spots, rivés au plafond, illuminèrent l'atelier.

L'artiste, qui connaissait cette pièce par cœur, s'étonna de voir un tableau inconnu sur le chevalet central. Qui avait bien pu poser cette toile à la place du paysage qui s'y trouvait encore la veille au soir ? Elle s'avança vers le tableau. Et resta en arrêt devant, le cœur battant.

Un homme gisait dans une ruelle, entre deux immeubles. La nature de la scène ne laissait aucun doute, bien que le décor fût stylisé. La tête du personnage baignait dans le sang. Il était mort. Les larmes aux yeux, Sweeney reconnut le marchand de hot-dogs.

A l'évidence, elle avait peint ce tableau durant la nuit. Pourtant, elle ne gardait aucun souvenir de cette séance de travail. Elle n'avait pas apporté le même soin que d'habitude aux détails, mais reconnaissait bien son style. De plus, sa signature figurait dans le coin inférieur droit de la toile.

4

Le téléphone sonna à 9 heures. Sweeney, qui ne s'était pas remise de son émotion, avait tellement froid que le café – brûlant – ne la réchauffait plus. Elle avait monté le thermostat à trente-cinq degrés, s'interdisant d'aller au-delà. Le présentateur de la météo à la télévision annonçait une journée « chaude et magnifique ». Les passants, dans la rue, allaient en manches courtes et les enfants portaient encore des shorts. Sweeney, elle, grelottait. Elle se sentait gelée jusqu'aux os.

Le spectacle de son tableau l'accablait. Quand retentit la sonnerie du téléphone, la jeune femme décrocha avec empressement, heureuse de cette diversion.

— Candra à l'appareil. Je vous dérange ?

— Non, pas du tout, répondit l'artiste. A propos d'hier...

— Oh, ne vous excusez pas ! s'exclama Candra, l'interrompant. J'aurais dû deviner que vous n'alliez pas les supporter. Margo est odieuse tandis que Carson ferait enrager une sainte.

— Le sénateur n'avait d'yeux que pour vous, lâcha Sweeney sans réfléchir.

Elle se reprocha aussitôt sa franchise. Elle avait toujours conservé une certaine réserve avec Candra.

Mrs Worth eut un rire cynique.

— Carson court après tout ce qui bouge ! Le comparer à un chien serait une insulte à la gent canine. Mais il a son utilité. C'est pourquoi Margo reste avec lui.

Sweeney s'abstint de tout commentaire. Les McMillan étaient des clients de Candra. Il paraissait peu opportun de les dénigrer.

— Je vous ai vue monter en voiture avec Richard hier, poursuivit la galeriste d'une voix hésitante.

Sweeney s'alarma.

— Il commençait à pleuvoir, et j'avais mes dessins. Votre mari m'a déposée chez moi.

La main de Sweeney se crispa sur le combiné. Elle espérait que Candra allait en rester là.

Peine perdue cependant.

— Richard peut se montrer très courtois. Un reste des vieilles valeurs qu'on lui a inculquées en Virginie.

— J'ignorais qu'il était originaire de cet État, remarqua Sweeney, polie.

— Il a gardé son accent. J'ai eu beau insister, mon mari a toujours refusé de prendre des cours de diction.

Sweeney se souvint alors que le milliardaire parlait de façon légèrement traînante. On ne pouvait toutefois assimiler la Virginie au Sud profond, or Candra semblait insinuer que Richard s'exprimait comme un paysan. Sweeney n'avait nulle envie de parler de lui. Surtout avec sa future ex-femme…

— Vous savez que nous sommes en train de divorcer, reprit celle-ci d'un ton désinvolte. C'est une décision conjointe. Richard et moi sommes séparés depuis un an. Depuis votre arrivée à New York, en fait. La procédure suit son cours, mais l'arrangement financier pose quelques problèmes. Richard manque de générosité. Enfin, les divorces sont rarement des transactions amicales.

— Effectivement, concéda Sweeney, discrète.

Elle ne tenait pas à encourager Candra à s'étendre sur le sujet. Elle espérait même plutôt l'amener à parler d'autre chose.

— A propos, Richard en a parlé, hier ? s'enquit Mrs Worth.

C'est sans doute la vraie raison de son appel, pensa Sweeney.

— Parlé de quoi ? demanda-t-elle d'un ton neutre.

La plasticienne se félicita, puis s'irrita de sa duplicité. Elle n'avait aucune raison d'éprouver un sentiment de culpabilité.

— Du divorce, précisa Candra.

— Non, il n'en a pas touché mot.

Ce qui était vrai.

— Cela ne m'étonne pas. Richard est tellement discret !

L'amertume perçait dans la voix de Candra, qui poursuivit après un court silence :

— J'ai remarqué, hier, à la galerie, que mon mari vous dévorait des yeux.

Sweeney se sentit de nouveau gênée. La situation pouvait vite devenir compliquée. Aussi se promit-elle de ne pas céder à ses pulsions passagères.

— Richard a été tellement prudent depuis notre séparation ! avoua Candra. Je n'ai jamais pu savoir s'il avait des maîtresses ou pas. Alors quand j'ai vu la façon dont il vous regardait hier... Cela a éveillé ma curiosité.

Que d'amertume chez cette femme ! songea Sweeney, qui répugnait à s'attarder sur le sujet.

— Il se peut qu'il ait préféré la solitude.

Candra eut un rire cynique.

— Richard, rester chaste ?! Cela m'étonnerait fort. Mais s'il y a quelque chose entre vous, je ne m'en formaliserai pas. J'ai rencontré un autre homme que j'apprécie beaucoup et dont la compagnie est bien plus agréable que celle de Richard.

Comment mettre un terme à ces confidences ? Sweeney frissonna. Elle tira une couverture à elle et s'enveloppa dedans.

— J'espère que vous serez heureuse, finit-elle par dire.

Candra ricana.

— Oh, je doute que ce soit une histoire sérieuse. La vie est courte, et les hommes ne manquent pas ! Pourquoi s'attacher ? Mais j'espérais que Richard s'intéressait à vous, je l'admets.

— Quoi ? s'exclama Sweeney, ébahie.

— Ne soyez pas choquée ! s'exclama Candra. Il peut bien avoir une maîtresse, ou même dix, je m'en moque. Je souhaite seulement qu'il se montre un peu plus généreux, et qu'on en finisse. S'il s'éprenait de quelqu'un, Richard serait impatient de se libérer. Je le connais, je sais comment il se comporte quand il est amoureux.

Candra se tut, puis elle eut un petit rire.

— Nous avons passé des moments formidables ensemble, ajouta-t-elle.

Sweeney faillit lui avouer que Richard l'avait invitée à dîner. La prudence l'arrêta. De toute façon, elle avait refusé de sortir avec lui. Elle ne tenait ni à s'immiscer dans les conflits des Worth, ni à ce que Candra lui vante les performances sexuelles de son mari. Elle changea de sujet :

— J'avais pensé apporter quelques-unes de mes nouvelles œuvres à la galerie.

Elle regretta aussitôt ses paroles : elle craignait de confronter son art, étrangement criard, au regard d'autrui.

— Vous ne tenez pas à parler de Richard, n'est-ce pas ? lança Candra d'une voix enjouée, avant de retrouver un ton plus professionnel. Je serais ravie de voir ce que vous faites. Je me suis inquiétée pour vous, Sweeney. Vous semblez moins productive qu'avant.

— Oh si, je peins ! bafouilla la jeune artiste.

— Oui, je sais, et vous pensez que c'est nul. Mais je crois qu'un avis extérieur s'impose. Quand voulez-vous nous amener ces tableaux ? Je tiens à être présente.

Il n'était plus possible de temporiser.

— Que diriez-vous de cet après-midi, s'il ne pleut pas ?

— Parfait, dit Candra. Je n'ai pas de rendez-vous, je serai là.

Sweeney raccrocha et s'emmitoufla encore plus dans la couverture. Elle fut prise d'une vive angoisse. Elle allait devoir confronter ses doutes au regard d'une professionnelle. Cette perspective l'affolait. Enfin, au moins saurait-elle si son travail avait une quelconque valeur.

La jeune femme grelottait. Pourquoi ne parvenait-elle pas à se réchauffer ?

Candra raccrocha et enfouit son visage dans l'oreiller. Une grande main flatta son derrière nu.

— Tu n'es pas arrivée à tes fins, remarqua Kai. Je t'avais prévenue !

Le jeune homme embrassa la nuque de Candra, fit courir ses lèvres jusque dans le creux de ses reins, plus préoccupé de sa libido que des soucis financiers de sa maîtresse.

En temps normal, Mrs Worth appréciait les assiduités de son amant, à la fois vigoureux et inventif. Elle s'écarta pourtant de lui. Kai insista. Sa main, qui s'était arrêtée sur les fesses de Candra, se remit en mouvement.

— Arrête ! s'écria celle-ci. Je n'ai pas envie de recommencer ! Et tu devrais t'inquiéter, toi aussi. Si Richard refuse de se plier à mes exigences, tu vas te retrouver au chômage.

— Il y a du travail ailleurs, remarqua le play-boy avec une telle désinvolture que Candra eut envie de le gifler.

Ses doigts poursuivirent leur exploration. Mrs Worth ne put s'empêcher de haleter.

— Pas au prix que je te paie, remarqua-t-elle.

— Je retomberai sur mes pieds.

Kai imprima un rythme régulier à ses doigts. Candra mordit l'oreiller pour ne pas crier. Pourquoi flatter l'ego – déjà disproportionné – de ce garçon ?

La directrice de la galerie Worth, furieuse, s'écarta de nouveau.

— Tu n'as pas arrêté de regarder Sweeney, hier ! Je croyais qu'elle n'était pas ton type.

Un sourire retroussa la bouche pulpeuse du don Juan.

— C'est moi qui ne suis pas son type, Candra. Sweeney est sexy, et puis cette chevelure, ça finit par donner des idées à un homme. Quant à ce pull-over rouge qui lui moulait les seins, c'était quelque chose !

— Je n'ai pas remarqué, cracha Candra.

Kai s'intéressa de nouveau à elle et, cette fois, elle s'abandonna à ses caresses. Cependant, la jouissance n'oblitéra en rien ses soucis. Candra allait devoir trouver un autre moyen que Sweeney pour obtenir ce qu'elle voulait de Richard. Elle envisageait même de s'adresser à un autre homme afin de payer les dettes qu'elle avait contractées en un an. Après s'être séparée de son mari, elle avait été prise d'une frénésie dispendieuse : voyages à l'étranger, vêtements de marques, meubles de prix. Dans un premier temps, Mrs Worth n'avait pas cru à ce divorce, persuadée que Richard se radoucirait – et paierait ses dettes. Mais ses tentatives de réconciliation avaient été vaines. Richard l'avait définitivement repoussée.

Candra lui avait pourtant caché ses infidélités. Simplement, elle avait commis une erreur en se vantant d'avoir avorté de leur enfant. Par bêtise, par bravade. Richard ne le lui avait pas pardonné.

Candra se passerait donc de lui et jouerait son va-tout : Carson McMillan.

La directrice de la galerie Worth avait couché avec le sénateur – et conservé des preuves de son forfait. Elle saurait persuader Carson que l'enfant était de lui. Elle lui expliquerait que Richard, convaincu d'être le père, avait demandé le divorce après avoir eu vent de l'avortement. Le politicien serait alors obligé de couvrir une partie des dettes de Candra.

Et si Carson McMillan avait le malheur de regimber, elle saurait lui opposer des arguments imparables.

5

La sensation de froid s'aggravait. Sweeney s'assit sur un radiateur, grelottante. La jeune femme craignit, un bref instant, de mourir d'hypothermie. Elle imagina la réaction du médecin – il faisait quarante degrés dans l'appartement… Elle envisagea de se recoucher, mais renonça à cette idée : elle n'était pas malade ! La sonnette retentit. Sweeney l'ignora. Aller ouvrir la porte l'obligerait à quitter le radiateur et la refroidirait encore davantage.

On insista. Elle se résigna à répondre.

Il y eut un bruit étouffé, inquiétant. Elle s'arrêta net.

— Qui est-ce ?

— Richard.

Elle fixa la porte, abasourdie.

— Richard ?

— Richard Worth, précisa-t-il.

Sweeney perçut l'amusement dans la voix de son visiteur. Elle tira les verrous. Ses doigts tremblaient. De froid, bien sûr…

Il se tenait sur le seuil de l'appartement, vêtu d'un costume de grand faiseur. Sweeney nota chaque détail le concernant. Elle ressentit le même trouble que la veille, ce chatouillement jouissif dans le bas-ventre. Elle saliva comme à la vue d'un gâteau au chocolat. Ce ne pouvait être bon signe.

Richard souriait, mais ce sourire s'envola à la vue d'une Sweeney frissonnante, emmitouflée dans une couverture. L'homme d'affaires la toisa de la tête aux pieds.

— Vous êtes malade ? demanda-t-il d'un ton brusque.

Il entra dans l'appartement, verrouilla la porte derrière lui.

— Non, j'ai seulement froid.

Elle s'écarta de Richard, déstabilisée par sa présence. Elle lui lança un regard sévère.

— Que faites-vous ici ?

Sweeney ne s'attendait pas à le voir, a fortiori chez elle, en tête-à-tête. Cet appartement était son sanctuaire, son havre de paix.

— Je vais vous emmener déjeuner.

— Je vous ai dit non hier après-midi.

Elle ramena la couverture sur elle, soudain inquiète de son apparence. Elle portait toujours son survêtement et avait les cheveux embroussaillés. Une mèche retombait sur son front, qu'elle ramena en arrière. Pourquoi se préoccupait-elle du jugement de Richard ? L'opinion des hommes lui avait toujours été égale. Cependant, celui-là lui apparaissait différent des autres.

— C'était pour dîner, remarqua-t-il.

Le milliardaire dévisagea Sweeney d'un œil critique et fit un pas vers le salon.

— Pourquoi fait-il si chaud, ici ?

— J'ai froid. Je vous l'ai dit ! lança-t-elle, agacée.

Richard, ignorant ce ton querelleur, posa une main sur le front de la jeune femme. Qui s'abandonna malgré elle à ce contact.

— Vous n'avez pas l'air fiévreuse.

— Bien sûr que non. Je suis glacée !

— Dans ce cas, il y a quelque chose qui ne va pas. Cet appartement est une vraie fournaise !

— Évidemment, vous êtes habillé ! ironisa-t-elle.

Sweeney alla se rasseoir sur le canapé. Elle glissa ses jambes sous ses fesses pour se tenir chaud.

Cette démonstration d'indépendance n'impressionna nullement Richard.

— Vous vous sentez malade, autrement ?

— Non. J'ai seulement froid.

Il la considéra avec inquiétude.

— Ce n'est pas normal, finit-il par dire.

— Ma température interne a dû baisser tout à coup, déclara-t-elle sans en croire un mot.

La jeune artiste s'était mise à souffrir d'hypothermie à l'époque où elle avait commencé à voir des fantômes. Elle avait cru que les deux phénomènes étaient liés. La pensée qu'elle pût être réellement malade venait tout juste de l'effleurer. Cette éventualité l'affolait.

Richard la couva d'un regard pénétrant.

— Cela dure depuis combien de temps ? s'enquit-il.

Si elle n'avait pas été transie, Sweeney lui aurait intimé de se mêler de ses affaires. Mais il est difficile de protester quand on claque des dents.

— J'ai presque sans arrêt froid. Mais cela n'a jamais été à ce point-là.

— Il faut que vous voyiez un médecin, affirma Richard. Habillez-vous, je vous emmène.

— Certainement pas !

Sweeney remonta ses genoux sous la couverture.

— Vous auriez dû appeler avant de venir, reprocha-t-elle à son visiteur.

— Pour que vous m'interdisiez de passer ?

Richard toucha la main de Sweeney : ses doigts étaient glacés.

— Je refuse de sortir, déclara-t-elle. Et je ne vais certainement pas me mettre à cuisiner !

— Je ne vous le demande pas.

Il ne paraissait vraiment pas décidé à partir, et il était trop près de Sweeney, qui pour sa part avait bien trop froid…

— Très bien, déclara Richard en se levant, comme s'il venait de prendre une décision.

Il déboutonna sa veste et l'enleva prestement.

— Que faites-vous ?! s'exclama Sweeney, qui se redressa, alarmée.

A l'évidence, il se déshabillait, songea-t-elle. La vraie question était « pourquoi ? ».

— Je vais vous réchauffer.

Richard arracha le plaid des mains de Sweeney, le jeta sur une chaise et mit sa veste sur les épaules de la jeune femme, sans lui laisser le temps de protester.

La chaleur qui se dégageait du vêtement la laissa presque bouche bée. Elle se reput de cette sensation délicieuse, en oublia presque Richard... jusqu'au moment où il la prit sur ses genoux !

Elle se raidit, le repoussa, sauta sur ses pieds. A sa grande surprise, Richard se leva et la souleva dans ses bras comme une petite fille. Il se rassit, la serrant contre lui. Il enroula ensuite la couverture autour d'eux.

— Chaleur animale, expliqua-t-il calmement. C'est l'une des premières choses qu'on nous apprend dans les stages de survie de l'armée : se blottir les uns contre les autres pour se réchauffer.

Il posa la main sur les pieds de son hôte. Une chaleur bénie gagna ses orteils glacés.

Sweeney fut soudain prise de tremblements convulsifs. Il la serra plus fort, remonta la couverture sur son nez.

— Vous allez m'étouffer ! protesta-t-elle.

— Il y a encore de la marge, plaisanta-t-il.

Sweeney leva les yeux sur Richard. Elle ne détacha plus son regard de lui, éblouie par la découpe, parfaite, de ses lèvres. Sa bouche n'était ni trop fine, ni trop sensuelle.

— Vous me dévisagez, remarqua-t-il.

Un reproche qu'on adressait souvent à Sweeney. D'ordinaire, elle n'en éprouvait jamais la moindre gêne mais, cette fois, elle ne put s'empêcher de rougir.

— J'ai l'habitude d'observer les gens, avoua-t-elle. Déformation professionnelle.

— Cela ne m'ennuie pas. Dévisagez-moi.

Richard avait parlé d'une voix douce, sexy, qui la fit de nouveau frémir. Cela dit, rester assise sur les genoux de ce monsieur n'allait pas calmer leurs ardeurs respectives. Cette fausse étreinte émouvait la jeune femme, qui n'avait nulle envie d'y mettre un terme. Elle frissonnait toujours, mais ses tremblements devenaient moins violents.

— A quelle époque étiez-vous à l'armée ? demanda-t-elle afin de rompre ce silence troublant.

— Il y a longtemps. Quand j'étais jeune et macho.

— Vous étiez engagé volontaire ou appelé ?

— Engagé volontaire. Je n'avais pas les moyens de m'offrir des études universitaires. L'armée était une formation comme une autre. Or il s'avéra que j'étais doué pour la carrière militaire. J'y serais encore si je ne m'étais pas découvert une passion pour la finance. Je voulais faire fortune.

— Vous y êtes arrivé.

— Effectivement.

Sweeney se plaisait au contact du milliardaire. Pire : elle se lovait contre lui, ensommeillée. Même l'érection de Richard ne l'alarmait pas. Elle bâilla et nicha son nez dans le cou de son compagnon. Lequel sursauta, puis la serra plus fort.

Sweeney aurait dû se lever, sans nul doute. Cette situation pouvait vite déraper.

— Dormez, murmura l'homme d'affaires. Je veille sur vous.

Sweeney lui accorda spontanément sa confiance. Elle se sentit glisser dans le sommeil, s'y abandonna avec délice.

— Réveillez-moi à 13 heures, marmonna-t-elle avant de fermer les yeux.

Richard se retint de rire. Il était 11 heures du matin ! Visiblement, Sweeney estimait naturel de dormir deux heures sur ses genoux. Elle ne s'inquiétait ni des crampes dont il risquait de souffrir, ni des rendez-vous qu'il pouvait avoir. Et elle avait raison : Richard préférait se trouver là plutôt que n'importe où ailleurs.

Il sortit son téléphone de sa poche avec précaution. Sa main frôla au passage le sein de Sweeney, ce qui le troubla. Il tenta d'oublier son érection tandis qu'il dépliait le petit appareil extra-plat, puis appuyait sur les touches avec son pouce.

— Je n'irai pas déjeuner, dit-il à Edward, à voix basse. Passez me prendre à 13 h 15.

— Très bien, monsieur.

Richard replia le téléphone portable et le remit dans sa poche. Sweeney remua, se blottit davantage contre son compagnon, sans toutefois ouvrir les yeux. Elle dormait profondément.

Richard Worth renversa la tête sur le dossier du canapé. Autant se relaxer et jouir du moment, songea-t-il. Tenir Sweeney sur ses genoux était très plaisant. La jeune femme n'avait pas conscience de son charme. Ces yeux bleus, cette masse de cheveux auburn… C'était l'une des femmes les plus attirantes qu'il eût jamais vues. Les hommes se seraient bousculés à sa porte, si elle ne les avait pas considérés comme des êtres asexués. Elle savait fort bien tenir les autres à distance.

Cependant les choses avaient changé. Richard ignorait ce qui s'était passé, mais pour la première fois, la veille, il avait troublé Sweeney – sexuellement parlant. L'homme d'affaires l'observait et la désirait depuis un bon moment. Ce chandail rouge moulant ! Ces yeux effarés devant l'attitude des McMillan ! Sweeney s'était manifestement retenue de proférer une remarque acerbe. Elle avait la réputation de ne pas mâcher ses mots. Or, dans l'univers où Richard opérait, la franchise n'était pas de mise. Les gens se montraient polis – et politiquement corrects. Sweeney avait beau s'efforcer de rester courtoise, son seuil de tolérance à la bêtise humaine, comme elle l'avait si bien dit, était très bas.

Cette jeune artiste amusait Richard Worth. Il pressentait que, même après vingt ans de vie commune, elle aurait continué à l'intéresser.

Richard éprouvait une grande tendresse pour Sweeney. Il ne gardait qu'un vague souvenir des femmes avec qui il était sorti depuis un an. Il n'avait pas jugé une seule d'entre elles digne de son amitié, aussi n'avait-il pas poussé ces relations plus avant. Après Candra, il avait vécu dans la chasteté. Ce que son épouse ne pouvait concevoir – et qui ne laissait pas de le surprendre.

Sweeney dormait toujours, lovée sur lui. Richard était plus qu'émoustillé. Sur un plan légal, toutefois, il était toujours marié. Et ne pouvait donc rien envisager de sérieux avec une femme. Jusqu'à présent, il s'en était fort bien accommodé. Mais depuis qu'il avait croisé le regard de l'artiste, cet interdit lui pesait.

Richard prit l'une des boucles de la jeune femme entre ses doigts, l'étira doucement, s'émerveilla de sa longueur. S'ils avaient été défrisés, les cheveux de Sweeney auraient atteint le creux de ses reins. Il relâcha la mèche brun-roux, qui s'enroula autour de son index.

Cette sensation de froid dont elle souffrait l'inquiétait. La température était très élevée dans l'appartement et il transpirait sous la couverture. Les joues de la plasticienne, blêmes à l'arrivée de son compagnon, commençaient à peine à roser.

Il sentait la pression du sein de Sweeney contre sa cage thoracique. Elle ne portait pas de soutien-gorge. Richard l'avait tout de suite remarqué : le froid avait durci ses mamelons, qui pointaient sous son sweat-shirt.

Un jour, Richard Worth prendrait les seins de Sweeney dans ses mains et les caresserait. Le milliardaire ferma les yeux et imagina ce qu'il éprouverait en la pénétrant. Faire l'amour à Sweeney lui apparaissait comme un défi. Elle en avait envie – il le voyait dans son regard –, mais elle étouffait ce désir. Sans doute avait-elle des scrupules et craignait-elle qu'un homme n'interfère avec sa création. Sweeney défendait bien son territoire : à en juger par les remarques de Candra à son endroit, la peintre vivait comme une nonne, et cela depuis des années.

Cette époque-là était révolue.

Richard ferma les yeux, s'efforça de se relaxer, mais comme il sombrait à son tour dans le sommeil, les propos de Sweeney lui revinrent en mémoire : « Vous exigeriez des relations intimes. » Elle avait vu juste ! Il s'endormit en souriant.

A l'armée, Richard s'était entraîné à dormir pendant un temps donné, aussi bref fût-il, et à se réveiller quand il le souhaitait, à la minute près. Il fit abstraction de la chaleur extrême qui régnait dans les lieux – il savait également négliger ce genre d'impondérables. Lorsqu'il se réveilla, une demi-heure plus tard, il se sentit reposé, bien que sa chemise fût trempée de sueur. Sweeney s'était également réchauffée. Elle avait repoussé la couverture et les extrémités de ses doigts étaient redevenues roses. La jeune femme remua quelques instants plus tard. L'hypothermie s'accompagne d'une sensation d'assoupissement, mais dès que la température du corps redevient normale, ce besoin de dormir disparaît.

Richard, qui l'observait en silence, vit ses yeux s'ouvrir. Sweeney parut surprise, puis effarouchée. Elle se redressa d'un bond, s'appuyant de tout son poids sur les testicules de son compagnon. Il réprima un cri de douleur et se déplaça légèrement.

— Oh mon Dieu, je n'arrive pas à y croire ! s'exclama Sweeney.

— Moi si, lâcha Richard, qui gémit et changea de position.

Elle le regarda, les yeux écarquillés.

— Je ne pensais pas à cela, bafouilla-t-elle. Je parlais du fait d'avoir dormi sur vos genoux.

Elle se mordit la lèvre.

— Ça va aller ? demanda-t-elle avec un temps de retard.

Richard grinça des dents. La douleur s'estompait peu à peu.

— Je ne sais pas ! piailla-t-il avec une voix de fausset.

Sweeney se laissa retomber sur le canapé en pouffant de rire.

Richard se pencha vers elle, prit son visage entre ses mains et l'embrassa sur la bouche.

Elle s'immobilisa, tel un petit animal pris au piège. Elle referma ses mains sur les poignets de Richard, tenta de le repousser. Toutefois, sentant ses lèvres trembler, il resserra son étreinte et prolongea son baiser. Un désir brûlant le prit, l'envie de la posséder, de la pénétrer. Il se contint néanmoins, sachant qu'il était encore trop tôt.

Soudain, elle lui retourna son baiser avec avidité, avant, presque aussitôt, de s'arracher à lui et de se lever. Elle s'éloigna du sofa et lui lança un regard lourd de reproches.

— Vous êtes marié ! remarqua-t-elle.

— Plus pour longtemps.

Sweeney s'avança d'un pas.

— Vous n'avez pas encore retrouvé votre liberté, insista-t-elle. Vous divorcez dans des conditions houleuses…

— Y a-t-il d'autres façons de divorcer ? la coupa-t-il d'une voix suave.

— Vous savez ce que je veux dire. Je travaille avec Candra. Et de plus, je l'aime beaucoup.

— La plupart des gens l'apprécient.

— Ce ne serait pas honnête d'avoir une relation avec vous !

Richard plissa les yeux.

— Très bien.

Sweeney haussa les sourcils, surprise.

— Comment ça « très bien » ?

— Je capitule pour le moment. Jusqu'à ce que le divorce soit prononcé. Ensuite…

Il ne termina pas sa phrase, mais son intention était claire.

— Une question, dit-il. Quel est votre prénom ?

Elle le dévisagea, bouche bée.

— Comment ?

— Votre prénom. Je tiens à connaître le prénom de la femme avec qui j'ai couché.

— Nous n'avons pas… commença Sweeney, qui se reprit.

Ils avaient effectivement dormi ensemble.

— Paris, déclara-t-elle abruptement.

Richard ne comprit pas.

— Eh bien ?

— C'est mon prénom, grommela-t-elle. Paris, comme la ville. Comme le dieu grec. Paris Samille, si vous tenez à le savoir. Et si jamais vous m'appelez par l'un ou l'autre de ces deux noms, je vous mets à la porte !

Richard retint un sourire et se leva en jetant un coup d'œil à sa montre. Il enfila sa veste.

— Très bien, déclara-t-il. Je vous promets de respecter votre désir.

Avant que Sweeney pût réagir, il se pencha vers elle et l'embrassa une nouvelle fois.

— Je n'insisterai pas, l'assura-t-il d'une voix douce. Mais comptez sur moi pour revenir dès que j'aurai retrouvé ma liberté.

Sweeney ne releva pas ses propos et se contenta de le regarder sortir de l'appartement. Était-ce une promesse ou une menace ? La décision n'appartenait qu'à elle, et elle se demanda si elle se laisserait fléchir.

La jeune artiste considéra ses nouvelles toiles d'un œil critique. Elle jugeait ces couleurs trop vives, presque vulgaires. Elle était terrorisée à la pensée de montrer ses œuvres à Mrs Worth.

Elle se dirigea vers le téléphone pour annuler son rendez-vous avec Candra, mais s'arrêta en chemin. Autant en avoir le cœur net, se dit-elle. Elle prit trois toiles au hasard. Pourquoi s'échiner à choisir ? Ses tableaux lui paraissaient tous aussi médiocres les uns que les autres.

Au dernier moment, Sweeney se munit également des esquisses qu'elle avait réalisées du vieux marchand, car elle en était satisfaite.

Elle sortit de chez elle avant de changer d'avis. La pluie de la veille avait comme lavé le ciel et purifié l'air. La météo avait vu juste : c'était une très belle journée. Sweeney jouissait de cette sensation de chaleur, nouvelle pour elle, et qu'elle devait à Richard. Elle évitait de penser à la façon dont il l'avait réchauffée.

Le marchand de hot-dogs ne se tenait pas à sa place habituelle. Sweeney s'arrêta net sur le trottoir, déçue, et curieusement déstabilisée. Elle se persuada qu'il était malade, histoire de se rassurer. Jusqu'à ce jour, le vieillard avait toujours été fidèle au poste.

Elle poursuivit son chemin jusqu'à la galerie, s'efforçant à l'optimisme. Kai se leva dès qu'il l'aperçut. Il s'avança vers elle, la débarrassa de ses toiles enveloppées dans du papier kraft.

— N'ayez pas l'air aussi angoissé ! J'ai hâte de voir ce que vous nous avez apporté.

— Moi aussi, lança alors Candra, qui sortit au même moment de son bureau. Je ne vous crois pas capable de peindre un tableau médiocre.

— Vous seriez étonnée de voir ce que je suis capable de faire, marmonna Sweeney.

— Oh, je n'en suis pas si sûr ! siffla un homme vêtu de noir et aux longs cheveux blonds qui accompagnait la galeriste. Il y a longtemps que vous n'avez surpris personne, ma chère.

Van Dern ! La jeune femme en oublia son anxiété. Elle dévisagea le peintre d'un air hostile.

Tout, chez lui, suscitait le mépris de Sweeney. Il dramatisait son personnage, portait des pantalons en cuir noir, des cols roulés noirs, des bottes de cosaque. En guise de ceinture, Leo Van Dern avait ceint sa taille maigrichonne d'une grosse chaîne en argent. Son lobe d'oreille droit arborait trois diamants, et le gauche une boucle de gitane. Il affichait une barbe de trois jours. Sweeney le soupçonnait de rester des semaines, voire des mois sans se laver la tête. L'homme était capable de pérorer des heures durant sur le symbolisme et la dérive des sociétés modernes. Ses éclaboussures puériles, sur des toiles vierges, lui semblaient exprimer toute la douleur du monde. Van Dern se croyait profond, tel le Dalaï-Lama. Sweeney, elle, le trouvait affreusement superficiel.

Candra déballa les tableaux. Elle les installa sur des chevalets, sans mot dire. Sweeney évita de les regarder, morte d'inquiétude.

— Wouah ! s'exclama Kai, estomaqué.

Mrs Worth inclina la tête sur le côté, l'air concentré. Van Dern s'approcha et eut un rictus méprisant.

— Des paysages, comme c'est original ! railla-t-il. Je n'avais encore jamais vu d'arbres ni d'eau.

Il examina ses ongles.

— Je ne pense pas pouvoir supporter une telle émotion. Je crois que je vais m'évanouir.

— Leo ! gronda Candra, sur un ton de reproche.

La directrice de la galerie Worth se perdit dans la contemplation des tableaux.

— Ne me dites pas que vous aimez ces croûtes ! s'insurgea Van Dern. On trouve les mêmes dans les grandes surfaces. Oh, je sais qu'il y a un marché pour ce genre de chose. La plupart des gens ne connaissent rien à l'art. Mais restons sérieux, tout de même !

— Dans ce cas, déclara Sweeney d'une voix menaçante, en marchant droit sur lui, reconnaissez que n'importe quel chimpanzé peut maculer une toile de peinture, et que n'importe quel imbécile peut appeler cela de l'art. Ces griffonnages-là ne requièrent aucune aptitude particulière. En revanche, il convient d'avoir du talent et du savoir-faire pour réussir à peindre un objet reconnaissable.

Van Dern leva les yeux au ciel.

— Il faut être totalement dénué d'imagination, chérie, pour reproduire indéfiniment les mêmes choses !

L'homme avait mésestimé son adversaire. Sweeney avait été élevée dans le monde de l'art, et qui plus est par la reine des reparties assassines. Elle adressa un sourire cruel à son interlocuteur.

— Ce qu'il faut, chéri, déclama-t-elle en le singeant, c'est un culot monstre pour exposer de tels gribouillages ! Mais il est vrai que, quand on n'a aucun talent, on n'a pas d'autre choix.

— Cette discussion est ridicule, intervint Candra, espérant apaiser ses poulains.

— Laissez-la parler, répliqua Van Dern en agitant mollement la main, comme si les sarcasmes de Sweeney ne l'atteignaient pas. Si cette demoiselle était capable de peindre aussi bien que moi, elle le ferait. Et elle gagnerait de l'argent, au lieu de vivoter !

— Je peux très bien faire ce que vous faites ! se récria Sweeney. Seulement j'ai dépassé ce stade vers l'âge de trois ans. Je vous lance un défi, Van Dern. Je parie que je parviendrai à copier n'importe laquelle de vos œuvres, et que vous ne serez pas capable de reproduire une seule des miennes. Le perdant devra embrasser le cul du vainqueur.

Kai réprima un rire, puis feignit de tousser.

Van Dern lui décocha un coup d'œil assassin.

— Comme c'est puéril ! s'exclama-t-il, dédaigneux.

— Vous vous défilez ?

— Bien sûr que non !

— Alors faites-le. Je ne vous limite pas à mon œuvre. Copiez un Whistler, un Monet, un Van Gogh. Je suis certaine qu'ils n'avaient pas une once de votre vanité !

Leo Van Dern vira au rouge brique. Il toisa Sweeney d'un air mauvais, conscient qu'il ne sortirait pas gagnant de cette joute oratoire, et tout aussi impuissant à conclure avec élégance. Il se tourna vers Candra.

— Je reviendrai plus tard, déclara-t-il, mal à l'aise. Quand vous aurez plus de temps.

— C'est cela, oui ! lança cette dernière d'un ton sec.

Van Dern avait manifestement contrarié Mrs Worth. Quand les portes de la galerie se furent refermées sur lui, Candra s'adressa à Sweeney.

— Je suis navrée. Van Dern peut se montrer terriblement arrogant.

Ce à quoi la jeune femme acquiesça volontiers.

— Vous vous êtes bien défendue, ma chère, ajouta Candra en souriant. Il hésitera à vous provoquer, dorénavant. Il vend bien, pour le moment, mais le succès est capricieux. Leo doit savoir que ces jours de gloire sont comptés.

Ce type se prend pour le nombril du monde, oui ! songea la peintre, mais elle se garda de l'avouer.

Candra reporta son attention sur les tableaux de Sweeney. Qui sentit ses craintes revenir.

— C'est presque surréaliste, murmura la galeriste, se parlant à elle-même. Votre façon d'utiliser la couleur est saisissante ! Certaines ombres paraissent incandescentes, comme dans un vitrail. On retrouve les fleuves, les montagnes, les forêts, mais vous les rendez d'une manière totalement différente.

La jeune femme resta silencieuse. Elle connaissait ces tableaux par cœur. Elle les contempla encore une fois, chercha des éléments inédits, qui auraient pu lui échapper. Or elle ne vit là rien de nouveau. Les couleurs paraissaient toujours étrangement intenses, la composition décalée, les coups de brosse un rien flous. Elle n'aurait su définir ce style : surréaliste, prolixe ? Peut-être ni l'un ni l'autre.

— J'en veux d'autres, déclara Candra. Si ces tableaux sont représentatifs de votre nouveau style, je tiens à ce que vous m'apportiez tous ceux que vous avez terminés.

Je double vos prix. Il se peut que je voie grand, mais je ne pense pas me tromper.

Kai approuva d'un hochement de tête.

— Il y a de l'énergie dans ces toiles. Bien plus que dans vos œuvres précédentes, Sweeney. Les acheteurs vont adorer !

Si Sweeney préférait ne pas tenir compte de l'enthousiasme de Kai, l'avis de la galeriste, en revanche, lui paraissait plus crédible. Ses tableaux devenaient vendables ! Elle en éprouva un réel soulagement. Peut-être n'avait-elle pas perdu son talent, finalement, mais seulement sa capacité à juger de la valeur de son travail.

— Qu'est-ce que c'est que ça ? s'enquit Candra, qui tendit la main vers le carton à dessins de Sweeney.

La chemise contenait des croquis de Mr Stokes.

— Des esquisses que j'ai faites d'un marchand, dans la rue, répondit Sweeney. J'aimerais les lui offrir.

La jeune femme se mit à frissonner. Richard ne l'avait pas réchauffée pour longtemps.

— Je vais faire encadrer vos tableaux immédiatement ! s'exclama Candra, enthousiaste. Je veux tous les exposer. Je les accrocherai dans la vitrine. Ce sera la première chose que verront les clients en entrant. Ces toiles vont partir comme des petits pains, croyez-moi.

Sweeney grelotta dès qu'elle se retrouva dehors. Les éloges de Candra lui avait ôté un grand poids, mais son malaise allait grandissant.

Elle arriva au carrefour où se trouvait habituellement le vieux marchand. La place était vide. Elle s'arrêta, en proie à une tristesse poignante : reverrait-elle jamais ce sourire radieux ?

— Bonjour Sweeney, lança une voix douce derrière elle.

Elle fit volte-face, se réjouissant à l'avance.

— Vous voilà ! s'écria-t-elle. J'ai cru que vous étiez malade…

Sweeney s'interrompit, sa joie cédant la place à un sentiment d'horreur. L'homme était légèrement transparent – et bidimensionnel !

Il secoua la tête.

— Je vais très bien. Ne vous inquiétez pas pour moi.

Un beau sourire illumina son visage basané.

— Vous avez deviné juste, Sweeney. C'est à cela que je ressemblais, dans ma jeunesse.

Elle fut incapable de répondre : le chagrin lui nouait la gorge.

— Accordez-moi une faveur, la pria le vieillard. Envoyez vos croquis à mes fils. Daniel et Jacob Stokes. Ils sont tous les deux avocats. Des hommes bien. Ils seront heureux d'avoir ces dessins.

— Je les leur enverrai, répondit-elle dans un souffle.

Elijah Stokes hocha la tête.

— Allez-y, maintenant, dit-il. Je vais me débrouiller seul. Il me reste deux ou trois petites choses à régler.

— Vous allez me manquer, articula-t-elle péniblement.

Elle avait conscience qu'on la regardait. Mais les passants étaient des New-Yorkais : personne ne s'arrêtait – ni ne ralentissait l'allure.

— Vous me manquerez aussi, Sweeney. Vous étiez pour moi comme un rayon de soleil. Souriez, maintenant, que je voie comme vous êtes belle. Oh, mon Dieu, vos yeux sont bleus comme le paradis. Quelle vision agréable…

La voix du vieillard s'éteignit peu à peu, comme s'il s'éloignait de Sweeney. Sa silhouette s'estompa. Il ne resta qu'une faible lueur à l'endroit où il s'était tenu.

Sweeney n'avait plus froid, mais la peur l'envahissait. Elle aurait tant aimé que Richard la serre contre lui, comme il l'avait fait le matin même ! Mais il n'était pas sien. Elle allait seule dans la vie et, pour la première fois, elle le regretta.

6

Candra prit le premier vol du matin à destination de Washington. La capitale servirait mieux ses desseins.

Margo avait-elle eu vent de sa liaison avec Carson ? Ce n'était pas certain. Malgré la stupidité dont elle avait fait preuve en parlant à Richard de l'avortement, Candra, en règle générale, s'abstenait de blesser ou d'humilier les autres inutilement. Margo tolérait peut-être les infidélités de son époux, mais elle n'apprécierait sans doute guère qu'il la trompât sous son toit. Le sénateur allait probablement faire des avances à Candra d'entrée de jeu, et cette pensée amena un petit sourire sans joie sur ses lèvres. Elle s'attendait à ce qu'il veuille coucher avec elle avant même de savoir la raison de sa venue. Carson commencerait donc par l'avoir. Puis ce serait elle qui l'aurait. Ce qui était de bonne guerre, finalement.

Candra avait soigné sa mise, afin de passer inaperçue – une fois n'est pas coutume. Elle portait un tailleur gris, des escarpins noirs à petits talons. Elle avait même troqué sa montre Piaget contre la vieille Rolex que son père lui avait offerte pour ses seize ans.

Elle avait aussi opté pour un maquillage léger. Ainsi se fondrait-elle dans la masse. Sage précaution : n'ayant jamais fait chanter personne, elle estimait qu'une certaine discrétion s'imposait.

Margo passait la journée à New York. Candra ne s'était donc pas inquiétée quand le sénateur lui avait proposé de la retrouver chez lui. Et même, cela l'arrangeait presque. Elle aurait détesté qu'il lui saute dessus dans son bureau, avec tous ses employés qui travaillaient à proximité.

Carson accueillit sa maîtresse en personne. C'était un très bel homme. Pourtant, Candra lui préférait Richard. Son mari avait une allure tellement virile ! Les femmes ne pouvaient s'empêcher de le regarder. Candra se sermonna mentalement. Elle devait cesser de penser à Richard et tourner la page. Soit elle réussissait ce nouveau chapitre de sa vie, soit elle sombrait dans la misère et dans l'oubli.

Carson escorta sa visiteuse jusque dans son bureau, un petit sourire aux lèvres. Il la suivit dans la pièce et verrouilla la porte derrière eux.

A peine eut-il donné un tour de clé qu'il posait déjà ses mains sur les seins de Candra. Il l'entraîna vers un grand canapé et la renversa sur les coussins, lui laissant à peine le temps de poser son sac. Il remonta la jupe de Candra et ouvrit sa braguette.

— Nous avons peu de temps, déclara-t-il en la pénétrant. Margo va descendre.

Il adopta aussitôt un rythme soutenu.

— Quoi ? ! s'exclama Candra, effarée.

Elle tenta de le repousser. La perspective d'une scène de vaudeville la révulsait. La directrice de la galerie Worth ne tenait pas à affronter la fureur de Margo McMillan.

Le sénateur saisit les poignets de Candra, les plaqua sur le sofa, bien décidé à poursuivre son office. Une broutille comme la présence de son épouse dans la maison n'allait pas lui gâcher son plaisir. Candra se plia à ses exigences. Plus vite il en finirait, plus vite elle serait sauve.

La figure de Carson rougit sous l'effort. Les veines de son cou saillirent. Candra encaissait ses coups de boutoir, inerte, ce dont son compagnon ne se formalisait nullement.

Au bout de deux minutes, il se raidit et tressaillit sous les spasmes de l'orgasme. Son expression évoquait la douleur. Candra se félicita de la brièveté de l'échange.

Carson se retira, haletant, et s'essuya avec un mouchoir.

— Tu n'en aurais pas un autre ? s'enquit-elle.

McMillan lui jeta un regard perplexe.

— Un mouchoir, précisa Candra.

— Non, c'est le seul que j'aie.

Le sénateur plia le carré de lin blanc. Il allait le remettre dans sa poche, mais Candra le lui prit, du bout des doigts, et le passa entre ses jambes.

Carson parut inquiet.

— Il y a mes initiales dessus, remarqua-t-il.

— Je te le rendrai, dit sa maîtresse avec impatience. Ou bien préfères-tu que je le détruise ?

— Brûle-le, déclara-t-il sèchement.

Carson McMillan paraissait anxieux à l'idée que Candra reparte avec son mouchoir. Dommage qu'il n'ait pas les mêmes scrupules en toutes circonstances, pensa-t-elle.

Elle se redressa, lissa ses vêtements. A la voir, on aurait pu croire qu'il ne s'était rien passé.

— Assieds-toi, Carson, dit-elle. J'ai quelque chose à te demander.

— Pas de problème. Si je peux t'aider.

Le sénateur, qui avait remis de l'ordre dans sa tenue, s'assit à son bureau – une table sobre, en chêne. L'homme soignait son image de politicien intègre. Il ne se défoulait que dans ses quartiers new-yorkais, où il vivait dans un luxe ostentatoire, mais loin de ses électeurs.

Carson adressa un sourire à Candra – le sourire satisfait d'un homme de pouvoir. Il s'attendait à ce que sa maîtresse lui demande une faveur, ce dont il se félicitait. Candra n'en avait jamais fait qu'à sa tête, or McMillan était habitué à diriger son petit monde à la baguette. L'indépendance de cette femme l'agaçait et l'excitait tout à la fois.

— Il y a deux ans, j'ai dû avorter, déclara-t-elle.

— Dans de bonnes conditions, j'espère. J'ai toujours approuvé la législation en faveur de…

— Je ne me soucie pas de tes opinions, Carson, l'interrompit Candra. L'enfant était de toi, mais quand Richard a découvert que je n'avais pas gardé le bébé, il a pensé qu'il était le père. C'est là l'origine de nos problèmes.

— Vraiment.

Carson se renfonça dans son fauteuil directorial et appuya ses doigts les uns contre les autres.

— C'est édifiant, déclara-t-il. Mais pourquoi me racontes-tu cela ?

Le politicien n'avait même pas cillé en apprenant que Candra avait – censément – avorté de son bébé. Elle avait espéré une autre réaction de sa part.

— Richard chicane à propos de notre arrangement financier. Il est en position de force. Une aide pécuniaire serait la bienvenue, juste pour cette fois.

— De quel ordre ? s'enquit Carson, d'un ton suave.

Candra avait pensé lui soutirer un million de dollars, afin d'éponger toutes ses dettes. L'assurance du sénateur la déstabilisa. Aussi ne parla-t-elle que d'un demi-million.

— C'est beaucoup d'argent, remarqua Carson. Tu ne vaux pas cela.

Candra ignora la grossièreté de la remarque.

— Je me demande comment tu as fait ton compte pour être enceinte, s'interrogea McMillan. Tu m'as toujours dit que tu prenais la pilule.

— Un accident. J'avais une bronchite. J'ai pris des antibiotiques qui ont annulé l'effet du contraceptif.

— C'est malheureux. Cependant, je doute que l'enfant soit de moi. J'ai subi une vasectomie il y a déjà plusieurs années.

Candra réprima sa colère. Carson croyait avoir déjoué ses plans, mais il se trompait. La directrice de la galerie Worth avait d'autres atouts en main.

— C'est curieux. Tu ne m'en as jamais parlé.

— Pourquoi l'aurais-je fait ? De toute façon, tu prenais la pilule. Et puis je n'ai jamais eu la naïveté de croire que tu ne couchais pas avec d'autres. La vasectomie était la parade à ce genre de chantage.

— Très intéressant, remarqua-t-elle. Car je me suis également gardée de toi.

— De quelle façon ?

A la grande satisfaction de Candra, le sénateur parut tout à coup nerveux.

Elle se pencha sur son sac à main, en retira une enveloppe et un minuscule magnétophone. Lorsque Carson vit l'appareil, son visage se figea.

— Oh, je n'ai rien enregistré aujourd'hui. Notre entretien était privé. Contrairement à d'autres rencontres.

Candra mit l'appareil en marche et se cala sur son siège. La scène qui s'ensuivit la réjouit.

Quand il entendit des halètements, et autres gémissements sans équivoque, le politicien blêmit. Cette petite orgie datait du début de leur relation – Richard se trouvait alors en Europe. Candra avait toujours pensé qu'elle aurait un jour besoin d'une arme contre Carson.

Elle éteignit le magnétophone, sortit la cassette et la fit glisser sur le bureau, vers le sénateur. Elle plaça l'enveloppe à côté.

— Garde la bande. C'est ta copie. Les photos qui l'accompagnent sont dans l'enveloppe.

Carson McMillan serra les dents, fou de rage. Son visage s'empourpra.

— Espèce de salope !

Il n'avait rien trouvé de pire à dire.

— Je précise que les originaux sont en lieu sûr.

— Cette cassette t'incrimine autant que moi !

Il paraissait oppressé.

— Certes, mais je ne brigue pas la plus haute fonction du pays. Tes électeurs sont libéraux, ils ne te tiendront pas rigueur de tes écarts de conduite. Les autres sénateurs, en revanche, ne laisseront pas passer cela, surtout tes adversaires. L'occasion serait trop belle de te discréditer.

Candra s'inquiéta tout à coup : les yeux de son compagnon brûlaient d'une haine meurtrière. Elle prenait un risque en s'attaquant à Carson. C'est pourquoi elle avait veillé à lui opposer des arguments imparables.

— Cela ne se reproduira pas, précisa-t-elle, un rien agacée. Tu disposes de la somme et moi, j'ai besoin d'argent.

— Eh bien voyons ! cracha-t-il, sarcastique. Et je suis censé te croire sur parole.

— Je t'enverrai les originaux dès que j'aurai le demi-million en ma possession.

Ce qu'elle avait effectivement l'intention de faire. Cependant, Candra détenait aussi une cassette vidéo dont Carson ignorait l'existence. Elle ne s'en servirait que si son amant tentait de se venger.

Le sénateur ne saurait jamais combien de tirages photographiques et d'enregistrements Candra possédait. Même si elle lui remettait l'original de la bande, ainsi que les négatifs des tirages, l'homme ne serait jamais à l'abri. Le chantage est un procédé redoutable.

Elle posa une petite feuille de papier sur le bureau.

— C'est le numéro de mon compte en banque. Vire l'argent dessus, Carson. J'ai ouvert le compte exclusivement à cet effet. Je le clôturerai dès que la transaction aura été effectuée. Je ne pense pas que le fisc me cherchera des noises. Du moins espérons-le.

Carson ignora le papier. Candra se leva, passa la bandoulière de son sac sur son épaule.

— J'ai demandé au taxi d'attendre. Inutile de me raccompagner.

Elle se dirigea vers la porte, la déverrouilla, puis se retourna avant de sortir.

— Tout bien réfléchi, conclut-elle, doublons la somme : je veux un million de dollars.

La porte d'entrée venait tout juste de se refermer lorsque Margo fit irruption dans le bureau de son mari. Elle était livide.

— Imbécile, cracha-t-elle, méprisante. Espèce de crétin ! Tu ne peux donc pas te retenir ?

— La ferme ! siffla le sénateur, en se levant de son fauteuil. Tu écoutais à la porte ?

Margo s'avança vers la table et éteignit l'interphone.

— Je l'ai allumé quand j'ai su qu'elle devait venir. Tu te crois malin, mais tu laisses l'interphone branché !

Carson attrapa sa femme par le bras sans ménagement.

— Ne prends pas ce ton avec moi ! gronda-t-il.

— Sinon quoi ? Tu divorceras ? Cela m'étonnerait fort !

Elle dégagea son bras et saisit l'enveloppe qu'avait laissée Candra. Son mari se pencha pour la lui reprendre, mais elle recula d'un pas. Elle sortit les photographies, regarda les premières. Un rouge des moins avantageux colora son teint. Elle passa la liasse de clichés en revue, les découvrant à la hâte.

Margo McMillan fit volte-face et gifla son mari à toute volée. La tête du sénateur partit en arrière sous l'impact.

Il la toisa, la figure toute blanche, hormis les marques rouges imprimées par les doigts de sa femme. Les yeux de Carson brillaient comme de mauvaises braises.

Margo tremblait de rage et de dépit.

— Tu n'es pas seulement un imbécile, mais l'homme le plus égocentrique que j'aie jamais vu. Pire que mon père, et ça, il faut le faire ! Je ne t'ai pas supporté toutes ces années pour te laisser gâcher notre vie maintenant, à l'aube des élections. Il faut que tu réagisses, Carson.

— Je paierai. Je n'ai pas le choix.

— Et si elle te redemande de l'argent ?

— Je m'arrangerai. Maintenant, la ferme. Je ne suis pas d'humeur à écouter tes doléances.

— Ah oui ?

Margo lui balança les photos à la figure. Elles s'éparpillèrent sur le sol.

— J'espère que tu as fait le test du sida.

— Ne dis pas de sottises. Je n'aurais aucune garantie de confidentialité.

Mrs McMillan faillit hurler d'horreur.

— Tu joues avec ma vie, de peur qu'un inconnu apprenne que tu as passé un test de dépistage du sida ! s'exclama-t-elle, incrédule. Tu t'inquiètes d'un mouchoir, mais tu te laisses photographier dans les bras d'un homme ! De bonnes photos, d'ailleurs. Celle sur laquelle tu t'occupes de lui est un morceau d'anthologie. Et que dire de ta figure, quand ce type passe à l'action ! Ces joues écarlates, cette bouche béante…

Carson frappa sa femme du revers de la main et l'envoya valser contre le bureau. Ce geste lui procura tant de plaisir qu'il aurait volontiers recommencé.

— La ferme ! siffla-t-il entre ses dents. On avait fumé un joint. Autrement, ce ne serait jamais arrivé !

Margo se redressa, la main sur sa joue brûlante. Elle éprouvait des élancements dans la hanche, à l'endroit où elle avait heurté la table. La haine et le dégoût que lui inspirait son mari lui donnèrent la nausée.

— J'imagine que tu n'as jamais songé aux conséquences de tes actes. Usage de stupéfiants ! Parce qu'il y a aussi une photo de toi en train de prendre de la coke. Je la vois très bien dans le journal du soir.

— Si elle envoyait les photos aux journaux, Candra perdrait tout moyen de faire pression sur moi.

Carson avait au moins cette certitude. Tout maître chanteur protège ses intérêts.

— Tu ne sais pas ce qui peut lui passer par la tête, remarqua Margo d'un ton sec. Ton palmarès, à ce jour, n'a rien de glorieux. Il faut que tu t'occupes de cela, Carson. Et sans tarder. Offre-lui deux millions pour les originaux.

— Et tu me traites de crétin ! s'exclama-t-il. Je n'aurai jamais la preuve qu'il ne reste pas des copies de la bande ou des tirages photos !

— Dans ce cas, trouve une solution imparable.

Margo respirait fort, les narines frémissantes.

— Et vite, je te prie.

7

Richard avait converti le rez-de-chaussée de son hôtel particulier en bureaux : l'un à son usage personnel, pourvu d'un équipement informatique de pointe, et deux autres, plus petits, pour ses assistants. A cela s'ajoutaient une minuscule cuisine et deux salles de bains – une pour lui, l'autre destinée à ses employés. Cet arrangement s'avérait parfait, pour peu que l'homme d'affaires désirât travailler tard le soir, voire toute la nuit.

Son objectif, chaque matin, était de gagner le plus d'argent possible.

Richard Worth avait passé la majeure partie de sa vie d'adulte à faire fortune. Il se plaisait à anticiper l'évolution du marché boursier, mais ce plaisir restait modéré. Parce qu'il avait connu la pauvreté dans son enfance, il s'était promis de devenir milliardaire. Mission accomplie.

Il lui avait tout de même fallu quelques années pour y arriver. Richard n'avait pu pallier, du vivant de Pops, son grand-père, les difficultés financières que rencontrait la petite ferme familiale, en Virginie. Du moins avait-il procuré à sa mère une aisance matérielle les dernières années de sa vie. Dès lors, la vieille dame avait entretenu un potager pour son plaisir, et non plus par nécessité.

La misère brise un homme, fait de lui un parasite – ou bien le rend plus fort. Par orgueil, Pops avait refusé l'aide sociale. Il avait cultivé ses champs arides, loué ses services à d'autres fermiers. La mère de Richard, quant à elle, avait effectué des travaux de couture et de repassage à domicile. Dès seize ans, Richard travaillait aux foins, moyennant salaire.

Le milliardaire n'avait qu'un vague souvenir de son père, enterré au petit cimetière du village, sur la tombe duquel il se rendait plusieurs fois par an. Son grand-père lui avait appris qu'un homme doit gagner sa vie et il avait retenu la leçon. Aussi n'avait-il pas ménagé sa peine. Il s'était battu sans relâche pour réussir.

Richard ne s'était jamais caché de ses origines paysannes. Candra, en revanche, s'en était mal accommodée. Tout au plus autorisait-elle son mari à avouer qu'il venait de Virginie. Rien d'autre. S'il l'avait écoutée, il se serait inventé un manoir de famille et un ancêtre dont la signature figurait sur la déclaration d'indépendance des États-Unis.

Richard avait veillé à ne jamais retomber dans la pauvreté. Il avait diversifié ses investissements, placé des fonds dans les pierres et les métaux précieux, afin de parer un éventuel effondrement du marché boursier. Il éprouvait un certain amusement à jongler avec les cours des actions. Il avait d'ailleurs comme un sixième sens à cet égard. Des années auparavant, il s'était fixé le montant du capital qu'il tenait à réaliser. Aujourd'hui milliardaire, il l'avait dépassé mais n'en continuait pas moins à travailler. Et à s'enrichir.

Candra enrageait de ne pouvoir lui soutirer une somme plus conséquente.

Penser à sa femme assombrit l'humeur de Richard. Sans doute l'avait-il aimée au début de leur histoire. A moins que ce mariage n'ait été pour lui qu'un défi, au même titre que Wall Street. Dix ans après, il avait peine à se souvenir de la nature exacte de ses sentiments pour la Candra qu'il avait épousée. Richard savait cependant ce qui l'avait attiré chez elle. C'était une femme très séduisante, au statut social irréprochable, et dotée d'un patrimoine ancien. Elle était avenante – trop au goût de Richard, mais sans doute pas aux yeux de ses amants.

Leur mariage avait commencé à se déliter dès l'instant où il avait eu vent de ses infidélités. Candra s'imaginait qu'il n'avait découvert que sa première liaison. Elle se leurrait : Richard connaissait l'identité de tous ses amants. Il savait qu'elle couchait avec Kai, et qu'elle avait une histoire sporadique avec Carson McMillan. Il n'ignorait ni le nom des artistes auxquels Candra avait accordé ses faveurs, ni celui des amis du couple qui l'avaient possédée intimement. Après qu'il eut cessé de l'aimer, Richard s'était parfois servi de Candra pour son propre plaisir, utilisant chaque fois un préservatif. Et cela bien que sa femme prît la pilule. Elle ne s'était jamais étonnée de cette pratique plutôt humiliante – sans doute parce qu'elle en devinait le motif.

Il arrive hélas qu'un préservatif se déchire. Deux ans plus tôt, Richard avait eu cette malchance, alors que Candra se soignait, de surcroît, aux antibiotiques. Mrs Worth était tombée enceinte et, sans le consulter, avait eu recours à l'avortement.

Richard voulait des enfants, il avait toujours désiré en avoir. Au début de leur mariage, Candra avait préféré attendre et il avait accédé à ce souhait : son assise financière n'était pas assez solide pour envisager, selon ses propres critères, de fonder une famille. Mais lorsque, enfin, il s'était estimé à l'abri de tout besoin, Candra avait déjà des amants et lui-même avait perdu tout désir d'avoir des enfants d'elle. Richard avait néanmoins souffert à la pensée de cette frêle existence perdue et n'avait jamais pardonné à son épouse d'avoir avorté de leur bébé et de lui avoir annoncé la nouvelle avec un plaisir évident. Dès lors, il avait haï sa femme.

Refusant que Candra passe une nuit de plus sous son toit, il lui avait ordonné de déguerpir. Il l'avait conduite à l'hôtel, tandis qu'elle pleurait, le maudissait, lui jurait qu'elle avait inventé ce mensonge pour le blesser. Richard avait réveillé un serrurier en pleine nuit et fait changer les serrures de sa maison. Par la suite, Mrs Worth avait dû prendre rendez-vous chaque fois qu'elle venait chercher des affaires personnelles – ce qui l'avait terriblement humiliée.

Candra avait assuré aux amis du couple que Richard et elle-même divorçaient par consentement mutuel. Ce mensonge indifférait l'homme d'affaires. Il voulait seulement que le divorce soit prononcé, et ne jamais revoir sa femme. Il se reprochait de ne pas avoir agi plus tôt, de s'être plongé dans le travail pour oublier. Il était resté avec Candra alors même qu'il ne l'aimait plus. A cause de sa passivité, un enfant non désiré avait été conçu, que sa femme n'avait pas gardé. Richard se sentait une grande responsabilité dans cette histoire.

Depuis quelque temps, le milliardaire éprouvait la nécessité d'un changement. Il ne tenait pas à passer sa vie devant un écran d'ordinateur, à analyser des marges bénéficiaires, à anticiper les indices de consommation, les caprices du marché. Cette activité ne représentait plus un défi pour lui. Or Richard avait besoin de défis pour progresser. Dans l'armée, il s'était mesuré à des situations extrêmes. Il aurait pu embrasser la carrière militaire, s'il n'avait pas eu la volonté de faire fortune – afin de pourvoir aux besoins de ses ascendants.

Aujourd'hui, il avait réussi. L'heure était venue de tourner la page.

Le visage de Sweeney s'imposa à lui. Il s'appuya contre le dossier de son siège et sourit. Il avait trouvé son nouveau défi.

La jeune femme refusait de s'engager dans une relation avec lui parce qu'il était encore marié, ce qui n'était pas pour lui déplaire. Elle faisait preuve d'une rigueur morale qui lui rappelait sa mère et son grand-père. Comment Sweeney avait-elle acquis de tels principes ?

Richard voulait tout savoir de la plasticienne : il s'était fait faxer une copie du formulaire qu'elle avait rempli avant d'emménager dans l'appartement. « Paris Samille Sweeney, trente et un ans, artiste peintre. » Elle n'avait pas menti sur son nom. D'après les renseignements portés sur l'imprimé, la mère de Sweeney peignait elle aussi – Richard n'avait jamais entendu parler de cette femme – et son père était un cinéaste assez renommé à Hollywood. Bien que tous deux fussent encore en vie, elle avait cité son frère comme plus proche parent – ce qui en disait long sur les rapports qu'elle entretenait avec eux. D'une manière générale, elle s'était montrée très évasive quant à sa famille.

Ces détails n'avaient bien sûr pu contenter Richard. Il se souvint d'elle, bondissant de ses genoux comme si elle était assise sur un bâton de dynamite. Leurs relations promettaient d'être amusantes – et frustrantes. Sweeney obsédait le milliardaire depuis qu'ils avaient échangé ce regard brûlant, deux jours plus tôt. Il ne supportait plus, tout à coup, de vivre dans l'abstinence.

Sweeney était presque l'opposée de Candra. Cette dernière, consciente de sa beauté, s'habillait en fonction de l'image qu'elle souhaitait donner d'elle. Sweeney, pour sa part, n'avait aucune idée de son charme – et ne se préoccupait guère de sa garde-robe. Mrs Worth se mouvait en société comme un poisson dans l'eau. L'artiste s'avérait incapable d'hypocrisie mondaine. L'une était communicative, l'autre solitaire. S'il voulait que Sweeney l'accepte dans sa vie, Richard allait devoir user de stratégie et faire preuve de persévérance. Candra était une femme libérée, alors que Sweeney était si romantique et exclusive qu'un simple baiser l'effarouchait.

Il s'était promis de conquérir la jeune femme. Cela impliquait de régler au plus vite son divorce.

Richard saisit son téléphone, composa le numéro de Gavin Welles, son avocat. On le lui passa immédiatement.

— Cela a assez duré, déclara-t-il sans préambule. Concluez !

— Vu le volume de vos biens, une année est peu de choses, Richard. Soyez patient. Vous êtes en position de force.

Candra comprendra tôt ou tard qu'elle gaspille des fortunes en frais d'avocat. Elle se pliera à vos exigences, par intérêt.

— Dans la mesure où elle ne cède pas, je soustrais dix mille dollars par jour sur la somme que j'ai accepté de lui verser. A partir d'aujourd'hui. Avisez-en son avocate. Et si Candra n'a pas signé d'ici la fin de la semaine, je lui reprends la galerie.

Gavin resta silencieux un moment.

— Elle se battra bec et ongles pour garder la galerie. Vous le savez.

— Et elle sait qu'elle perdra de l'argent si elle s'entête. Je ne bluffe pas, Gavin. J'aurais dû lui forcer la main il y a des mois, mais je tenais à me conduire en gentleman. Elle a abusé de ma patience. Informez-en Olivia.

Richard raccrocha et s'appuya contre le dossier de sa chaise, l'air sombre.

Dans son bureau du centre-ville, Gavin Welles poussa un soupir, fataliste. Il téléphona à maître Yu, qui défendait les intérêts de Candra. Lorsqu'elle apprit les nouvelles conditions de l'accord, Olivia se lança dans une diatribe qui obligea Gavin à écarter le combiné de son oreille.

— Le salaud ! Il est sérieux ?

— On ne peut plus sérieux, Olivia.

— Qu'est-ce qui lui prend ? J'aurais fini par convaincre Candra qu'elle tenait là le meilleur arrangement possible. Elle va enrager. Sa remplaçante doit piaffer d'impatience dans les coulisses !

Maître Welles avait fait le même raisonnement, mais il était trop discret pour l'avouer.

— Pas à ma connaissance.

— Allons, Gavin ! Il veut officialiser une liaison, et vous le savez.

— Et quand bien même ce serait le cas !

Richard aurait pu coucher avec une femme différente tous les soirs, au beau milieu de Times Square, cela n'aurait en rien affaibli sa position.

Olivia en avait parfaitement conscience. La somme qu'offrait le milliardaire était plus qu'honorable. Seulement Candra n'avait rien voulu entendre.

— Très bien. Je vais l'appeler, concéda l'avocate.

— Quoi ?

Olivia s'était attendue à des protestations virulentes, or Candra n'émit qu'un murmure horrifié. Maître Yu répéta les conditions nouvelles que leur imposait Richard.

— Il ne peut pas faire ça ! Nous étions déjà convenus…

— Vous n'avez pas signé les papiers, Candra, remarqua Olivia, très à propos. Richard n'est pas légalement tenu de maintenir cette offre parce que vous la refusez. Il est libre de faire ce qu'il veut.

— Mais la galerie est à moi ! s'offusqua Candra. J'ai lancé les artistes, j'ai rendu l'affaire rentable. Il n'a pas le droit de me la reprendre !

— Richard est propriétaire de l'immeuble, Candra. Il finance la galerie. Sans lui, cette affaire n'aurait jamais vu le jour. Son nom apparaît sur tous les règlements. Un bon avocat – et Gavin Welles est brillant, croyez-moi – pourrait arguer du fait que votre mari agissait en coulisses, tandis que vous ne teniez qu'un rôle secondaire. Vous auriez dû mettre la galerie à votre nom. Je vous dis cela avec le recul.

Olivia rencontrait des situations de ce genre en permanence.

— Je l'aurais fait si j'avais eu des raisons de m'inquiéter, expliqua Candra, abattue. Tout allait bien, puis il y a eu cette dispute, et Richard a demandé le divorce le lendemain. Je n'ai pas eu le temps de protéger mes intérêts.

Il convenait d'y veiller avant que la situation ne se dégrade, songea Olivia en son for intérieur. Elle se demandait à quel propos les Worth s'étaient querellés. Candra n'en avait jamais rien dit, mais la chose avait dû être grave pour trouver une conclusion aussi rapide – et aussi radicale. Lors de leurs réunions, Richard Worth avait fait preuve d'une parfaite maîtrise de soi. Il s'était montré froid et inébranlable. Mais, de toute évidence, pas assez à son goût puisqu'il venait de durcir encore sa position.

— Je vais lui parler, bafouilla Candra, au bord des larmes.

— Candra... soupira Olivia. A quoi cela servira-t-il ? Citez-moi un seul point de détail sur lequel Richard accepterait de céder. Signez ces papiers, avant de perdre dix mille dollars de plus !

— Je le convaincrai de me rendre les dix mille dollars d'aujourd'hui. Je vous promets de signer les papiers s'il accepte ce compromis.

Candra raccrocha, écœurée. Un an plus tôt, ces dix mille dollars lui seraient apparus comme de l'argent de poche. Aujourd'hui, elle jugeait cette somme énorme. Elle n'avait pas de nouvelles de Carson, mais il fallait lui laisser le temps de se retourner. Le chantage n'était pas une solution sûre et, jusqu'à ce que le sénateur paie, elle ne pouvait se permettre de perdre un centime. Et puis, que ferait-elle si le politicien refusait de se soumettre à ses exigences ? La publication des photos briserait aussi bien sa carrière à elle que celle de McMillan. De plus, ils encouraient l'un et l'autre une peine de prison pour usage de stupéfiants. Candra espérait seulement que Carson paierait pour ne pas s'exposer à la vindicte et aux humiliations publiques.

Mais pourquoi ce revirement chez Richard ? L'homme ne bluffait pas. Il tenait à en finir avec elle. Rapidement. Pourquoi ? Pourquoi maintenant, et non deux mois plus tôt ?

Quel motif impératif avait-il d'agir ainsi ? Quelle raison soudaine...

Une femme, bien sûr ! Candra ne lui avait connu aucune liaison depuis leur séparation, mais n'en déduisait pas pour autant que son mari avait vécu comme un moine. Elle connaissait ses appétits charnels. Elle savait aussi que les femmes gravitaient autour de lui comme s'il leur avait envoyé des signaux subliminaux indiquant son goût pour les corps à corps lents – et fréquents.

Richard affichait également des valeurs désuètes. Si une femme s'était trouvée enceinte par sa faute et par accident, il eût insisté pour l'épouser. Candra avait appris – à ses dépens – que son mari ne prenait pas une grossesse à la légère.

Cependant, Richard n'avait pas pour habitude de répéter ses erreurs. Il était à présent bien trop vigilant sur ce plan.

Le plus probable était donc son intérêt subit pour une autre femme. Candra imagina celle-ci prenant sa place : elle dormirait dans son lit, se réveillerait dans les bras de Richard, déjeunerait avec lui. La directrice de la galerie Worth eut envie d'hurler. Elle aurait donné n'importe quoi pour revenir en arrière. Impossible cependant. Elle devait arrêter de se consumer en regrets inutiles. Et réfléchir.

Sweeney ! Évidemment !

Son intuition lui soufflait que Richard avait jeté son dévolu sur la jeune artiste – même si celle-ci n'en avait pas conscience. Son attitude froide et réservée ne ferait d'ailleurs qu'exciter davantage le milliardaire, qui mettrait alors un point d'honneur à l'attirer dans ses rets.

Candra allait retourner la situation à son avantage. Elle s'en savait capable.

— Tu complotes quelque chose, remarqua Kai.

Le jeune homme était entré dans son bureau sans frapper. Elle lui lança un regard outré. Son amant prenait trop de libertés avec elle. Il convenait de le remettre à sa place. Mais plus tard. Candra avait en lui un interlocuteur possible.

— Je crois que j'avais raison en ce qui concerne Richard et Sweeney. Il est tout à coup pressé d'en finir.

— Il a accepté tes conditions ? s'enquit-il, les yeux brillants de cupidité.

— Non, Richard reste intraitable, mais je crois que je dispose de nouveaux atouts.

— Tu joues avec le feu, l'avertit Kai. Richard ne tolérera aucune menace de ta part.

— Dans ce cas, il ne devrait pas essayer de m'intimider.

— Oh ? Il en est arrivé là ?

— Peu importe.

Kai ignorait que Richard était propriétaire de la galerie. S'il l'avait su, il aurait démissionné sur l'heure et laissé Candra dans l'embarras. Elle-même ne se berçait pas d'illusions sur la loyauté du personnage et voyait avant tout en lui un investissement rentable : la majeure partie de sa clientèle féminine succombait à son charme.

— Qu'as-tu l'intention de faire ?

— Lui parler.

Candra se leva et prit la besace en cuir qui lui servait à la fois d'attaché-case et de sac à main. Par bonheur, elle n'était pas retournée chez elle se changer. Elle était toujours vêtue du tailleur gris qu'elle portait le matin même, à Washington.

— Pourquoi ne pas simplement lui téléphoner ?

— Je préfère avoir une discussion en tête-à-tête.

— Qu'est-ce qui te fait croire qu'il va te recevoir ?

Le milliardaire avait refusé plusieurs fois l'entrée de sa maison à son épouse, au vif amusement de Kai – et à la grande humiliation de Candra.

— Oh, je pense qu'il s'attend à ma visite.

Richard remarqua aussitôt le tailleur strict.

— Tu essaies d'obtenir un rôle à Broadway ? demanda-t-il, montrant à sa femme que son subterfuge ne prenait pas avec lui.

Candra contint son irritation. Elle aurait dû se souvenir à quel point Richard était observateur.

— J'avais un rendez-vous d'affaires ce matin, dit-elle – ce qui n'était pas faux.

Plutôt que de l'emmener au salon, Richard escorta Candra jusque dans son bureau, sous-entendant ainsi qu'elle n'était pas la bienvenue dans cette maison. Comme s'il avait eu besoin d'insister sur ce point... Pour lui, Candra n'était plus qu'une histoire à conclure – une histoire déplaisante de surcroît.

L'espace, exigu, et l'aspect spartiate de la pièce de travail de Richard ne laissaient pas de surprendre Candra. Un mobilier élégant aurait pu pallier la petitesse des lieux. Or tout était fonctionnel ici, même le grand fauteuil en cuir.

— Je vois que ton avocate t'a fait part de mes nouvelles conditions, déclara-t-il d'un ton froid.

Il prit place sur son siège, noua ses doigts derrière sa tête. Son expression était indéchiffrable.

Candra s'installa face à lui, de l'autre côté du bureau. Elle attaqua sans coup férir.

— Sweeney traverse une sorte de crise artistique, et cela depuis des mois. Elle m'a apporté ses nouvelles toiles hier, mais elle doute de leur qualité. Je l'ai encensée, bien sûr, mais en fait je vais avoir un mal fou à vendre ces tableaux.

Richard resta de marbre.

— Et tu me racontes cela parce que... ?

S'était-elle leurrée ? Non, impossible. Elle lui en voulut de prolonger ainsi le suspense.

— Je te connais, chéri. J'ai bien vu comment tu la regardais.

Comme s'il voulait la prendre sur-le-champ, devant tout le monde ! pensa Candra avec fureur. Un sentiment de jalousie la tortura, qu'elle domina.

— Avec mes yeux ? se moqua-t-il d'un ton suave.

— Ne fais pas le malin, s'il te plaît. J'ai le pouvoir de briser sa carrière. Je n'y prendrais pas plaisir – j'aime beaucoup Sweeney – mais si cela s'avère nécessaire...

Candra haussa les épaules, faussement désinvolte.

— Et moi j'ai le pouvoir de te trouver une remplaçante sur l'heure, rétorqua Richard. A la galerie. Et ailleurs !

Il plissa les yeux en se penchant en avant. Son expression était si menaçante que Candra eut un mouvement de recul.

— Si tu entreprends quoi que ce soit pour nuire à Sweeney, tu n'obtiendras pas un sou de moi ! cracha-t-il.

— Ainsi, j'ai vu juste, réussit-elle à articuler.

Candra n'en était pas moins inquiète. Elle n'aurait pas pensé que Richard réagirait ainsi à son ultimatum.

— Tu as vu juste ?

— Pourquoi la défendrais-tu, autrement ?

— Je vois plusieurs raisons de ne pas céder à un chantage, remarqua-t-il.

Candra eût préféré que Richard n'emploie pas ce mot. Elle pâlit.

— Tu noircis le tableau.

— Et tu appelles cela comment ? Si je refuse de payer, tu briseras la carrière de Sweeney. Cela ressemble beaucoup à de l'extorsion de fonds.

Richard se leva soudain et saisit Candra par le bras, l'obligeant à quitter son siège.

— Va-t'en.

— Richard, attends !

— Je t'ai demandé de sortir.

Il l'entraîna vers la porte, sous les regards étonnés de ses assistants. Mrs Worth rougit de honte.

Elle dégagea son bras, fit volte-face et le dévisagea.

— Je te ferai regretter de m'avoir traitée de cette façon-là ! déclara-t-elle d'une voix entrecoupée de sanglots.

— Signe les papiers, dit Richard.

Il ouvrit la porte et la jeta dehors.

— Sinon, c'est toi qui le regretteras.

8

Sweeney errait dans son atelier, nerveuse. Elle examinait ses toiles, sans vraiment les voir. Quelle importance, d'ailleurs ? Elle était devenue incapable de porter un jugement sur son travail. Candra, toutefois, paraissait enthousiaste. Aussi Sweeney avait-elle décidé de lui apporter l'ensemble de sa nouvelle production.

Elle avait trouvé l'adresse de David et Jacob Stokes et leur avait envoyé le portrait de leur père, accompagné d'une lettre de condoléances. Elle avait passé la fin de la journée à travailler, appliquant de la couleur sur des toiles telle une automate, sans même réfléchir à ce qu'elle représentait.

Plus d'un événement perturbant était survenu dans sa vie en l'espace d'un an. La jeune femme avait le sentiment de les avoir affrontés avec sang-froid, du moins la plupart du temps. Et si elle n'avait pas trouvé d'explication logique à sa capacité soudaine à voir des fantômes, elle avait découvert que des milliers de personnes revendiquaient cette même faculté.

Sweeney avait consulté plusieurs ouvrages sur le paranormal, les visions et les rêves prémonitoires, sans qu'aucun d'eux apporte d'explication à la scène qu'elle avait peinte. Parce qu'elle ne se rappelait pas l'avoir exécutée, elle en avait déduit avoir agi dans un état de somnambulisme. Elle s'était procuré plusieurs livres sur le sujet, mais n'avait pas encore trouvé le temps de se pencher dessus sérieusement. Tout au plus avait-elle appris que les somnambules souffraient de stress.

Certes, avait-elle songé, cynique, voir des fantômes est éprouvant pour les nerfs. Surtout après un an de contacts avec l'autre monde.

Peindre la nuit, sans en être consciente, lui donnait des sueurs froides. A fortiori quand son tableau représentait la mort d'un homme et s'avérait prémonitoire. Elle s'accommodait mal de ce pouvoir.

Car il s'agissait bien d'un pouvoir surnaturel. Sweeney était devenue médium. Elle se demandait où se situaient les limites de ses dons étranges. Le fait d'influer sur les feux de la circulation, sur la croissance des plantes, voire même de communiquer avec des revenants, était finalement anodin comparé à son aptitude – éventuelle – à prévoir la mort des êtres qu'elle appréciait. A en juger par sa dernière peinture, son art, qui lui avait jusqu'alors donné le loisir de reproduire la beauté du monde, menaçait de la priver de ce plaisir.

Cette solitude, que Sweeney avait toujours souhaitée, lui pesait désormais, au point qu'elle aurait même préféré la compagnie d'un chat ou d'un chien à ce sentiment d'isolement. Mais elle n'avait personne vers qui se tourner.

A moins d'appeler Richard.

La tentation était presque irrésistible. L'homme d'affaires la prendrait dans ses bras comme il l'avait déjà fait. Sweeney dormirait, au chaud, en sécurité. Ses parents n'avaient jamais su la tranquilliser et elle s'était peu à peu résignée à ne compter que sur elle-même. Mais le giron de Richard était doux. Sweeney se souvenait fort bien de l'intensité de son érection. Et elle s'était sentie aimée. Ou du moins désirée.

Il n'en demeurait pas moins qu'elle ne pouvait envisager de l'appeler. Sweeney avait eu de bonnes raisons de le repousser – et ces raisons restaient valables. Elle avait bien sûr conscience d'avoir une morale rigide qui dénotait quelque peu en cette époque de permissivité. Mais vu le mal occasionné par les multiples infidélités de ses parents, il était miraculeux qu'elle ne fût pas entrée au couvent.

Richard la désirait – et elle avait tout autant envie de lui. Ce besoin irrépressible de lui appartenir était même si puissant que Sweeney doutait d'y résister longtemps encore. En vivant avec lui, elle n'aurait plus jamais froid : il lui suffirait de se couler dans ses bras pour se réchauffer. Richard saurait la rassurer. De l'intérieur.

Du calme ! songea-t-elle. Si elle n'interrompait pas immédiatement le cours de ses pensées, elle allait bientôt bondir sur le téléphone avant même de savoir ce qu'elle faisait. Elle imaginait Richard allongé sur elle, lui suçant les seins, la pénétrant…

Oh, cela suffit ! se sermonna-t-elle. Tu te sers de Richard comme d'un dérivatif à tes problèmes. Pourtant, rêver de lui était bien plus plaisant que de se colleter avec sa clairvoyance et son somnambulisme créatif.

Sweeney s'avoua qu'elle s'était plus ou moins attendue à ce que l'homme d'affaires lui téléphone ou passe la voir ce jour-là. Son intuition lui soufflait que Richard était du genre persévérant. Il n'avait renoncé à elle que provisoirement. Il reviendra, se dit-elle. Elle n'en doutait plus. La question était juste de savoir quand.

L'heure du coucher approchait. La jeune femme avait mal dormi la nuit précédente : la visite de Richard l'avait perturbée, ainsi que sa rencontre avec le fantôme du vieux marchand, dans l'après-midi. Cependant, elle ne pouvait se résoudre à se mettre au lit, craignant d'avoir encore une crise de somnambulisme et de peindre un tableau terrifiant. Elle qui s'était toujours abandonnée au sommeil avec délice… Cette pensée l'irrita – et l'affola.

Sweeney avait rarement connu la peur dans sa vie. Au fil des années, elle avait pris l'habitude d'affronter les problèmes plutôt que de les fuir mais, en l'occurrence, cette attitude ne semblait plus convenir. Comment affronter quelque chose d'aussi nébuleux que la voyance ?

Le phénomène l'horrifiait. A bien y réfléchir, l'année qui venait de s'écouler avait marqué, pour elle, une progression dans l'irrationnel. Sweeney s'interdit de songer à ce qui risquait de suivre. La capacité de léviter ? Ou bien d'enflammer les objets à distance ?

Elle s'efforça d'en rire, mais son sens de l'humour lui fit défaut.

Elle trouva tout à coup ridicule d'arpenter son atelier pour reculer le moment d'aller se coucher. Il ne s'était rien passé d'anormal la nuit d'avant. Peut-être n'aurait-elle plus de telles prémonitions… du moins jusqu'à ce qu'une personne de sa connaissance se retrouve à l'article de la mort. Cette pensée, qui lui avait déjà traversé l'esprit, s'imposa de nouveau.

Voilà l'explication ! Il y avait des dizaines de décès chaque jour à New York, mais ces événements n'affectaient pas la jeune artiste car elle ne connaissait pas ces défunts. En revanche, elle avait beaucoup aimé le marchand de hot-dogs : il se pouvait que sa disparition ait agi sur son inconscient.

Pour la première fois, elle s'interrogea sur les circonstances de la mort du vieil homme. Son fantôme lui avait paru aussi vaillant que tous les revenants qui s'étaient manifestés à elle. Sur son tableau, toutefois, le vieillard avait une blessure à la tête. S'était-il fait renverser par une voiture ? Jusqu'à quel point sa toile reflétait-elle la réalité ?

Sweeney frissonna. Elle préférait ne pas connaître la réponse à cette dernière question.

La sensation de froid empira, et elle s'aperçut qu'elle était gelée. Elle avait également sommeil. Pourquoi rester éveillée et s'inquiéter de choses qu'elle ne maîtrisait pas ? Elle enfila son pyjama, se glissa dans son lit et brancha sa couverture électrique.

Juste avant de s'endormir, Sweeney songea qu'elle n'aurait pas eu besoin d'une couverture électrique si Richard avait dormi avec elle…

Peu après minuit, sa respiration s'accéléra. Elle repoussa les couvertures, marmonna des sons indistincts dans son sommeil. Après quelques minutes, elle s'apaisa. Sweeney ouvrit les yeux et s'assit dans son lit. Elle se leva, traversa l'appartement sans bruit, puis entra dans son atelier et posa une toile vierge sur un chevalet. Elle parut réfléchir quelques instants. Après quoi elle choisit un tube de peinture et se mit au travail.

Ce fut le froid qui la réveilla. Sweeney se pelotonna sous les draps, grelottante, et se demanda si la couverture électrique fonctionnait. Oui, la petite lumière ambrée était allumée. La couverture était chaude, mais Sweeney, elle, tremblait de froid.

Elle consulta son réveil. Presque 9 heures ! En général, elle se réveillait à l'aube. Elle se leva, monta le chauffage au maximum et courut dans la salle de bains prendre une douche brûlante. Les frissons s'espacèrent, ses muscles noués se détendirent. La jeune femme grelottait davantage depuis sa crise de somnambulisme. Elle se prépara du café et emporta sa tasse dans son atelier.

Il y avait une nouvelle toile sur le chevalet ! Sweeney fut prise de panique, craignant d'avoir représenté, une fois de plus, la mort d'un être cher. Richard, peut-être. Oh non ! Mon Dieu, faites que ce ne soit pas lui ! implora-t-elle.

Rassemblant tout son courage, elle se dirigea vers le tableau, placé devant les fenêtres, de façon à capter la lumière du jour. Elle contourna le chevalet et contempla ce qu'elle avait peint. Deux chaussures : un soulier d'homme et un escarpin à talon.

La jeune artiste se détendit, heureuse d'avoir évité le pire. Elle avait cru que Richard était mort – alors qu'elle n'avait aucune raison objective de tirer de telles conclusions. Sweeney s'aperçut tout à coup qu'elle claquait des dents.

Elle se rendit dans la cuisine afin de se préparer un petit déjeuner chaud. Elle se resservit du café, fit griller un toast. Sa sensation de froid empira. Elle fut secouée de frissons si violents qu'elle ne réussit même pas à mâcher sa tartine. Elle n'osa plus boire son café brûlant.

Les muscles de ses jambes étaient contractés. Elle attrapa une couverture, s'enveloppa dedans et s'assit sur un radiateur.

Une crampe la lança dans la cuisse gauche. Sweeney gémit, massa son muscle endolori. Une autre crampe cisailla alors son mollet droit. Haletante, elle se mit à pétrir les tissus tétanisés. Elle se força à étirer sa jambe et ne put retenir un cri de douleur. Des larmes coulèrent sur ses joues. Richard l'avait réchauffée, la dernière fois. Sweeney ne souhaita plus qu'une chose : qu'il fût là !

Elle rampa jusqu'au téléphone, toujours emmitouflée dans la couverture. Elle eut de la peine à soulever l'appareil sans fil et s'étonna de sa faiblesse. Pour la première fois, elle s'interrogea sur son état de santé.

Elle trouva le numéro professionnel de Richard dans l'annuaire.

— Que puis-je pour vous ? demanda une femme au bout du fil.

— Pourrais-je parler à Richard, s'il vous plaît ?

Peut-être aurait-elle dû dire « Mr Worth » et non l'appeler par son prénom.

— Votre nom ?

— Sweeney.

La voix du milliardaire résonna à son oreille deux secondes plus tard.

— Qu'est-ce qui ne va pas, Sweeney ?

— Comment avez-vous deviné ? demanda-t-elle d'une voix frêle.

— Que quelque chose n'allait pas ? Pourquoi m'appelleriez-vous, autrement ?

Elle essaya de rire, mais n'y parvint pas.

— J'ai froid, avoua-t-elle. Oh, Richard j'ai l'impression que je vais mourir ! Je suis complètement gelée !

— J'arrive tout de suite, assura-t-il d'un ton posé. Ça va s'arranger.

Sweeney se raccrocha à cette idée pour se calmer. Richard n'aurait qu'à grimper dans sa Mercedes. Edward l'attendrait. Aïe ! Une nouvelle crampe venait de lui traverser la cuisse droite. Terrifiée, elle éclata en sanglots, avant d'essuyer hâtivement ses larmes avec un coin de la couverture. Elle ne tenait pas à ce que Richard la trouve en pleurs. Après quelques minutes, la contracture se dissipa.

Elle allait devoir ouvrir la porte à son visiteur. Elle tenta de se relever, et retomba par terre en gémissant : une crampe lui serrait le mollet comme un étau. Elle entreprit de nouveau de masser le muscle crispé… Une minute de sursis lui suffirait pour marcher jusqu'à l'entrée et tirer les verrous.

Au pire, elle ramperait et se traînerait sur les coudes, mais elle arriverait à la porte coûte que coûte.

Sweeney prit appui sur sa jambe gauche pour se mettre debout, guettant la crampe. Laquelle ne vint pas. Mais elle claquait des dents, se sentait vidée de son énergie. Pourquoi son métabolisme ne parvenait-il plus à produire de la chaleur ?

La jeune femme n'eut pas la force de rester debout plus de quelques secondes. Elle rampa dans le couloir puis s'écroula sur le flanc, le souffle court, épuisée. Elle parcourut, à plat ventre, les derniers mètres qui la séparaient de la porte. Là, elle se hissa sur les genoux et réussit à tirer les deux verrous. Après quoi, elle se roula en boule par terre et attendit l'arrivée de Richard.

9

Le bruit de la sonnette la fit sursauter. Elle n'aurait su dire depuis combien de temps elle attendait.

— Ri-Richard ?

On sonna encore une fois à la porte. Elle avait parlé trop bas pour que son visiteur l'entende. Elle prit une profonde inspiration, retint son souffle, s'accordant quelques secondes de répit entre deux frissons.

— Richard ! l'appela-t-elle.

— Je suis là. Ouvrez la porte !

— Elle est ouverte.

L'homme d'affaires entra et baissa les yeux.

— Merde, lâcha-t-il.

Il referma la porte derrière lui, puis se pencha et la souleva de terre sans effort apparent.

— Il y a combien de temps que cela dure ? demanda-t-il en déposant la jeune femme sur le canapé.

— De-depuis que je suis réveillée. Vers 9 heures.

— Il fait plus chaud ici qu'au Sahara, remarqua-t-il, l'air sombre.

Richard arracha la couverture à Sweeney et lui enleva son jean.

— Eh ! protesta-t-elle.

Difficile cependant de paraître indignée quand on claque des dents.

— Ne discutez pas, dit Richard, en lui ôtant son sweat-shirt.

Sweeney ne portait pas de soutien-gorge. Ses mamelons étaient érigés et elle tenta de les cacher en posant aussitôt ses mains sur ses seins. Elle se ravisa ensuite, jugeant plus urgent de serrer ses bras autour d'elle, dans l'espoir de se réchauffer. Un bâillement lui échappa.

— Ne vous endormez pas surtout ! lui ordonna son compagnon.

— D'accord, promit-elle, doutant d'y parvenir.

Richard entreprit de se dévêtir, puis il allongea Sweeney sur le canapé et se coucha sur elle. Il la serra dans ses bras.

— Ça va aller, murmura-t-il.

Sentant les frissons convulsifs de la jeune femme, il tira la couverture sur eux.

Le milliardaire couvrit les pieds de sa compagne avec les siens, plaça une main sous sa nuque. Une douce tiédeur enveloppa Sweeney, pénétra sous sa peau, la réchauffa jusqu'aux os. Elle ne tremblait plus.

Elle était presque nue, ne portant plus qu'une petite culotte et des chaussettes. Richard avait gardé son caleçon, mais son pénis en érection cherchait l'entrejambe de la jeune femme. Une chaleur d'un autre genre gagna celle-ci. D'instinct, elle ouvrit les cuisses et se frotta contre lui. Elle éprouvait le besoin animal d'être prise. Richard Worth lui caressa longuement les seins, en mordilla les pointes. L'artiste gémit de plaisir. Quand il la sentit prête à jouir, Richard lui agrippa les fesses et la fit aller et venir sur sa virilité jusqu'à ce que sa jouissance s'exprime dans un cri – qu'il étouffa d'un baiser.

Lorsqu'elle retrouva ses esprits, Sweeney s'aperçut, éberluée, qu'elle transpirait. Son corps luisait de sueur. Peu à peu, les battements de son cœur s'apaisèrent. Richard la caressa tendrement et cala sa tête dans le creux de son bras.

— Dormez, maintenant, lui souffla-t-il.

Sweeney n'avait pas d'autre choix : son corps lui paraissait immatériel.

— J'ai eu un orgasme, remarqua-t-elle, étonnée.

— Je sais, dit Richard, avec un rire de gorge.

Elle colla son visage contre la poitrine de son compagnon, le respira profondément. Après quoi elle s'endormit, comme une enfant.

Richard repoussa la couverture : il parvenait à peine à respirer, tant il faisait chaud dans l'appartement. Il transpirait à grosses gouttes. De plus, il était couché sur Sweeney, ce qui entretenait son désir. Ces préliminaires, d'un érotisme inouï, l'avaient laissé sur sa faim et il se trouvait encore dans un état d'excitation insensé. Richard s'amusa du fait qu'une telle frustration pût générer un plaisir aussi vif. Il eût suffi que Sweeney l'effleure pour qu'il jouisse.

Le milliardaire se refusait à tirer avantage de sa faiblesse, aussi s'était-il retenu de lui faire l'amour. Cette histoire d'hypothermie l'inquiétait par ailleurs. Il l'avait dénudée, puis s'était déshabillé à son tour, sachant que seul un contact charnel saurait la réchauffer. Richard était décidé à emmener Sweeney chez le médecin dès son réveil. La jeune femme lui était devenue très précieuse en quelques jours. La pensée qu'elle pût être malade lui était insupportable.

Sweeney était baignée de sueur – leurs deux sueurs. Il avait eu raison de ses convulsions, mais la chaleur torride qui régnait dans l'appartement l'avait amené au bord de l'évanouissement. Il se leva, trouva le thermostat et baissa le chauffage de dix degrés.

Assoiffé, il alla boire deux grands verres d'eau à la cuisine. Il aurait volontiers pris une douche, mais il se refusait à laisser Sweeney seule, de crainte qu'elle ne s'éveille et ne le trouve pas auprès d'elle.

Sa jouissance l'avait surprise. Sans doute vivait-elle comme une ascète depuis plusieurs années, pensa-t-il. Elle n'avait dû connaître que des expériences sexuelles brèves et peu satisfaisantes, avant de tirer un trait sur la chose et de se réfugier dans la création. La jeune femme avait cependant répondu à ses avances et il se réjouissait de sa bonne fortune, préférant ne pas se poser trop de questions.

Il retourna dans le salon et veilla sur elle. Il avait tellement chaud qu'il ne put se résoudre à se rhabiller.

Lors de sa précédente visite, il n'avait pas prêté attention au décor, n'ayant eu d'yeux que pour l'occupante des lieux. Il regarda à présent autour de lui. Sweeney aimait les meubles fonctionnels, traditionnels. Son sens de l'esthétique transparaissait dans le choix des couleurs : une coupe en émail bleu placée de façon à capter la lumière du jour, un vase vert pâle, rempli de tulipes rouges, un tapis pourpre, sous un fauteuil en acajou. Et toute cette végétation ! songea Richard. Sans doute Sweeney avait-elle la main verte. Les plantes, luxuriantes, étaient toutes en fleurs : une symphonie de jaunes, de roses, de rouges.

L'artiste possédait une grande bibliothèque. Richard avisa une pile de livres sur la table basse et en prit un. *Sur la piste des fantômes*, lut-il. Il en examina un autre : *Les Phénomènes surnaturels.* Cet intérêt pour le paranormal l'étonna.

Un troisième ouvrage, intitulé *En contact avec les esprits*, lui arracha un sourire. De même que *Les Fantômes parmi nous.* Sweeney était manifestement fascinée par les revenants.

Richard s'intéressait lui-même au phénomène. A la mort de son grand-père, il avait passé une semaine dans la maison de famille. Durant ces huit jours, il avait senti la présence de son aïeul dans les lieux. Une présence presque palpable.

Il reposa les livres et regarda Sweeney. Elle dormait profondément, une main glissée sous sa joue. Ses lèvres, ainsi que le bout de ses doigts, avaient retrouvé leur couleur.

Il se rappela combien elle était frigorifiée à son arrivée. Qu'est-ce qui avait provoqué ce froid extraordinaire chez elle ? Il se fit de nouveau la promesse de l'accompagner chez un médecin sans tarder.

Sweeney dormit plus d'une heure. Lorsqu'elle commença à s'agiter, Richard la rejoignit sous la couverture. Elle avait les cuisses musclées – et les seins tendres. Son compagnon se retint de les palper. Il brûlait d'envie de la dévêtir totalement, de la caresser, mais s'il s'engageait dans cette voie, il ne pourrait plus se maîtriser.

La jeune femme remua, puis fronça les sourcils, comme contrariée de se réveiller. Richard guetta son expression avec émotion. Sweeney allait se souvenir de lui. De leur échange brûlant. Nerveux, inquiet, il se demanda quels seraient ses premiers mots.

Elle s'étira, puis elle se lova contre Richard, qui serra les dents. Elle battit des paupières, posa sur lui des yeux ensommeillés.

— Bonjour, balbutia-t-elle avec un sourire béat.

Sur ce, elle cilla plusieurs fois, fixa son compagnon et se figea entre ses bras.

— Oh, mon Dieu ! s'exclama-t-elle.

Avec un petit rire, Richard embrassa sa tempe.

— Pas de panique, dit-il.

Il ne tenait pas à prendre un coup de genou dans les testicules, même involontaire.

Sweeney avait le visage écarlate.

— Nous… Je…, lâcha-t-elle, incapable de le regarder en face.

Elle posa la main sur la poitrine de Richard, la retira vivement, comme brûlée au contact de sa peau nue.

— Tout va bien, Sweeney. Il ne s'est rien passé.

— Tu parles, oui ! rétorqua-t-elle.

Elle rougit de nouveau.

— Je t'ai seulement fait jouir pour te réchauffer.

— Cela a un nom, remarqua-t-elle d'un ton sec.

— C'était innocent, Sweeney. Sinon, je ne serais pas frustré comme je le suis.

Il caressa le front de la jeune femme.

— Il faut qu'on parle, déclara-t-il.

Elle resta un instant silencieuse, l'air buté.

— D'accord. Mais laisse-moi m'habiller, refaire du café…

— Non. Je préfère te garder près de moi.

Richard ne tenait pas à ce que Sweeney reprenne ses distances. Il voulait qu'elle éclaircisse certains points. Il lui caressa le dos et elle se détendit.

Sweeney dut sentir la détermination de Richard, car elle ne tenta plus de se lever.

— Soit tu m'expliques l'origine de ces crises d'hypothermie, soit je t'emmène chez un médecin. Même si je dois t'enrouler dans cette couverture et te porter comme ça, toute nue !

Sweeney soupira, agacée. Elle fixa un point devant elle. Richard jugea sa réticence éloquente : il y avait bien quelque chose qui provoquait ces réactions extrêmes chez elle.

— Richard…

— Sweeney ! intima-t-il, avec une impatience feinte.

— Très bien, déclara-t-elle abruptement. J'ai souvent froid, mais c'est la première fois que je suis dans cet état-là.

— Pire qu'avant-hier ?

— Oui, répondit-elle. Et à chaque fois, j'avais eu une crise de somnambulisme la nuit d'avant.

— Et ?

Sweeney parut sur le point de se rebeller. Elle dut toutefois deviner que son amant ne fléchirait pas, car elle capitula presque aussitôt.

— Et j'ai peint ces nuits-là, dans un état d'inconscience. Au matin, je ne me souvenais de rien.

Intéressant, songea-t-il. Il observa Sweeney avec attention.

— Pourquoi cela te met-il dans un état pareil ? demanda-t-il.

Sweeney se mordit la lèvre.

— J'achetais souvent des hot-dogs à un vieux monsieur, qui avait une boutique ambulante, près de la galerie. Je l'aimais bien. Avant-hier, à mon réveil, j'ai découvert que j'avais peint un tableau durant la nuit. Un tableau qui représentait la mort de ce marchand.

— Étrange.

— Oui. D'autant plus que j'ai appris ensuite que le vieillard était réellement décédé. Je l'avais vu la veille !

Richard ne sut que répondre. Coïncidence malheureuse ? Cet événement défiait la logique, mais pourquoi ne pas le considérer comme un hasard ?

— Et ce matin ? demanda-t-il.

Sweeney eut un rire grave.

— Ce matin, je me suis aperçue que j'avais encore peint un tableau pendant la nuit. J'ai aussitôt pensé qu'une personne de ma connaissance venait de mourir. Je n'osais pas regarder la toile. J'étais terrifiée à l'idée qu'il s'agisse de toi !

Les implications de cet aveu inconscient ébranlèrent Richard, qui se fit violence pour ne pas étreindre la jeune femme avec passion. Si d'aventure il posait la main sur elle, il ne pourrait plus la lâcher. Sweeney le couva d'un regard ému.

— C'est moi que tu as peint ? demanda-t-il, s'efforçant de conserver un ton neutre.

— Non. J'ai peint des chaussures. Deux chaussures. Un soulier d'homme et un escarpin.

Richard sourit de cette incongruité.

— Des chaussures, vraiment ? Tu pourrais lancer une nouvelle mode. Le public va crier au génie : tu penses, deux souliers dépareillés !

Sweeney eut une expression méprisante.

— Oui, le même public qui achète un Van Dern et qui ne voit pas la différence avec les gribouillis d'un chimpanzé !

Cette sortie amusa Richard et détendit l'atmosphère. Il se sentit de nouveau capable de poser la main sur Sweeney sans risque. Il lui caressa les cheveux, considéra sa prochaine question.

— Maintenant, explique-moi pourquoi tu penses que je serais mort si c'était moi que tu avais peint.

Sweeney parut affolée.

— Tu vas croire que je suis folle, dit-elle.

— Certainement pas ! Mais je ne bougerai pas d'ici tant que tu ne m'auras pas avoué ce qui se passe.

Sweeney se rembrunit.

— Depuis un an, environ, il m'arrive des choses étranges, déclara-t-elle.

— C'est-à-dire ?

— Oh, les feux passent au rouge quand je m'apprête à traverser, des places de parking se libèrent dès que je veux me garer.

Richard haussa les sourcils.

— C'est pratique, remarqua-t-il.

Il se souvint alors de la rapidité avec laquelle ils avaient effectué le trajet entre la galerie et l'appartement de Sweeney. Les autos s'écartaient sur leur passage de façon presque miraculeuse. Richard en avait pris ombrage tant il avait espéré passer plus de temps avec elle.

— Oui, jusque-là tout va bien. Et puis mes plantes sont resplendissantes. Sans que je fasse quoi que ce soit pour cela !

Sweeney lui montra un cactus du doigt, orné de jolies fleurs roses.

— C'est la sixième fois qu'il fleurit cette année.

Richard se frotta la mâchoire.

— J'imagine que c'est inhabituel.

— Il n'avait jamais fleuri avant.

— Quoi d'autre ?

Il devait y avoir autre chose. Ces petites bizarreries ne pouvaient perturber à ce point Sweeney.

La jeune femme dévisagea Richard, l'air sinistre.

— Je vois des fantômes, murmura-t-elle.

10

Sweeney n'aurait su dire si Richard la croyait ou non, et sur le moment, cela lui importa peu. Elle se sentait comme libérée d'un fardeau. Le milliardaire ne la quittait pas des yeux.

Elle se souciait vivement de l'opinion de cet homme. Trois jours plus tôt, elle ne se serait pas crue capable d'un tel désir, d'un tel sentiment. La jeune femme se demandait comment elle avait pu s'attacher aussi vite à lui.

— Je ne sais pas pourquoi je t'ai raconté cela, marmonna-t-elle.

Richard ne réagit pas tout de suite. Il jouait avec les cheveux de Sweeney.

— Comment peux-tu affirmer qu'il s'agit de revenants ? finit-il par demander.

— Parce qu'ils sont morts ! s'exclama-t-elle, irritée. Quand tu vas à l'enterrement d'une personne, puis que tu la vois sur le parking du supermarché, un mois plus tard, tu te poses des questions !

— Oui, ce doit être un don, déclara-t-il tout en réprimant un sourire.

Sweeney se demanda ce qui l'amusait ainsi. Richard semblait souvent se retenir de rire.

— Qu'est-ce qu'il y a de drôle ?

— Toi. Tu t'évertues à ériger des défenses autour de toi alors que j'ai déjà pénétré dans ton intimité !

— Nous avions décidé de ne pas avoir de relation !

— Nous n'avons pas formulé les choses en ces termes, protesta-t-il. Nous avions décidé de ne pas avoir de rapports sexuels. Or nous avons respecté cet interdit, et je t'avoue que j'ai eu de la peine à ne pas succomber !

Moi aussi, pensa-t-elle. Richard restait penché sur elle, torse nu. Sweeney mourait d'envie de caresser ces pectoraux, de sentir son cœur battre sous la paume de sa main, d'engranger sa chaleur en vue des heures où il serait loin d'elle.

— J'aimerais en savoir plus sur tes fantômes.

Au point où elle en était, pourquoi ne pas tout lui dire ?

— La première fois, c'était à Clayton, il y a un an. Un petit garçon du nom de Sam Beresford venait de mourir d'une leucémie. Un mois après son décès, je l'ai vu dans un parking. Il essayait d'attirer l'attention de sa maman.

— C'est triste.

Sweeney acquiesça.

— Après cela, j'ai vu des fantômes tous les jours. Mais Clayton est une petite ville et je connaissais la plupart de ces revenants. Ils me faisaient des signes de la main, et je me surprenais à leur répondre. Les gens ont commencé à me lancer de drôles de regards. J'ai préféré partir. A New York, les fantômes sont moins bavards.

Richard se retint de rire.

— La vie doit effectivement être plus difficile dans une petite ville, murmura-t-il.

— Tu ne me crois pas, soupira Sweeney. Je n'y croirais pas non plus, si ce n'était pas à moi que cela arrivait !

— Je n'ai pas dit cela.

Il lui caressa la joue.

— Je n'ai aucun préjugé au sujet des fantômes. Parle-moi d'eux.

Sweeney haussa les épaules.

— Ils sont translucides et bidimensionnels. Leur voix est toute frêle. Ils savent que je suis capable de les voir. Je ne sais pas pourquoi, mais ils le sentent.

— Tu as vu le fantôme du marchand de hot-dogs ? C'est comme ça que tu as su qu'il était mort ?

— Il m'a rattrapée dans la rue. Il m'a priée d'envoyer à ses fils un portrait que j'avais fait de lui. Mais il ne pouvait pas savoir que je l'avais dessiné ! Cette esquisse datait du soir de sa mort. Je n'ai jamais eu le loisir de la lui montrer…

— As-tu expédié le dessin à ses enfants ?

Elle hocha la tête.

— Hier, oui.

— Tu as toujours le tableau ?

— Bien sûr, pourquoi ?

— J'aimerais le voir, Sweeney. Simple curiosité.

Elle se redressa puis, se souvenant qu'elle était presque nue, se rallongea. Elle avait passé des heures délicieuses dans les bras de Richard. Sans doute aurait-elle dû se lever nonchalamment et s'habiller devant lui. Sa pudeur l'emporta toutefois.

— Tourne la tête, dit-elle.

— Oh.

Son compagnon s'assit sur le canapé, mais il continua de la couver des yeux. La jeune femme préférait ne pas déchiffrer ce regard. Elle ne savait pas ce dont elle avait le plus peur : que Richard attende trop d'elle – ou trop peu.

L'homme d'affaires caressa le visage de Sweeney du bout des doigts. Les amants s'observèrent en silence pendant un long moment.

— Je hâte les choses pour le divorce, déclara-t-il finalement.

Il aurait ainsi la liberté d'être avec elle ! Cet aveu était révélateur. Richard voulait qu'elle fît partie de sa vie, il déplaçait des montagnes pour l'avoir. Une telle détermination était à la fois exaltante et inquiétante.

Sweeney, qui pourtant aimait la solitude, n'aspirait plus à présent qu'à former un couple avec lui. Elle avait découvert qu'elle ne se suffisait plus à elle-même. Or en l'espace d'une semaine, cet homme avait accouru chaque fois qu'elle avait eu besoin de lui.

— Habille-toi, dit-il tendrement.

Il se leva et lui tourna le dos pendant qu'elle enfilait son sweat-shirt et son jean.

— Par ici, lui lança-t-elle en l'invitant à la suivre.

Elle avait transformé la plus grande chambre de l'appartement en atelier. Comme elle sortait le tableau macabre du placard dans lequel elle l'avait remisé, Richard fit le tour des lieux. Il s'arrêta devant une toile représentant un enfant. Sweeney sentit son cœur cogner dans sa poitrine. L'opinion de cet homme lui importait infiniment.

— Tu n'as plus le même style, remarqua-t-il.

Un paysage aux couleurs vives, qu'elle avait placé debout contre un mur, retint son attention. Il s'accroupit devant le tableau.

— J'ignorais que tu connaissais mon travail, s'étonna-t-elle.

Elle admira le dos nu et musclé de Richard. Il aurait dû remettre sa chemise – au moins par égard pour la tranquillité d'esprit de Sweeney.

— Je suis l'évolution de ta peinture depuis le début. Candra m'a présenté de nombreux artistes, mais je ne me suis intéressé qu'à ceux que j'aimais.

Cela pouvait s'interpréter de deux manières.

— Professionnellement ou personnellement ? s'enquit Sweeney, aux aguets.

— Dans ton cas, les deux ! répondit Richard en lui jetant un regard malicieux.

Il reporta ensuite son attention sur le tableau. Du bout de l'index, il suivit le cours sinueux d'une rivière. Sweeney avait réussi à représenter l'eau vive avec un réalisme étonnant : on sentait l'énergie de cet élément en mouvement et on distinguait le scintillement fugace de la lumière à sa surface. Elle peignait le Saint-Laurent depuis des années. Et ne s'en était jamais lassée : le fleuve n'en finissait pas de lui dévoiler de nouveaux visages.

— Comment as-tu réussi cela ? murmura Richard. Le paysage paraît tridimensionnel. Et les couleurs...

Il se tut et se dirigea vers une autre toile : un coucher de soleil sur Manhattan. Les gratte-ciel sombres se découpaient sur un ciel flamboyant. Le rose orangé des nuées, qui avait demandé deux jours de travail à l'artiste, était somptueux.

Richard n'émettait plus aucun commentaire.

— Eh bien ? s'impatienta-t-elle.

Il se tourna pour lui faire face et vit son inquiétude.

— Tu as toujours eu du talent, Sweeney, déclara-t-il. Mais là, tu es passée au stade supérieur.

A ces mots, elle se détendit.

— Je n'arrive plus à peindre comme avant, avoua-t-elle. J'ai changé de style il y a un an, suite à tous ces bouleversements. Quand je regarde ce que je fais maintenant, j'ai l'impression de contempler les œuvres d'une étrangère !

— Tu as changé, Sweeney. C'est pour ça que ta peinture a évolué. Je me réjouis de cette métamorphose.

Elle lui lança un regard interrogateur.

— Pourquoi ?

— Parce qu'avant tu ne me voyais pas. Tandis que maintenant, j'existe à tes yeux.

Il avait raison. Jusqu'à présent, elle l'avait plus ou moins regardé comme un être asexué – lui et tous les hommes en général – afin de se garder des complications liées à l'amour. Cette phase de sa vie était bel et bien révolue. Sweeney ne serait plus jamais insensible au charme de Richard, ni à cette folle virilité qui émanait de lui.

— Et toi, tu me voyais ? Auparavant, je veux dire. Nous nous sommes rencontrés... combien de fois, trois fois ?

— Quatre, rectifia-t-il. Oui, je te voyais.

Il sourit.

— J'ai toujours eu vivement conscience de ta féminité, Sweeney.

Sentant ses mamelons durcir sous le regard de son compagnon, elle évita de baisser les yeux sur son sweat-shirt, afin de ne pas attirer l'attention de Richard sur ses seins.

— Tu es excitée ou tu as froid ? demanda-t-il.

Peine perdue. Cette manifestation de son désir ne lui avait pas échappé.

Sweeney s'éclaircit la voix.

— Je suis excitée, j'imagine, puisque que tu m'as déjà réchauffée.

Le milliardaire éclata de rire. Sweeney avait encore beaucoup à apprendre sur les subtilités de l'amour et du flirt, mais elle se plaisait à être un objet de concupiscence. Dominant son trouble, elle se dirigea vers un placard. Elle en sortit le tableau et le montra à Richard.

— Tu sais ce qui est arrivé à cet homme ? demanda-t-il.

— Non. Son fantôme m'a paru vaillant. Mais ils ont tous l'air vaillant.

Des fantômes en pleine forme, songea Sweeney. Ridicule !

— Comment s'appelait-il ? s'enquit Richard.

— Stokes. Je ne connais pas son prénom, mais il a deux fils : David et Jacob Stokes. Ils sont avocats.

— Je pense que je vais me renseigner à ce sujet, si tu n'y vois pas d'inconvénient.

— Quel sujet ?

Sweeney se tourna vers lui, intriguée.

— La façon dont ce monsieur a trouvé la mort.

Richard se frottait la mâchoire, perplexe.

— Peut-être était-ce un accident, suggéra-t-il.

— A cause du sang ? s'exclama Sweeney. Je ne saurais dire si cette peinture est réaliste. Il se peut qu'il soit tombé dans un escalier.

— Je vérifierai, répéta Richard.

Il retourna dans le salon et entreprit alors de se rhabiller, au grand regret de Sweeney. Lorsqu'il remonta sa braguette après avoir glissé sa chemise dans son pantalon, Sweeney ne put s'empêcher de rougir.

— J'ai un rendez-vous que je ne peux pas remettre, expliqua-t-il. Prends un crayon et un papier. Je vais te donner mon numéro personnel.

Elle saisit un carnet et un stylo qui se trouvaient près du téléphone.

— Je t'écoute.

Richard lui dicta le numéro.

— N'attends pas d'être paralysée par le froid pour m'appeler. Appelle-moi dès les premiers frissons.

— Cela risque d'arriver souvent. Je ne vais pas te déranger chaque fois que je grelotte !

— Bien sûr que si, Sweeney. Il ne s'agit pas seulement de frilosité. C'est bien plus sérieux que cela, et tu le sais. Écoute, je serai plus tranquille si tu m'appelles chaque matin à ton réveil. D'accord ?

Richard prit son visage entre ses mains et se pencha pour l'embrasser. Un baiser doux, léger. Sweeney se retint de l'étreindre. Il n'était pas encore parti qu'il lui manquait déjà.

Il se retourna avant de sortir.

— La galerie détient les droits exclusifs sur tes tableaux ? demanda-t-il.

— Oui, excepté sur les portraits.

Richard hocha la tête, pensif.

— Je veux le paysage avec le torrent, dit-il. Emmène-le à la galerie pour le faire encadrer. Je ferai en sorte qu'un ami l'achète. Ainsi, Candra ne le vendra pas à quelqu'un d'autre pour m'empêcher de l'avoir.

Et ainsi, Candra ne saurait rien de leur liaison, pensa Sweeney. Elle se trouvait désormais dans une situation délicate – et s'exposait peut-être à des représailles. Il n'était pas certain que les choses s'arrangent quand le divorce serait prononcé. Elle se promit de rompre l'accord passé avec Candra et de chercher une autre galerie qui accepterait de la représenter.

— Je t'appellerai, promit Richard.

Il hésita un instant, puis se tourna vers elle. Sweeney devina qu'il avait envie de l'embrasser. Il réprima toutefois ce désir et sortit. La jeune artiste en éprouva un certain regret : l'homme était raisonnable, mais les décisions sages sont parfois frustrantes. Cependant, elle lui savait gré de se dominer. En effet, s'ils devaient de nouveau revivre un tel corps à corps, elle n'aurait plus la force de résister.

Richard sortit de l'immeuble, l'air préoccupé. Deux secondes plus tard, la Mercedes s'arrêtait au bord du trottoir.

— Une minute, Edward. Il faut que je passe un coup de fil.

Le milliardaire demanda le numéro de David Stokes aux renseignements et demanda à être mis en relation avec lui.

Un jeune homme répondit au bout de la deuxième sonnerie.

— Mr Stokes est absent, déclara-t-il, quand Richard se fut enquis de celui-ci. Il y a eu un décès dans la famille. Maître Stokes ne reviendra que dans une semaine.

— J'aurais besoin de le joindre, à propos de la mort de son père, expliqua Richard, misant sur le fait que Sweeney avait vu juste.

Il tenait à ce que la théorie de son amie fût confirmée – ou démentie. Il se passait quelque chose de grave, responsable de l'hypothermie dont souffrait son amie, et il était bien décidé à élucider ce mystère.

— Vous êtes de la police ?

— J'enquête sur la mort de Mr Stokes, déclara-t-il.

— Ce drame nous a tous secoués. Vous avez une piste ?

— Je ne suis pas autorisé à vous répondre. Donnez-moi le numéro personnel de David Stokes, je vous prie.

Richard griffonna les coordonnées de l'avocat dans son carnet. Edward l'observait dans le rétroviseur. Leurs regards se croisèrent. Le chauffeur se montrait généralement d'une grande impassibilité, mais la tournure prise par les événements aiguisait sa curiosité.

Richard appela aussitôt David Stokes. Un enfant décrocha et cria « Papa ! » quand il demanda à parler à Mr Stokes.

— Allô ?

— Monsieur Stokes, je m'appelle Richard Worth. Je suis navré de vous importuner en un tel moment, mais j'aimerais vous poser quelques questions à propos de votre père.

— Mon père a été assassiné, monsieur, déclara David Stokes.

11

Elijah Stokes avait été victime d'un fou furieux. Son agresseur l'avait traîné dans une ruelle, entre deux immeubles, puis l'avait battu à mort. Le vieillard avait succombé à de multiples fractures du crâne, provoquées par un objet contondant. Une femme s'était spontanément présentée à la police pour expliquer qu'elle avait vu un jeune homme quitter la ruelle en courant, à l'heure du crime.

Un David Stokes amer, en proie à un immense chagrin, avait livré tous les détails sur le meurtre à Richard. Des informations terrifiantes.

Les employés de Richard ayant regagné leurs domiciles, l'homme d'affaires se trouvait seul dans son hôtel particulier du centre-ville. Il travaillait généralement le soir – c'était le moment de la journée qu'il préférait. Il lui restait divers rapports à étudier, sur lesquels il aurait dû se pencher le matin même, mais le fait était qu'il n'avait pas eu l'esprit aux marges bénéficiaires ni aux fluctuations boursières ces derniers jours.

Il s'installa devant la télévision pour siroter une bière – boisson proscrite par Candra, au début de leur mariage, tant elle détestait tout ce qui lui rappelait les origines paysannes de son mari. Les premières années, celui-ci n'avait plus consommé que du whisky irlandais, des cocktails « branchés » et des vins jugés acceptables par son épouse.

Richard n'avait jamais eu le souci des apparences. Candra, en revanche, se préoccupait vivement de son image. Quand elle avait commencé à le tromper, le milliardaire avait cessé de prendre ses exigences en compte. Dès lors, il avait toujours gardé de la bière au frais.

Richard soupçonnait en revanche Sweeney de confondre tous les vins entre eux. Attitude nouvelle pour lui, et plaisante.

Il posa les pieds sur la table basse, zappa sur une chaîne d'informations télévisées. Cependant, il connaissait déjà les cours du jour. Il savait ce qui se tramait sur les marchés monétaires – et n'en avait cure. Le travail pouvait attendre. Il avait d'autres soucis en tête.

Les dons étranges de Sweeney ne lui faisaient pas peur : la jeune femme était saine d'esprit, il en était persuadé. Au pire pouvait-on la qualifier d'excentrique. Plusieurs choses, en revanche, inquiétaient Richard. L'hypothermie dont elle souffrait, notamment, était assez grave pour l'empêcher de se mouvoir. Il voulait croire qu'il suffirait d'un médicament pour venir à bout de ces symptômes. C'était l'hypothèse la plus logique, la plus simple – la plus rassurante.

Cependant, Sweeney avait peint un tableau représentant la mort d'Elijah Stokes et Richard ne voyait aucune explication rationnelle à l'existence de cette œuvre.

Car il s'agissait d'une mort violente. Le milliardaire l'avait compris dès qu'il avait posé les yeux sur la scène. Il avait une certaine habitude de la mort. A l'armée, on l'avait entraîné à recourir à la violence et à tuer. Et pas seulement lors de manœuvres fictives. On envoyait fréquemment les Rangers en missions secrètes – dont l'issue n'apparaissait jamais dans la presse. Il s'était donc attendu à ce que David Stokes lui apprenne que son père avait été assassiné.

Sweeney n'habitait pas le quartier du vieux marchand. Jusqu'à ce qu'il lui donne le nom de ses fils, elle ignorait que le vieillard s'appelait Stokes. De plus, la plasticienne avait peint la mort d'Elijah avant que celle-ci eût lieu : pour preuve, la couche de peinture épaisse, figurant le sang, était sèche lorsqu'il l'avait effleurée.

Richard n'avait jamais accordé foi aux phénomènes surnaturels. Mais là, il avait affaire à Sweeney, laquelle mentait mal et ne savait pas tricher. Le jour où on lui avait présenté les McMillan, elle avait eu un mal fou à masquer sa répulsion. Lorsqu'elle refusait de répondre à une question, son visage prenait une expression butée – elle ne feignait jamais de ne pas savoir. En bref, Sweeney ne manipulait personne : elle en était tout simplement incapable.

Après les traîtrises de Candra, Richard appréciait la spontanéité et l'honnêteté de la jeune artiste. Aussi croyait-il volontiers qu'elle avait peint cette scène de meurtre sans être au courant de la mort du vieillard.

Parce qu'il l'aimait, il devait la croire.

L'aimer ! Richard se leva de son fauteuil et arpenta la pièce à grands pas, abasourdi. Certes, quand il l'avait invitée à dîner, trois jours plus tôt, il avait eu conscience de désirer une relation stable, exclusive et sensuelle avec elle. Mais de là à l'aimer ! Et puis il choisissait mal son moment pour tomber amoureux – il venait à peine de mettre un terme à une union tumultueuse, qui n'en était d'ailleurs plus une depuis longtemps. De plus, il soupçonnait Sweeney d'avoir un caractère difficile et ombrageux. Elle était probablement incapable de compromis.

Et pourtant... Sweeney était digne de confiance et, le matin même, en se réveillant, elle lui avait adressé un sourire d'ange. Sentant les battements de son cœur, Richard avait alors pris conscience de s'engager sur une voie périlleuse. Il aurait déplacé des montagnes pour avoir le privilège de faire l'amour avec elle et, après avoir eu un avant-goût de la passion dont elle pouvait faire preuve au lit, il savait qu'il lui serait difficile de se refréner bien longtemps. Dès que Candra aurait signé ces papiers, il userait de son influence pour obtenir une audience rapide devant le juge. L'argent peut accomplir des miracles, or Richard était très riche. Il était prêt à utiliser sa fortune pour attirer Sweeney dans son lit et dans sa vie.

Le milliardaire se promit d'opérer des changements drastiques dans son existence, et cela sans tarder. Il était las de son mode de vie, de son métier. Il avait d'autres projets en tête. L'heure était venue de les concrétiser.

Sweeney compliquait les choses, et pas seulement parce qu'il était en plein divorce. Richard ne voulait pas d'un amour à distance. Or il se demandait comment son amie allait réagir à l'idée changer de région.

De grandes prévisions, songea-t-il, avec autodérision. Il planifiait l'avenir de Sweeney, sans même savoir si elle allait accepter de le passer à ses côtés. Et pourquoi pas ? L'artiste avait bouleversé sa vie : Richard s'estimait le droit de lui rendre la pareille. Il pensait avoir de bonnes chances d'y parvenir, étant donné l'aveu qui lui avait échappé quelques heures plus tôt – elle avait craint qu'il fût mort ! Il s'en réjouit. Il saurait tirer avantage des sentiments de Sweeney – tous les avantages possibles.

A 2 heures du matin, la jeune femme s'agita dans son sommeil. Elle sortit de son lit, traversa l'appartement dans l'obscurité et pénétra dans son atelier.

Le tableau représentant deux chaussures se trouvait debout contre un mur. Sweeney se dirigea droit vers lui et le plaça sur un chevalet. Elle prépara sa palette puis commença à travailler, impassible. Ses coups de pinceau étaient vifs, précis. Le décor détaillé.

Au bout d'une heure, elle éprouva une immense fatigue. Elle reboucha ses tubes de peinture, plongea sa brosse dans l'essence de térébenthine et retourna se coucher.

Sweeney dormit jusqu'à 8 heures. A son réveil, elle claquait des dents, alors que sa couverture était chaude. Une nouvelle crise de somnambulisme, pensa-t-elle aussitôt.

La jeune femme s'habilla à la hâte et s'empressa de téléphoner à Richard. Tandis qu'elle composait son numéro, elle s'aperçut que ses ongles avaient pris une jolie teinte violette.

Le milliardaire décrocha en personne, et le son de sa voix, calme et grave, l'apaisa presque aussitôt.

— C'est moi ! s'exclama-t-elle, faussement enjouée.

Ses dents qui s'entrechoquaient démentaient toutefois son entrain. Aussi avoua-t-elle sans tarder :

— J'ai froid.

— J'arrive tout de suite !

Et voilà, pas plus compliqué que cela. Richard accourait à la première sollicitation de sa part, il laissait tout tomber pour elle. La jeune femme s'en émut et des larmes lui picotèrent les yeux. Elle les ravala, décidée à se montrer courageuse.

Sweeney se rendit dans la cuisine. Le café était refroidi. En proie à des tremblements convulsifs, elle réchauffa une tasse dans le four à micro-ondes, attendant impatiemment la petite sonnerie de sa porte d'entrée.

Elle avala son café avec avidité puis s'en fit chauffer une autre tasse. Elle la but en la tenant à deux mains et manqua se brûler.

Ses crises d'hypothermie devenaient de plus en plus violentes, nota-t-elle, et elle se refroidissait de plus en plus rapidement. Rien n'agissait sur cette sensation de froid, excepté Richard.

Le simple fait de penser à lui la ranima un peu. La veille, elle n'avait fait que rêver à ces moments exceptionnels passés en sa compagnie. Elle s'émerveillait encore de cette chaleur qui l'avait envahie, de cette pulsion sexuelle qui s'était emparée d'elle. Sweeney, qui n'avait jamais éprouvé autant de plaisir avec un homme, n'était plus certaine de vouloir conserver des relations platoniques avec Richard. Platoniques ! ironisa-t-elle en son for intérieur. Ils n'avaient peut-être pas de véritables rapports sexuels, mais leur relation n'avait rien de platonique.

La jeune femme se flattait, depuis des années, de pouvoir se passer des hommes. Or il suffisait d'un seul regard à celui-là pour annihiler ses défenses. Et pour qu'elle ressente un trouble profond. C'était elle, Sweeney, qui ne dominait pas son désir, et non Richard.

Elle consulta la pendule, frissonnante. Il n'allait sûrement pas tarder, maintenant.

Sweeney se recroquevilla sur elle-même, luttant du mieux qu'elle pouvait contre ce froid intérieur. Soudain, elle se souvint qu'elle n'était ni coiffée, ni apprêtée. Elle courut à la salle de bains et se brossa les dents. Puis elle se saisit d'un peigne, s'attaqua à sa tignasse rebelle. Sans réussir à la démêler. La panique la prit. Devait-elle se maquiller ? Se parfumer ?

Elle qui tremblait de froid se préoccupait de son apparence... !

La sonnette retentit enfin. Elle se précipita et ouvrit la porte à la volée.

— J'ai perdu l'esprit ! lança-t-elle à Richard, en se lovant dans ses bras. Je gèle à en mourir, mais j'essaie de mettre du rouge à lèvres ! Et puis j'ouvre la porte sans vérifier qu'il s'agit bien de toi. Tout est de ta faute.

— Je sais ! souffla-t-il en la soulevant de terre.

Il serra Sweeney contre lui. Elle avait le nez tellement froid qu'il sursauta.

— Ce n'est pas aussi grave, aujourd'hui, assura-t-elle. Je t'ai appelé dès mon réveil.

L'affirmation de Sweeney s'avérait peu crédible, car ses dents s'entrechoquaient.

— Bien, dit Richard, en la posant sur le canapé. Je vais chercher la couverture.

Il revint très vite, aida son amie à s'étendre. Il s'allongea sur elle et les couvrit tous les deux avec le plaid. Au bout de dix minutes, il s'assit et ôta son pull-over à col roulé... Puis il se recoucha sur elle, prit ses mains et les posa sur son torse pour les réchauffer.

Sa peau parut brûlante à la jeune femme, qui avait les doigts glacés. Richard caressa son dos et elle sentit sa chaleur se diffuser en elle.

— Ça va déjà mieux, souffla-t-elle.

Ses muscles se décontractaient, elle éprouvait une sensation de bien-être, tout en s'enivrant de l'odeur de son compagnon. Des senteurs chaudes, un parfum de musc, terriblement masculin. L'arôme de la testostérone, songea-t-elle. Elle sourit en son for intérieur.

— Ça va mieux ? s'enquit le milliardaire, d'une voix encore plus grave que d'habitude.

Ces notes basses étaient comme une douce musique à l'oreille de Sweeney.

— Oui, mais ça n'allait pas si mal avant.

— Parce que tu n'as pas attendu, remarqua-t-il.

Du bout des lèvres, Richard effleura l'oreille de la jeune femme, puis sa tempe. Il caressa ses reins, l'attira à lui. Leurs jambes se cherchèrent, une cuisse musclée se glissa entre celles de Sweeney.

Elle haleta en sentant l'érection de son amant.

— Je ne peux pas continuer à t'appeler chaque fois que j'ai froid, murmura-t-elle. C'est trop tentant.

— Tu l'as dit, grommela-t-il. Je ne pourrais pas recommencer la même chose qu'hier. Si je t'avais déshabillée, aujourd'hui, je serais déjà en train de te faire l'amour.

Sa voix était d'une sensualité affolante. L'image de leurs deux corps entrelacés coupa le souffle à Sweeney. Elle caressa le dos nu de Richard, dont les muscles frémirent sous ses doigts.

— J'ai envie de toi, souffla-t-elle, incapable de jouer la comédie.

Richard se cabra sur sa compagne, la pressa contre les coussins. Sa cuisse remonta, plus haut, entre les siennes. Il poussa un soupir.

— J'ai l'impression d'être un adolescent condamné à d'éternels préliminaires. J'avais oublié à quel point c'était frustrant !

Ils restèrent étendus quelques minutes en silence.

— Qu'as-tu peint, cette fois ? demanda Richard, pour briser cette tension érotique.

Il sentait que la jeune femme s'était réchauffée.

— Je ne sais pas, répondit-elle. Je ne suis même pas allée dans l'atelier. Je claquais des dents au réveil. J'en ai déduit que j'avais eu une crise de somnambulisme durant la nuit. Et si je t'avais appelé pour rien ?

— Je préfère que tu me téléphones au premier frisson plutôt que de laisser la situation empirer. Je me suis terriblement inquiété hier.

— J'aime bien que tu t'inquiètes pour moi, avoua-t-elle.

Richard éclata de rire. Elle adorait son rire, sa voix grave, son torse velu. Il était si viril ! Sweeney devait se retenir de le caresser.

— Tu te sens mieux ? demanda-t-il.

— Impeccable.

— Dans ce cas, il faut qu'on se lève.

— Pourquoi ? Je suis tellement bien !

— Parce que je ne suis pas un saint. Viens, allons voir ce que tu as peint.

— Bon, d'accord, concéda Sweeney, à regret.

Richard ramassa son pull-over et l'aida à se relever. Sweeney l'entraîna dans la cuisine pour réchauffer du café. Elle en proposa une tasse à Richard, qui déclina son offre. Adossé au placard, il enfila son pull-over. La jeune artiste, qui n'avait jamais eu un homme dans sa cuisine, l'admira à la dérobée. Quel dommage, songea-t-elle, de couvrir un torse aussi sexy.

— Allez viens, cesse de temporiser ! dit-il.

Effectivement, Sweeney n'était pas pressée de découvrir les ajouts de la nuit sur son tableau. Qu'avait-elle représenté, cette fois-ci ?

Richard plaça une main dans le creux des reins de son amie, et la poussa gentiment jusque dans son atelier. Elle parcourut la pièce des yeux. Un chevalet avait été déplacé et se trouvait maintenant près d'une fenêtre, supportant une toile.

— Il semble que j'aie retravaillé sur le tableau de la nuit dernière, remarqua-t-elle.

Elle se raisonna : il y avait des sujets plus dérangeants qu'une paire de chaussures.

Sweeney étudia son travail de la nuit avec un œil de professionnelle. Cette peinture, de style hyperréaliste, rappelait une photographie – tronquée cependant. Elle avait peint le deuxième escarpin, qui chaussait le pied droit d'une femme dont elle avait également représenté la jambe, jusqu'au genou. Vu la position de son pied et de son mollet, cette dame était étendue par terre. L'escarpin gauche restait vide. La scène, qui pourtant n'avait rien d'horrifiant, effraya Sweeney. Richard sentit qu'elle tremblait et la serra contre lui. Il considérait la peinture d'un air sinistre.

— Cela va mal finir, comme avec le vieux marchand, n'est-ce pas ? balbutia Sweeney. Elle est morte. Elle gît sur le sol. Elle a perdu une chaussure. Ou si elle n'est pas encore morte, elle n'en a plus pour longtemps. Oh, j'ai l'impression que c'est ma faute !

La jeune femme voulut quitter les bras de Richard, mais il resserra son étreinte. Il pressa la tête de son amante contre son torse.

— Tu sais bien que tu n'y es pour rien.

— J'essaie de m'en persuader, mais c'est difficile.

— Je comprends.

Il embrassa Sweeney sur le front.

— Je me demande ce qui se passerait si je détruisais cette toile, s'interrogea-t-elle.

— Rien. Le fait que tu termines ce tableau ou non n'influera nullement sur le destin de la personne en question. Ta clairvoyance n'affecte que toi, pas les futures victimes.

— J'aimerais en être certaine.

— Tu peux en être sûre : tu as peint la mort d'Elijah Stokes après sa mort, et non avant.

Sweeney fit volte-face, médusée.

— Qu'en sais-tu ?

— J'ai contacté son fils, David. Mr Stokes est décédé en fin d'après-midi. Or tu as peint le tableau durant la nuit qui a suivi sa mort.

Cette révélation n'apporta qu'un maigre réconfort à Sweeney. La présence de Richard la rassurait davantage. Elle pouvait compter sur lui ! Depuis qu'elle le connaissait, cet homme n'avait fait que donner. Elle, pour sa part, s'était contentée de recevoir. Elle en éprouva soudain des remords.

— Comment tu te sens ?

— Je suis toujours angoissée, avoua-t-elle.

Elle réussit néanmoins à sourire, dominant son malaise.

— Et j'ai faim. Tu as pris un petit déjeuner, Richard ?

— Oui, mais il y a longtemps. Aimerais-tu aller manger dehors ? Ce serait notre première sortie ensemble.

— Oh, un rendez-vous ! Je ne suis pas sûre que cela soit correct.

La jeune femme adressa un grand sourire à son compagnon, songeant aux moments qu'ils avaient partagés – et à ce qui leur restait à découvrir.

Richard la toisa d'un air possessif.

— Mon heure viendra, ma belle. Quand je réussirai enfin à te retourner sur le dos, j'aurai accumulé une telle frustration que rien ne pourra plus m'arrêter !

— J'ai hâte de voir ça, ronronna-t-elle.

Elle n'avait jamais séduit un homme de cette façon, et ne s'était jamais sentie désirée avec autant d'ardeur. La sensation était grisante, excitante.

Richard se dirigea vers la porte.

— Mets des chaussures, dit-il à Sweeney. Et un soutien-gorge, pendant que tu y es. Voir tes seins bouger met mes nerfs à rude épreuve.

Elle troqua son sweat-shirt gris contre un pull-over bleu, se mit du rouge à lèvres et du mascara. Elle fronça les sourcils au spectacle de ses cheveux en bataille, puis renonça à les discipliner. Sweeney attrapa son sac à main et regagna le salon. Richard l'attendait en feuilletant un ouvrage sur les fantômes.

— J'essaie d'approfondir le sujet, expliqua-t-elle. Je n'ai pas trouvé de précédent aux tableaux prémonitoires, mais j'ai appris pas mal de choses sur les revenants. Certains esprits s'en vont tout de suite, d'autres s'attardent un temps, d'autres encore s'incrustent à jamais.

— Pourquoi restent-ils ? s'enquit Richard.

Il se leva et tous deux se dirigèrent vers la porte.

— Il existe plusieurs théories. Les revenants ont des problèmes à régler, ils se sont égarés, ou bien ils refusent de partir. L'un des auteurs affirme que seuls les esprits chagrins deviennent des fantômes. A mon sens, ceux qui ont du mal à partir ne peuvent être considérés comme des revenants : ils sont simplement en *stand-by.*

— C'est une façon de voir les choses, admit Richard avec un sourire.

Ils sortirent, se dirigèrent vers l'ascenseur. Sweeney remarqua que son amant regardait autour de lui, cherchant des signes de décrépitude dans l'immeuble.

Le bâtiment datait des années 40, mais il était bien entretenu. Les locataires n'attendaient jamais longtemps qu'on remplace une ampoule grillée ou qu'on répare une chaudière défectueuse.

L'ascenseur montait, comme l'indiquait la petite aiguille sur le compteur à l'ancienne mode. Richard prit Sweeney par la main. La jeune femme tourna la tête vers lui et sourit. Les portes de l'ascenseur s'ouvrirent à ce moment-là sur Candra.

Mrs Worth se figea sur place, les yeux écarquillés. Devant la complicité manifeste de Richard et Sweeney, elle s'empourpra, jalouse.

— Je ne m'attendais pas à te trouver ici ! lança-t-elle à Richard, serrant les poings malgré elle.

Les portes de l'ascenseur se refermèrent derrière Candra. Richard tendit le bras, appuya sur le bouton. Les portes se rouvrirent, dociles.

— Où as-tu envie d'aller manger ? demanda-t-il à Sweeney, très maître de lui.

Il fit entrer son amie dans la cabine et pressa le numéro indiquant le rez-de-chaussée.

Sweeney cilla, mais admira son sang-froid. Pour sa part, cette situation la paralysait.

Candra bondit dans l'ascenseur comme les portes se refermaient.

— Ne fais pas comme si je n'existais pas ! cracha-t-elle à son mari.

— Ce que nous faisons, Sweeney et moi, ne te regarde en rien, Candra, déclara-t-il d'un ton posé.

Il serra toutefois Sweeney contre lui.

La jeune femme nota, ravie, l'emploi du pronom « nous ».

— Bien sûr que si ! s'écria Candra. Tu es toujours mon mari…

Sweeney sentit que Richard se crispait. Il plissa les yeux. Elle en fut effrayée, alors même que sa fureur n'était pas dirigée contre elle.

— Ce n'est pas le moment, rétorqua Richard à Candra d'une voix sourde.

— Je ne te demande pas ton avis !

L'ascenseur s'ébranla et entama sa descente. Mrs Worth, qui tremblait de rage, prit appui contre la paroi de la cabine. Elle posa les yeux sur Sweeney.

— Je vous ai demandé s'il y avait quelque chose entre Richard et vous. Vous m'avez menti, espèce de garce !

— Cela suffit ! tonna Richard en plaçant Sweeney derrière lui pour la protéger.

— Oh, ne crains rien ! ricana Candra. Je suis bien élevée. Je ne me battrai pas pour un homme comme une de tes filles du Sud. Ces nanas n'ont aucune éducation. Elles ne savent que roter et boire de la bière !

Sweeney s'éclaircit la voix.

— En fait, précisa-t-elle dans le dos de Richard, je suis née en Italie.

— On n'en a rien à foutre ! beugla Candra.

L'artiste jeta un coup d'œil discret à sa rivale. Candra avait le visage ruisselant de larmes. Son maquillage parfait se délitait.

— Vous n'êtes qu'une bouseuse, pas sophistiquée pour un sou ! Richard doit se trouver en terrain familier avec vous. Mais je vais vous dire une bonne chose : vous ne vendrez plus un seul tableau dans ma galerie, ni dans aucune autre quand j'aurai...

Furieux, Richard s'avança vers Candra, tandis que l'ascenseur s'arrêtait et que les portes s'ouvraient. Mrs Worth recula d'un pas, le visage livide.

— Tu ne peux pas imaginer à quel point Sweeney m'est proche ! siffla-t-il d'une voix si basse que la jeune peintre eut peine à entendre ce qu'il disait. C'est merveilleux d'aimer une femme qui, contrairement à toi, ne couche pas avec tout le monde ! J'ai toujours su que tu avais des amants, Candra, mais cela m'indifférait parce que je ne t'aimais pas. Par contre, je ne te pardonnerai jamais d'avoir avorté de mon enfant. Je n'ai plus que du mépris pour toi ! Et ne t'avise pas d'essayer de briser la carrière de Sweeney. Réfléchis avant d'agir, pour une fois !

Richard escorta son amie hors de l'ascenseur et entoura sa taille d'un bras protecteur. Quelques mètres plus loin, il s'arrêta et se retourna pour toiser Candra.

— A propos, j'ai ajouté une nouvelle condition à notre accord, déclara-t-il. Sweeney est libre de tout engagement vis-à-vis de la galerie. Dès maintenant, et sans préjudice.

— Tu n'as pas le droit de modifier ce protocole à ton gré !

— J'en ai le droit, et je l'ai fait. Si tu veux garder la galerie, tu devras te plier à ma volonté, Candra. Si tu n'as pas capitulé dans les trois jours, tu n'auras plus à t'occuper de la carrière de Sweeney parce que je t'aurai trouvé une remplaçante et interdit l'accès à la galerie !

— Je te tuerai si tu fais ça ! s'écria Candra en sanglotant.

Dans l'entrée, le concierge et un locataire assistaient à la scène, les yeux écarquillés.

— La galerie est à moi…, reprit-elle.

— Non, l'interrompit Richard. J'en reste propriétaire tant que tu n'as pas signé ces papiers. Et si tu tardes trop à le faire, la galerie sera ma propriété à jamais.

12

Richard entraîna Sweeney dehors. Il laissa Candra sangloter dans l'entrée de l'immeuble. L'homme d'affaires avait garé sa Mercedes un peu plus bas, dans la rue – il était venu sans chauffeur. Le quartier n'était pas des plus chic, mais on ne risquait tout de même pas de se faire voler ses enjoliveurs en un quart d'heure.

Les amants restèrent muets tandis que Richard déverrouillait la portière côté passager et aidait Sweeney à monter. Celle-ci demeurait silencieuse. Elle savait à présent pourquoi Richard divorçait de Candra, qui venait par ailleurs de lui apparaître sous un jour peu flatteur.

— Je suis navré, déclara Richard d'un ton bourru, en même temps qu'il s'insérait dans la circulation. Tu avais refusé de me fréquenter notamment pour éviter des scènes comme celle-là.

— Ce n'était pas ta faute, mais la sienne ! protesta Sweeney.

Le feu passa au vert à leur approche. Elle baissa les yeux.

— Moi aussi je suis navrée. A propos de l'avortement. Je n'étais pas au courant.

— Candra a avorté il y a deux ans, déclara Richard d'un air sombre. Je l'ai appris peu après ton arrivée à New York. Je l'ai mise à la porte sur-le-champ et j'ai demandé le divorce dès le lendemain.

— Tu voulais des enfants ?

Sweeney se reprocha aussitôt d'avoir posé cette question. La réponse était évidente.

— Pas à ce moment-là, non. Et pas de Candra. Sa grossesse était un accident. Mais dès lors qu'elle était enceinte, la situation changeait. Le bébé existait. C'était mon enfant.

Sweeney restait perplexe. Il lui paraissait inconcevable qu'on pût être l'épouse de Richard et ne pas garder son enfant.

— Comment l'as-tu découvert ? s'enquit-elle.

— Candra me l'a dit au cours d'une dispute où elle avait bu – elle m'a craché cet aveu à la figure.

Un deuxième feu leur laissa le passage. Richard sourit à Sweeney.

— Je crois que dorénavant, tu vas devoir m'accompagner partout !

Elle comprit qu'il tenait à changer de sujet. Elle se cala contre le dossier de son siège, soulagée.

— Où allons-nous ?

— Dans un petit restaurant que je connais. Rien de très chic.

— Tant mieux. Je n'aime pas les endroits chics.

Le petit restaurant en question se trouvait sur l'autre rive de l'Hudson, dans le New Jersey. Le couple traversa le tunnel Holland en un temps record – grâce à Sweeney. Richard ne douta plus des pouvoirs extra-sensoriels de sa compagne.

Ils trouvèrent une alcôve dans le restaurant, lequel ne devait pas avoir beaucoup changé depuis les années 50, et commandèrent des œufs et du café.

— Je croyais que Candra possédait la galerie, déclara Sweeney.

— Elle dirige l'affaire, mais j'en suis le propriétaire.

— Tu t'apprêtais donc à acheter un tableau dans ta propre galerie et à lui verser une commission ? s'étonna-t-elle.

Richard haussa les épaules.

— Si Candra ne signe pas les papiers avant la date limite, je garderai la galerie, et il ne sera plus question de commission. Elle signera, toutefois. C'est dans son intérêt.

— Et si elle refuse ? Elle a été furieuse de nous trouver ensemble. Elle pourrait te compliquer la tâche, histoire de se venger.

— Dans ce cas, je la ruinerai. Elle n'aurait pas un sou, et elle le sait.

Sweeney se posa une autre question, qu'elle formula à voix haute.

— Je me demande pourquoi elle venait me voir.

— Candra n'est pas une idiote, elle me connaît. Elle a vu que je m'intéressais à toi, ce fameux jour, à la galerie. Elle m'a fait une proposition : soit j'augmentais le montant de la somme que j'ai accepté de lui verser, soit elle s'employait à briser ta carrière. Ma réaction l'a effrayée.

— J'imagine, oui.

Richard devait être un ennemi redoutable, songea Sweeney.

— Dans ce cas, pourquoi venir me voir ? insista-t-elle.

— Pour te prier de m'inciter à lui accorder un versement plus important.

— Si elle savait que nous nous fréquentions, pourquoi faire une scène ?

— Cela restait une vue de l'esprit, Sweeney. La confrontation avec la réalité n'est jamais agréable. Alors, tu imagines, nous trouver à ta porte, bras dessus, bras dessous, tôt le matin !

Sans oublier que la présence sur place de Richard ruinait l'espoir qu'avait Candra de manipuler la jeune artiste.

— Je te complique la vie, n'est-ce pas ? s'exclama celle-ci.

— De par le simple fait que tu existes, si.

Le milliardaire considéra son amie.

— Tu m'empêches de dormir, tu m'obsèdes jour et nuit. Tu me rends fou, Sweeney !

Elle lui caressa le mollet avec son pied.
— Je suis sérieuse.
— Moi aussi, chérie.
Elle fronça les sourcils.
— Tu m'as appelée chérie ?
— Mais oui, affirma-t-il avec un grand sourire.
Émue, elle détourna les yeux et regarda par la fenêtre. Un vieillard voûté marchait sur le trottoir, tenant une fillette par la main. Il affichait un sourire à la fois fier et indulgent. Probablement son grand-père, se dit Sweeney – ou son arrière-grand-père. Non loin d'eux, une jeune mère portait son bébé sur le dos, dans un harnais. Elle allait à grands pas, comme si elle s'apprêtait à conquérir le monde, mais elle avait attaché un ballon rouge au porte-bébé. Le gamin avait réussi à attraper la ficelle et contemplait le ballon avec de grands yeux. Il avait une bouche minuscule, bien dessinée. Ses cheveux blonds captaient la lumière du soleil.
Sweeney se remit à manger, puis un souvenir lui revint. Elle émit un bruit de gorge.
— Qu'est-ce qui t'amuse ?
Elle s'émerveilla de la vitesse avec laquelle ils en étaient venus à se comprendre à demi-mot, comme un couple de longue date.
— Ces filles du Sud profond ! Elles ne savent que roter et boire de la bière ! dit-elle en imitant Candra.
Et ils pouffèrent de rire.

Candra ne pouvait s'empêcher de pleurer, tout en sachant combien elle se rendait ridicule. Elle prit un taxi pour retourner à la galerie et sanglota tout le long du chemin. Le chauffeur ne cessait de la regarder dans le rétroviseur, espérant engager la conversation. Il perdait son temps cependant : Candra n'encourageait pas les bavardages avec les chauffeurs de taxi. Surtout quand elle était au trente-sixième dessous.

Mrs Worth se tamponna les yeux avec un mouchoir en papier, afin de préserver les vestiges de son maquillage sophistiqué. De nouvelles larmes ne cessèrent toutefois d'affluer.

Qu'il soit maudit ! pensa-t-elle. Et Sweeney aussi ! Qu'ils soient maudits tous les deux pour avoir l'air tellement… tellement ensemble ! Candra s'étonnait que Sweeney pût se montrer aussi hypocrite – et aussi convaincante dans sa fausseté. La directrice de la galerie Worth rougissait d'humiliation au souvenir de son coup de téléphone à la jeune artiste, le lendemain du fiasco avec les McMillan. Richard devait se trouver auprès d'elle, ce matin-là. Ils sortaient probablement du lit. Sans doute avaient-ils ri à ses dépens.

Cette femme infidèle souffrait, comme jamais elle n'aurait cru pouvoir souffrir. Elle avait perdu Richard, de façon abstraite d'abord. Et à présent pour de bon : Sweeney avait pris sa place. Or Candra se découvrait soudain incapable d'aimer un homme comme elle avait aimé son mari. Elle l'aimait toujours, d'ailleurs. Son pouvoir continuait à la fasciner, et cela bien que Richard l'exerçât contre elle. Sweeney saurait-elle apprécier le cadeau que lui envoyait le ciel, ou bien était-elle trop immature pour comprendre son bonheur ?

Sans doute était-ce son manque d'expérience qui avait séduit Richard. Car Sweeney n'avait aucune classe et sa conversation frisait souvent l'absurde. Candra se demandait pourquoi elle plaisait aux hommes. Kai lui-même l'avait jugée attirante. Certes, elle était assez jolie, concéda Candra, à cœur défendant. A condition toutefois que l'on occulte le fait qu'elle avait souvent de la peinture dans les cheveux, et qu'elle semblait tout le temps dans la lune.

Et Richard la trouvait captivante ! Cet homme rationnel, organisé, toujours concentré sur son travail ! Candra aurait pensé que Sweeney allait l'insupporter au bout de quarante-huit heures à peine. Mais de toute évidence…

La directrice de la galerie Worth enrageait. La jeune artiste lui avait paru si rayonnante ! Candra ferma les yeux, mais rien n'atténua la douleur que lui infligeait cette image : Richard et Sweeney main dans la main, souriants, comme des amants heureux ! Sweeney qui jubilait, telle une maîtresse qu'on a honorée toute la nuit – voire aussi au matin, connaissant Richard.

Candra avait peine à croire qu'elle pût ainsi pleurer et fulminer. Elle venait de gâcher sa dernière chance d'obtenir un arrangement financier plus intéressant. Car Richard avait forcément deviné la raison de sa visite. Carson McMillan restait donc son dernier espoir de régler ses dettes. Mais il semblait que le sénateur eût besoin qu'on l'aiguillonne...

Kai venait d'ouvrir la galerie lorsque Candra arriva en taxi. Il n'y avait encore aucun client. Elle régla la course et se hâta de se réfugier à l'intérieur.

Kai la dévisagea, intrigué.

— Dure matinée ? s'enquit-il.

— Va te faire voir !

Mrs Worth passa devant le jeune homme à grands pas. Elle s'engouffra dans son bureau, se munit de sa trousse de maquillage, puis s'enferma dans la salle de bains. Elle réprima un cri d'horreur en voyant son reflet dans la glace. Des traînées de mascara déparaient son visage et ses yeux étaient injectés de sang ! Elle mouilla des serviettes en papier, les appliqua sur ses paupières, telles des compresses froides.

Kai parut au moment où sa maîtresse appliquait du fond de teint sur son visage bouffi.

— Tu peux me laisser, je te prie ? cracha-t-elle.

Le jeune homme ignora sa requête. Il s'adossa au placard, bras croisés.

— Richard t'a encore tourmentée ?

— Qu'est-ce qui te fait croire qu'il s'agit de Richard ?

Elle se moucha, jeta le mouchoir à la poubelle et se poudra.

— Parce que tu n'obtiens jamais ce que tu veux avec lui. Et que cela te met dans tous tes états à chaque fois. Il te mène à la baguette.

— Certainement pas ! Personne ne me mène à la baguette !

— Mais non chérie, calme-toi.

— Et ne m'appelle pas chérie, s'il te plaît ! Tu n'es qu'un coup, pour moi. Et tu le sais !

— On est de mauvaise humeur, n'est-ce pas ? Richard a encore refusé d'augmenter le montant du versement.

Candra pivota sur ses talons, ivre de rage.

— Que peux-tu savoir de cet arrangement financier ?

— Il y avait un message de ton avocate sur le répondeur, chérie. Elle te conseille de signer les documents avant de tout perdre et de ne plus avoir de quoi la payer. Elle n'a pas formulé les choses en ces termes, bien entendu, mais le propos était clair.

— Comment oses-tu écouter mes messages ! éructa Candra, offusquée.

— Olivia Yu a téléphoné ici, à la galerie, pas chez toi, Candra. Tu pourrais lui demander de se montrer plus discrète.

— Je n'ai pas de conseil à recevoir de toi. Dehors !

Kai s'exécuta, l'air boudeur. Mrs Worth respira profondément pour se calmer. Après quoi, elle étudia son maquillage dans le miroir et effectua quelques nouvelles retouches avec du fond de teint et de la poudre. Le résultat n'était pas parfait, mais elle avait tout de même meilleure allure que bien des femmes au sortir d'un institut de beauté.

Candra comprit qu'elle n'avait plus d'autre choix que de téléphoner à Olivia. Elle avait trop tardé, pensant récupérer les sommes déduites par Richard. Son mari n'avait jamais douté qu'elle finirait par se rendre à sa volonté.

Candra s'estimait tout à coup bien naïve de s'être crue capable de lui tenir tête. Elle eut envie de pleurer, mais ravala ses larmes. Elle regagna son bureau d'un pas nerveux, referma la porte derrière elle et composa le numéro de son avocate.

— Organisez-moi un rendez-vous, déclara-t-elle. Je vais signer. Les mesures de rétorsion cesseront dès que vous appellerez Gavin Welles ?

— Je ferai en sorte que vous ne soyez pas pénalisée, répondit Olivia Yu. Il va falloir refaire les documents. Ce qui peut prendre un certain temps. Reportons la signature à demain, si vous voulez.

— Cela me convient tout à fait.

Les avocats allaient devoir rédiger un nouveau protocole, afin de prendre en compte les déductions exigées par Richard. Candra ne doutait pas que son mari eût déjà contacté Gavin Welles afin de protéger les intérêts de Sweeney. L'homme d'affaires allait forcer Candra, de façon légale, à dégager l'artiste de toute obligation envers la galerie.

Après avoir parlé avec Olivia, Candra chercha le numéro des McMillan dans son agenda. Ce fut une domestique qui prit la communication.

— Oui, monsieur est là. Qui le demande ?

— Candra Worth.

Celle-ci jugeait inutile de cacher son identité. Carson prendrait plus volontiers l'appel s'il savait qu'elle était en ligne. Cela n'allait pas lui plaire, mais il allait s'exécuter.

Elle dut patienter plusieurs minutes. Elle commençait à s'impatienter, quand elle entendit la voix du politicien à l'autre bout du fil. L'homme paraissait nerveux. Il a peur, pensa Candra, qui reprit courage.

— Qu'est-ce que tu veux ? demanda abruptement Carson.

Candra réussit à émettre un petit rire. Quelle satisfaction de dominer la situation – pour une fois.

— Question idiote, Carson.

— Il n'est pas simple de réunir autant d'argent aussi rapidement, se récria-t-il.

— Tu plaisantes ! Vends des actions, encaisse des obligations, pioche dans divers comptes. Tu ne peux pas me servir ce genre d'excuse, mon vieux. Si l'argent n'est pas sur mon compte demain après-midi, tes adversaires vont se frotter les mains. La photo du futur président occupé à sniffer de la coke en deuxième page du *Washington Post*, tu imagines ?

— Cette conversation est enregistrée, Candra, déclara McMillan, avec suffisance. J'ai à présent la preuve que tu essaies de me faire chanter. A mon avis, c'est un délit. Tu me tiens, ma vieille, mais je te tiens aussi !

— Vraiment ? s'étonna Candra. Tu as mal évalué la situation, Carson. Si je ne puis disposer de cette somme, je suis ruinée. Je me moque donc de ta parade ridicule. Tu connais l'adage : une situation désespérée exige des mesures désespérées.

— Espèce de salope…

— Allons, sénateur. Restons civilisés.

Candra préférait éviter une nouvelle querelle.

— Civilisés, mon cul !

Le politicien respirait fort.

— Regarde les choses en face, Carson : cet enregistrement te sera utile seulement si les photos sont publiées. Et alors, il sera trop tard. Ta carrière n'y aura pas résisté. Nous avons beaucoup à perdre l'un et l'autre, mais si tu ne me verses pas l'argent, je plonge. Alors autant t'entraîner dans ma chute !

Candra parlait d'un ton calme, mesuré. Elle ne bluffait pas. Carson le savait. Il capitula.

— Sois maudite, Candra ! Mais laisse-moi au moins quarante-huit heures pour réunir l'argent.

— Après-demain, alors. Mais pas un jour de plus.

Kai sourit, assis à son bureau. Il raccrocha au même instant que Candra. Le play-boy espionnait les conversations de sa maîtresse depuis des années, accumulant les moyens de pression contre elle. Mrs Worth pensait dominer la situation : elle se trompait.

La garce s'essayait au chantage ! Kai ne s'en étonna pas outre mesure. Richard lui mettait le couteau sous la gorge, et Candra n'était pas femme à pouvoir se passer d'argent.

Quand elle aurait signé le protocole souhaité par Richard, Candra deviendrait propriétaire de la galerie. Sans doute renverrait-elle Kai, comme elle l'en avait menacé. Sa patronne s'accommodait de lui tant qu'il lui donnait satisfaction au lit, mais le jeune homme était las de jouer les gigolos.

Candra sortit de son bureau, tout sourire.

— Chéri ! minauda-t-elle.

Elle s'approcha du bureau de Kai et lui posa la main sur la nuque.

— Je suis navrée de t'avoir rembarré. Tu avais raison. Je me suis disputée avec Richard et j'ai passé ma colère sur toi.

Et maintenant, elle allait lui offrir son corps pour calmer le jeu, anticipa Kai, cynique.

Candra passa les doigts dans les cheveux de son jeune amant.

— Comment pourrais-je me faire pardonner ? susurra-t-elle, charmeuse.

Kai se leva de son fauteuil, se soustrayant au désir de Candra.

— Ce ne sera pas utile, déclara-t-il, le plus poliment qu'il put.

Kai aurait saisi l'opportunité s'il n'avait pas déjà eu un rendez-vous prévu à l'heure du déjeuner. Dommage, pensa-t-il. Il aurait apprécié la bousculer un peu – voire plus qu'elle ne l'eût souhaité.

— Ne boude pas, chéri, ce n'est pas séduisant, protesta celle-ci.

Kai haussa les épaules, l'air indifférent.

— Je ne suis pas d'humeur, Candra.

— N'importe quoi ! Tu es toujours d'humeur.

— Peut-être que je deviens sélectif.

Il vit, satisfait, le dépit, puis la colère se peindre sur le visage de sa maîtresse. Cette femme n'avait jamais supporté qu'on la rejette. Candra était vraiment belle, reconnut-il. Si belle qu'elle avait toujours séduit qui elle voulait. Le fait que Richard l'eût délaissée l'avait secouée. Mrs Worth avait perdu de sa superbe. Et voilà que son petit assistant refusait ses avances ! Son univers devait chavirer, pensa Kai.

— Dans ce cas, boude bien ! siffla Candra, d'un ton pincé. Et à propos, demande à l'encadreur de rapporter les derniers tableaux de Sweeney. Nous n'exposerons plus son travail.

— Ah bon.

Intéressé par cette nouvelle donne, Kai haussa un sourcil.

— C'est dommage, remarqua-t-il. Ils se seraient bien vendus. Quel est le problème ?

Candra pianota sur le bureau de son amant du bout des ongles.

— Une petite complication. Je l'ai trouvée en compagnie de Richard, ce matin.

Kai renversa la tête en arrière et éclata de rire. C'était manquer de diplomatie, mais cette image s'avérait tellement délectable !

— Alors c'est ça qui t'a mise en rogne? Tu les as surpris dans une situation compromettante, au moins ?

Candra supportait mal les railleries de Kai : son expression haineuse en disait long au jeune homme.

— Je les ai vus sortir tous les deux de chez Sweeney. Richard a dû y passer la nuit.

Kai émit un sifflement admiratif.

— Il n'aura pas perdu de temps, remarqua-t-il. Sweeney n'est pas une fille facile, à mon avis. Richard a dû se surpasser pour l'avoir.

Il s'amusait à flatter Richard de façon outrancière – il n'ignorait pas que cela agaçait sa maîtresse.

— Je m'occuperais bien d'elle, moi aussi, ajouta-t-il.

— Je ne vois pas ce qu'elle a d'exceptionnel ! lâcha Candra d'un ton sec.

— Tu veux dire en plus de ces grands yeux bleus et de cette chevelure incroyable ? Eh bien elle a de beaux seins. Et un cul magnifique...

— Je n'ai pas besoin que tu me passes en revue ses atouts ! cracha Candra, folle de rage.

Elle tourna les talons et s'en fut dans son bureau. Kai ricana – et s'aperçut qu'il était excité. Il se plaisait à torturer Candra. De plus, imaginer Sweeney nue le troublait énormément.

Kai baigna dans cette euphorie sexuelle toute la matinée. Même lorsqu'il reçut des touristes de Omaha, qui tenaient à rapporter « de vraies peintures » dans le Nebraska. Sachant d'instinct ce qu'ils recherchaient, Kai détourna habilement leur attention des œuvres modernes et abstraites. Il se plut à leur vanter le talent de Sweeney. Deux de ses tableaux étaient encore exposés à la galerie. Candra n'eût pas apprécié que ces messieurs s'en portent acquéreurs.

Ce qu'ils firent, à la grande joie de Kai.

A midi et demi, le jeune homme quitta la galerie, puis parcourut les trois kilomètres qui le séparaient de chez lui. Un hôtel eût été préférable, mais la femme qu'il fréquentait craignait qu'on ne la reconnût dans un lieu public. Kai lui avait confié un double de ses clés. Il savait qu'elle l'attendrait. Le play-boy songea, avec un petit sourire, qu'il reviendrait travailler plus tard que d'habitude.

L'invitée de Kai avait verrouillé la porte. Il frappa une fois, vit le judas s'assombrir comme sa visiteuse collait l'œil dessus. Elle lui ouvrit.

— Kai, chéri. Tu es en retard !

Le séducteur sourit. Son hôte s'était dévêtue et portait le peignoir qu'il gardait spécialement à l'intention des dames. L'échancrure du vêtement laissait apparaître la moitié d'un sein. Elle était bien conservée pour une femme qui aurait pu avoir des enfants de l'âge de Kai. Celui-ci se demanda combien de fois elle avait eu recours à la chirurgie esthétique.

— Tu es très belle, déclara-t-il en la prenant dans ses bras.

Kai fit glisser le peignoir des épaules de Margo McMillan, qui cambra son corps mince, lui offrant ses seins. L'amant de Candra Worth accomplit ensuite ce qu'on attendait de lui.

13

Sweeney se sentait d'excellente humeur. Richard s'était montré si attentionné au petit déjeuner ! A 11 heures, il l'avait déposée devant son immeuble. Il l'avait embrassée, puis de nouveau conviée à un petit déjeuner, le lendemain matin. La scène avec Candra, quoique sordide, était apparue à Sweeney comme un soulagement. La jeune artiste n'éprouvait plus aucun scrupule à rompre ses liens avec la galerie. Elle se promit de prendre des dispositions pour récupérer ses nouvelles œuvres, ainsi que tout tableau d'elle qui se trouverait encore là-bas.

Après quoi, elle se mit à peindre.

Pour la première fois depuis des semaines, Sweeney créa dans la joie, se laissant porter par son inspiration. Elle fit le portrait, à l'huile, d'un bébé blond, les yeux écarquillés devant un ballon rouge vif. Elle donna au visage de l'enfant le réalisme d'une photographie. Le décor, autour du bébé, apparaissait comme une explosion de couleurs.

S'étant appliquée à rendre les traits de l'enfant avec précision, Sweeney se souvint de sa dernière peinture, également hyperréaliste, et qui représentait divers éléments d'une scène probablement macabre : un soulier d'homme, deux chaussures à talons aiguilles, le mollet d'une femme. Cette note sinistre gâcha sa concentration.

La personne qu'elle avait commencé à peindre était morte – ou n'allait pas tarder à rendre le dernier soupir. Sweeney en eut tout à coup la certitude. Elle avait échafaudé une théorie audacieuse, à partir d'un seul et unique exemple : elle pensait peindre, en état de somnambulisme, la mort imminente de ses proches. Au plus profond d'elle-même, Sweeney avait le sentiment de connaître la femme aux escarpins. Son visage ne lui était pas apparu, car elle vivait encore...

Elle se prit à espérer : si elle réussissait à achever son tableau avant l'heure fatidique, pourrait-elle sauver la vie de la future victime ? La mettre en garde ?

Sweeney se persuada qu'elle pouvait travailler à ce tableau selon sa propre volonté, en étant éveillée, au lieu d'attendre l'injonction de sa muse nocturne...

Elle s'approcha du chevalet avec terreur. Son cœur tambourinait dans sa poitrine, sa respiration devint haletante. Sweeney se força à recouvrer son calme. Après tout, ce n'était qu'un tableau. Elle ne devait pas le considérer comme différent des autres, mais s'attacher à réaliser une performance d'artiste. Voilà tout.

Les proportions paraissaient justes. Vu la position de son pied, la femme venait de tomber. Elle avait perdu une chaussure dans sa chute. Des escarpins noirs sophistiqués, auxquels il manquait un détail, estimait-elle. Peut-être devrait-elle attendre la nuit pour savoir quoi.

La chaussure de l'homme lui posait également un problème. Étant donné la position de ce soulier, l'inconnu devait se trouver juste à côté de la femme – au-dessus d'elle, en fait. Quelque chose clochait... L'homme était trop près ! Un passant ne se serait pas approché autant. Un policier ? Il se serait accroupi, pensa Sweeney. Un médecin de même. L'homme, sur le tableau, se contentait de regarder la femme qui gisait à ses pieds.

Il l'avait tuée !

Cette intuition fulgurante fit battre le cœur de Sweeney. Elle ne douta plus de peindre une nouvelle scène de mort.

La jeune femme se rua sur le téléphone et composa le numéro de Richard. Lorsqu'il répondit, Sweeney lui demanda sans préambule :

— Est-ce qu'Elijah Stokes a été assassiné ?

Le milliardaire eut une hésitation.

— Pourquoi me demandes-tu cela ?

La main de Sweeney se crispa sur le combiné.

— Je suis en train de peindre une nouvelle scène de meurtre, Richard. N'essaie pas de me ménager, dis-moi la vérité. Le vieux marchand a-t-il été tué ?

— Oui, avoua-t-il. Écoute, j'ai un dîner ce soir, mais je vais l'annuler et venir te voir tout de suite.

— Non, non ! Ça va aller. J'ai trop gambergé, je crois. Et puis je travaille.

— Et tu ne veux pas que je t'embête ? s'exclama Richard en riant.

— Non.

Sweeney se tut. Devoir ménager la susceptibilité d'un amant quand elle désirait peindre était nouveau pour elle.

— Je t'ai vexé ?

— Bien sûr que non, répondit-il d'une voix tendre.

— Alors tant mieux.

La jeune femme prit une grande inspiration.

— Qu'est-ce qui t'a laissé croire que Mr Stokes avait été assassiné ? Qu'as-tu vu sur le tableau qui t'a fait envisager cette hypothèse ?

— La blessure à la tête. Et puis cet homme gisait entre deux immeubles, et pas dans un escalier. Il m'a semblé avoir été tué avec un instrument contondant.

Ce n'était pas là le jargon du monde de la finance. Sweeney eut le sentiment de découvrir une nouvelle facette de Richard.

— Tu as suivi des études de médecine ? demanda-t-elle.

— J'ai simplement été initié au secourisme. Des notions assez sommaires. Ce dont nous avions besoin sur le terrain quand j'étais à l'armée. Je suis capable de réduire une fracture simple, de remettre une épaule démise, de stopper une hémorragie. Ce genre de chose.

— Et tu sais reconnaître la victime d'une agression avec un instrument contondant ?

— J'ai vu mourir des hommes suite à ce genre d'agression, oui.

Les simples soldats ne reçoivent pas une formation aussi pointue, songea Sweeney.

— Dans quel genre d'armée étais-tu, Richard ? s'enquit-elle avec curiosité.

— L'armée américaine, répondit-il d'un ton amusé. Mais j'appartenais à une unité spéciale. Les Rangers.

— Cela n'évoque rien pour moi, avoua-t-elle. Qui sont les Rangers ?

— Ils portent de jolis bérets noirs.

— Mais à part ça ?

— On les charge des boulots délicats. C'est une branche de l'infanterie.

— Spécialisée dans quoi ?

Richard soupira.

— Dans les raids.

— Les raids.

— Oui.

— Tu faisais partie de commandos, c'est ça ? s'exclama la jeune femme, ébahie.

Richard n'avait jamais témoigné que de la tendresse à son égard. Cela dit, il savait imposer le respect aux autres d'un simple regard. Il avait broyé la main du sénateur McMillan sans ciller !

— C'est l'un des noms qu'on donne à cette unité, oui. Mais j'ai trente-neuf ans, ma douce. J'ai quitté l'armée il y a quinze ans. Ce que j'ai fait à cette époque-là n'a aucune importance.

— En un sens, si. Tu as deviné que Mr Stokes avait été assassiné, donc tu m'apportes un nouvel éclairage sur mon dernier tableau. Je crois que le tueur se tient devant la femme, et qu'il la regarde.

Richard suivit le cheminement des pensées de Sweeney.

— Tu as déduit cela d'après la position de son pied ?

— S'il s'agissait d'un médecin, ou d'un flic, ne serait-il pas accroupi à côté d'elle ? Et un passant ne se serait pas approché aussi près ! Je vais essayer de travailler sur cette peinture à l'état de veille, et voir ce qui se passe. La femme n'est pas encore morte, d'après moi. Il faut que je tente de compléter la scène. Si je réussis à terminer le tableau, si je reconnais la future victime, peut-être pourrai-je la sauver !

— Je ne pense pas que tu achèveras cette peinture avant qu'il soit trop tard, répondit Richard avec une grande douceur.

Le fait qu'il la traitât avec ménagement émut Sweeney.

— Mais il faut que je tente le tout pour le tout ! souffla-t-elle, la gorge nouée.

Elle ravala ses larmes. Elle se refusait à pleurer devant Richard.

— Je sais, admit-il, compréhensif. Tu as un stylo, Sweeney ?

Elle se saisit du bloc et du crayon qui se trouvaient près du téléphone.

— Oui.

— Alors note le numéro de mon portable. Je le laisserai branché ce soir, au restaurant. Appelle-moi s'il se passe quoi que ce soit d'anormal, ou si tu te remets à frissonner.

— Tu as combien de numéros ? s'étonna Sweeney. Cela en fait trois !

— Eh bien, il y a aussi le numéro du fax, si tu veux.

— Je ne pense pas que je t'enverrai des fax, non !

L'homme d'affaires eut un petit rire.

— Ménage-toi, la pria-t-il. Ces derniers jours ont été durs. Il faut que tu tiennes bon.

— Je ferai attention, promit Sweeney.

La complicité – mieux, le lien – qui existait entre elle et Richard lui donnait des ailes. Elle n'était plus seule face à cette étrange situation.

Elle considéra la peinture inachevée. Le lieu d'un crime, sans nul doute. Envisager le tableau de ce point de vue ouvrait de nouvelles perspectives à Sweeney. Elle esquissa les grandes lignes du dessin au fusain, s'appuyant sur les éléments dont elle disposait.

Quand elle eut fini, elle se sentit vidée de son énergie, comme si elle avait travaillé une journée entière. Elle jeta un coup d'œil par la fenêtre, constata que la nuit était tombée. Sweeney n'avait aucune idée de l'heure qu'il pouvait être, mais son estomac criait famine. Elle avait un peu froid – pas au point de grelotter cependant. Ses efforts créatifs n'avaient pas provoqué chez elle de frilosité extrême, du moins pas pour le moment. Elle espéra que son état n'allait pas évoluer en ce sens.

Sweeney réchauffa une soupe en conserve en pensant à Richard. Que mangeait-il lors de ses dîners d'affaires ? Et, plus important, tiendrait-il à ce qu'elle l'accompagne en ces occasions ? Cette perspective ne la réjouissait pas. Elle se promit toutefois de s'en arranger. Elle s'achèterait une paire d'escarpins à talons aiguilles si nécessaire.

Tu es mordue ! se dit-elle. Cependant, loin de s'alarmer, elle dégustait son potage d'un air béat et jubilait à l'idée de satisfaire Richard, quoi qu'il lui demandât…

Sweeney prit une douche puis se mit au lit. Elle se réveilla peu après l'aube, réchauffée, détendue. Elle fut presque déçue de ne pas grelotter – donc de pouvoir se passer de Richard. Elle avait éprouvé tant de plaisir à sentir le corps de cet homme peser sur elle !

Elle s'attarda un peu au lit, goûtant la douce chaleur qui l'enveloppait. Elle rêvait éveillée, souriait aux anges. Puis elle s'aperçut que le soleil ne se levait pas.

L'artiste s'assit dans son lit et regarda par la fenêtre. Une timide lumière filtrait à travers un brouillard épais. Cette clarté créait des ombres étranges dans la pièce, comme celles apparaissant sur le négatif d'une photographie.

Sweeney enfila un jean, un sweat-shirt et des chaussettes de laine. Le café n'était pas encore prêt – elle s'était réveillée trop tôt –, aussi actionna-t-elle la commande manuelle. Elle se rendit ensuite dans son atelier : cette lumière blanche était trop extraordinaire pour qu'elle ne la mît pas à profit.

Elle savait exactement ce qui manquait aux talons hauts.

Plus tard, son pinceau plongé dans l'essence de térébenthine, elle contempla son tableau. Une petite boule dorée raccordait les deux parties de chaque talon en leur milieu. Ces escarpins étaient d'un chic inouï... Si Sweeney en avait vu une paire comme celle-ci, elle s'en serait souvenue.

Et la robe... La femme portait une robe noire, ce qui, hélas, ne la distinguait guère de la majorité des New-Yorkaises.

Une sonnerie tira Sweeney de sa rêverie. La jeune femme frissonna, s'écarta du tableau, d'abord perplexe quant à la nature de ce bruit. Puis elle comprit qu'il s'agissait du téléphone et courut répondre.

— Comment ça va ? s'enquit Richard.

— Bien, dit Sweeney. J'ai passé une bonne nuit. Mais j'ai peint, tôt ce matin. J'ai sûrement ajouté des détails au tableau. Quelle heure est-il ?

— 9 h 30.

Elle avait travaillé pendant quatre heures et cet exercice ne lui avait laissé qu'un vague souvenir.

14

Quand Richard arriva, Sweeney était emmitouflée dans une couverture. Elle avait froid, mais rien de comparable aux jours précédents. Le milliardaire déposa un petit baiser sur ses lèvres et la prit dans ses bras pour la réchauffer.

— Attends ! dit-elle. Je veux d'abord que tu voies ma peinture.

Richard la suivit dans son atelier. Tous deux contemplèrent la toile en silence. La scène était spectaculaire : la femme gisait sur le dos, dans une mare de sang qui souillait un tapis beige. Sa robe noire était en lambeaux, l'un de ses bras affreusement tailladé.

L'assassin se tenait debout au-dessus de sa victime, un long couteau à la main. Son bras pendait le long de son corps. Il portait un pantalon et une chemise noirs, des chaussures à bouts pointus. Son visage n'était pas encore apparu à Sweeney.

— Un cambrioleur, peut-être, remarqua Richard. Les deux personnages sont vêtus de noir, mais il semble que la femme revienne d'une réception. Les chaussures du type ne collent pas, toutefois. Un voleur aurait préféré des tennis, ou des souliers à semelles de crêpe.

— Moi aussi, je les trouve bizarres, ces chaussures. Mais c'est un détail. Il faut que je termine cette toile, que je sache qui est cette femme !

— Tu ne le sauras pas avant qu'il soit trop tard, lui répéta Richard en passant un bras autour de ses épaules. Tu n'y peux rien. Les choses se sont passées ainsi pour Elijah Stokes…

— Mes dons de voyance pourraient aller s'affinant !

— Espérons-le, Sweeney. Mais cette fois, il peut très bien s'agir d'un meurtre avec préméditation, et non d'un cambriolage qui a mal tourné.

Sweeney ne voyait pas où Richard voulait en venir.

— Qu'est-ce que cela changerait ?

— Cela voudrait dire que le type a tout prévu. Et que tu captes une scène qu'il a déjà mise au point.

— Tu as l'esprit trop analytique.

Elle savait pourtant que Richard avait raison.

— C'est grâce à mon esprit analytique que je suis devenu riche, Sweeney. Regarde les choses en face. Tu n'as probablement pas la capacité de sauver cette femme. Mais tu pourras te rendre utile autrement. Quand ce tableau sera terminé, nous connaîtrons le visage du meurtrier.

Le milliardaire prit Sweeney par la taille et l'entraîna dans le salon. Là, il s'installa sur le sofa, l'attira sur ses genoux et enroula un plaid autour d'eux. Il caressa tendrement les cheveux de Sweeney, repoussa ses boucles, l'embrassa sur la tempe.

— J'ai de bonnes nouvelles, murmura-t-il. Candra doit signer les papiers demain. Et j'ai obtenu une audience pour la semaine prochaine.

Sweeney le dévisagea, médusée. Les New-Yorkais attendent souvent plus de six mois pour passer devant le juge des affaires matrimoniales. Richard avait accompli un petit miracle.

— Comment as-tu fait pour que ce soit aussi rapide ?

— Je suis riche, répondit Richard. On me demande sans arrêt des faveurs. Aussi ai-je de nombreux obligés.

Il effleura les paupières de Sweeney du bout des lèvres.

— Dès la semaine prochaine, quand tu auras froid, je pourrai te réchauffer de l'intérieur, déclara-t-il.

Il la réchauffait déjà... Le cœur de Sweeney battait la chamade.

— Tu t'en sors bien, rien qu'en me serrant dans tes bras, remarqua-t-elle, haletante.

— Vu la façon dont tu t'agites, je n'aurais qu'à m'allonger sur le dos, t'asseoir sur moi, et me laisser emporter au galop !

Elle éclata de rire et enfouit son visage dans le cou de Richard, qui lui caressa la nuque puis l'embrassa. Leur baiser se fit torride. Puis l'homme d'affaires l'interrompit, les joues en feu.

— Si cela continue, je ne vais même plus pouvoir t'embrasser, avoua-t-il. Distrais-moi, Sweeney. Parle-moi de toi.

— Que veux-tu savoir ?

— Tout, depuis le début. Tu es vraiment née en Italie ?

— Oui. A Florence. Ma mère effectuait un pèlerinage artistique au pays de Michel-Ange. Je suis née deux semaines avant terme, ce qui a gâché son voyage. Je régurgitais tous mes biberons, je perdais du poids. Elle m'a donc laissée à l'hôpital pour visiter Rome. Elle était sur la route deux jours après son accouchement !

— Tu veux dire que ta mère a abandonné son nouveau-né malade à l'hôpital pour pouvoir profiter de ses vacances ? s'exclama Richard, abasourdi.

— Eh oui ! Cela lui ressemble assez, déclara Sweeney avec un petit rire gêné.

— Où était ton père, pendant ce temps-là ?

— Il devait travailler sur un film, j'imagine.

Le milliardaire paraissait outré. Sa réaction surprit Sweeney, qui avait cessé depuis longtemps de s'interroger sur le comportement de ses parents. Elle ne cherchait ni à analyser, ni à justifier leur irresponsabilité.

— Enfin, Richard ! protesta-t-elle, ils ne me battaient pas ! Ils ne nous accordaient aucune attention, mais je suppose qu'il y a pire que cela.

— Nous ?

— J'ai un frère. Et plusieurs demi-frères et demi-sœurs, issus des nombreux remariages de mon père. Il se peut que papa ait de nouveau contribué à la pérennité de l'espèce, depuis la dernière fois que je l'ai vu.

— Tu es proche de ton frère ?

— Non. Mike est une caricature de nos parents. Snob, drogué. Je n'ai pas de nouvelles de lui depuis… oh, trois ans, voire plus.

— Seigneur, marmonna Richard.

— J'ai envoyé une carte postale à tout le monde quand j'ai emménagé, poursuivit Sweeney. Ils savent donc où me trouver, mais personne n'a jugé bon de se manifester, semble-t-il. Peut-être avaient-ils tous émigré avant de recevoir mon courrier. Et ta famille ?

— Je n'ai plus de famille directe. J'ai perdu mon père à trois ans. Ma mère et moi avons vécu avec mon grand-père, qui est décédé il y a cinq ans. Ma mère est morte l'année d'après. J'ai deux oncles et une tante du côté de mon père, et nombre de cousins, dont la plupart vivent en Virginie. Je retourne là-bas de temps à autre. Parfois pour Noël. Candra détestait ma famille, alors je leur rendais visite sans elle.

Richard semblait, quant à lui, beaucoup aimer ses parents, songea Sweeney. Elle essaya de se représenter une joyeuse tablée.

— Chez moi, une réunion de famille est une chose inconcevable, remarqua-t-elle.

— Que fais-tu pour Noël ?

— Rien, avoua-t-elle. Je travaille. Nos parents ne nous invitent jamais en vacances.

— Dans ce cas, nous passerons le nouvel an en Virginie, décida-t-il.

Sweeney se redressa, surprise.

— Tu veux dire que tu m'emmèneras avec toi ?

— Je ne te laisserai certainement pas ici toute seule.

La jeune femme en croyait à peine ses oreilles. Elle n'avait pas osé envisager que cette relation puisse durer – même si elle ne souhaitait que cela. Sweeney n'avait pas l'habitude des liaisons amoureuses. Elle ignorait ce qu'on était censé attendre d'un amant.

— Tu penses que nous serons encore… tu vois, dit-elle, hésitante.

— Oh oui ! répondit Richard d'un ton catégorique.

— Bien, alors c'est d'accord.

Il ne put réprimer un sourire.

— Ne montre pas trop d'enthousiasme, surtout !

Puis il jeta un coup d'œil à sa montre.

— J'ai un rendez-vous qu'il faudrait que j'annule si…

— Non, non ! Vas-y, se récria-t-elle.

Elle se leva.

— J'ai chaud, maintenant. Je prenais seulement plaisir à rester sur tes genoux.

Richard l'observa, pour juger par lui-même de son état. Il prit sa main, s'assura que ses doigts n'étaient pas froids, puis il baisa ces derniers.

— Très bien, dit-il. Tu sais comment me joindre si tu as besoin de moi. J'ai un dîner d'affaires aujourd'hui et demain, mais ensuite je serai libre tous les soirs de la semaine.

Il lui adressa un clin d'œil.

— Je crois qu'un deuxième rendez-vous s'impose.

A 23 h 30, ce soir-là, Candra regagna son appartement. Elle adorait sortir, mais avait été incapable de s'amuser – bien que la plupart de ses amis eussent été présents. Le cœur n'y était pas. Elle pensait à l'épreuve qui l'attendait le lendemain, chez son avocate. Elle allait signer des documents officiels. Et se détacher, légalement, définitivement, de Richard Worth. Un jour, peut-être, rencontrerait-elle un homme de la valeur de son ex-mari. Elle en doutait.

Richard avait gagné la partie. Candra était donc perdante. Elle avait eu tort d'essayer de le manipuler, elle s'en rendait compte à présent. Si elle lui avait rendu sa liberté de bonne grâce, elle aurait conservé toute sa dignité – et Richard se serait montré plus généreux.

Mrs Worth se sentait affreusement lasse. Son avenir lui apparaissait sombre, bien que Carson McMillan se préparât à virer un million de dollars sur son compte.

Elle avait laissé des lampes allumées dans son vestibule et dans son salon : elle avait horreur de trouver son appartement obscur en rentrant chez elle. Candra se rappela l'époque où elle ne se préoccupait pas de ce genre de détail : elle regagnait sa maison en compagnie de Richard. Parfois, quand la perspective d'une nuit solitaire l'affolait, la directrice de la galerie Worth faisait venir Kai. Ce soir, toutefois, elle préférait encore la solitude à la présence du jeune homme, qui semblait s'amuser de la dureté de Richard à son égard. Candra s'apprêtait à congédier le play-boy. Les beaux jeunes gens désireux de s'introduire dans le monde de l'art ne manquaient pas, à New York. Ils ne rechigneraient pas à y entrer par la petite porte.

Elle laissa son sac à main en perles dans le vestibule et tira les verrous. Ses talons cliquetèrent sur les dalles en faux marbre. Ils se turent lorsqu'elle posa le pied sur le tapis beige du salon. C'est alors qu'elle vit quelque chose bouger. Muette de peur, elle pressa sa main sur son cœur, avant de retrouver en partie ses esprits.

— Comment as-tu pénétré dans l'immeuble ?

— J'ai une clé. C'est pratique, n'est-ce pas ?

— Une clé ? Je ne te crois pas. Comment pourrais-tu avoir une clé de mon appartement ?

— J'ai des relations.

— Foutaises ! Je possède la seule clé de chez moi !

— Apparemment pas, Candra.

La suffisance qui perçait dans ces propos l'agaça, et elle opta pour le mépris.

— Tu vas à une fête costumée ? Ou bien tu pensais que c'était Halloween ? Dans ce cas, tu fais erreur.

— C'est toi qui as commis une erreur, Candra.

Pourquoi feindre de ne pas comprendre ?

— C'est à cause du million, n'est-ce pas ? Ce n'est pas dirigé contre toi. J'ai besoin d'argent et je n'ai pas trouvé d'autre moyen de m'en procurer. Cela ne se reproduira pas.

Sa tirade n'eut pas l'effet escompté.

— Tu pensais vraiment que je te laisserais gâcher ce pour quoi j'ai bataillé toute ma vie ?

— Tu savais dans quoi tu t'embarquais. Alors ne joue pas les victimes !

— Je puis t'assurer que s'il doit y avoir une victime, ce ne sera pas moi.

Candra recula d'un pas, soudain alarmée.

— Laisse-moi tranquille ! Sors de chez moi !

— Ce n'est pas toi qui donnes les ordres, chérie.

Une main gantée se dressa, armée d'un couteau de cuisine.

Candra réagit avec sang-froid. Elle se déporta sur la gauche, comme pour courir vers la porte. Puis elle se rua sur le téléphone, de l'autre côté. Un modèle ancien, avec fil. Elle commençait à composer le 911, lorsque le couteau s'abattit sur son bras. Candra hurla, se rejeta en arrière. Son talon se prit dans le pied du guéridon et elle s'étala sur le dos. Elle roula aussitôt sur elle-même, réussit à se remettre debout. Le couteau plongea dans son dos. Une douleur affreuse, sensation à la fois glacée et brûlante, fusa en elle comme une décharge électrique. Elle faillit s'évanouir mais se jeta en avant, dans l'espoir d'échapper à la lame meurtrière.

— Non, non, non ! s'entendit-elle bafouiller.

Elle se releva, bondit vers le canapé, décidée à sauter par-dessus pour gagner du temps. La peur et la douleur émoussaient cependant ses réflexes. Son bel escarpin se prit dans le tapis, sa cheville se tordit de façon affreuse, lui causant une souffrance encore plus vive que le couteau qu'on lui avait planté dans le dos. La chaussure glissa de son pied, et elle se retrouva à quatre pattes. Une langue de glace bouillante la transperça, sous l'omoplate droite. Puis encore une fois, plus bas, dans la hanche.

Candra se convulsa sous la douleur, son corps se crispa. Elle ne parvenait même plus à crier. Sa bouche s'ouvrait en un combat silencieux pour aspirer de l'air, mais ses poumons refusaient de coopérer. Elle réussit à prendre appui sur ses mains, puis à ramper. C'était là un effort suprême, mais ô combien dérisoire – et elle en avait conscience.

Elle retomba sur le tapis, donna un faible coup de pied devant elle. La lame lui arriva dessus dans un éclair. Candra parvint à lever le bras gauche, sentit le choc du couteau, mais n'éprouva aucune douleur. Un autre coup suivit, dans sa cage thoracique. Ses côtes cédèrent sous l'impact. Après quoi, la lame s'enfonça dans la chair tendre de son ventre.

Candra suffoqua, s'échoua sur le tapis tel un poisson hors de l'eau. Le temps ralentit, de plus en plus, ou peut-être en eut-elle seulement l'impression. La souffrance devint moins sensible, cédant la place à une grande lassitude. L'intensité des lampes devait baisser. Candra ne percevait plus qu'une faible lueur dans les ténèbres. Il fallait qu'elle bouge… Le couteau… Mais le couteau n'était plus là… Elle ne pouvait que demeurer immobile dans le noir, tandis qu'un froid bizarre envahissait peu à peu son corps, et que les battements de son cœur se faisaient plus lents… Très lents… De plus en plus lents… Cessaient. L'assassin ne rata pas l'instant de la mort. La vessie et l'intestin libérèrent leur contenu. Spectacle dégoûtant et plaisant à la fois. Cette salope méritait qu'on la trouve baignant dans ses excréments.

Le meurtre avait été prémédité, l'appartement fouillé de fond en comble, mais les photos compromettantes ne s'y trouvaient pas. C'était là un réel problème. Heureusement qu'ils avaient été assez intelligents pour prendre des précautions.

Le coup de fil annonçant que Candra venait de quitter la réception avait joué un rôle essentiel. Autrement, la soirée se fût achevée d'une tout autre manière. L'argent et les bijoux qu'elle gardait chez elle avaient été récupérés, et la porte du réfrigérateur ouverte : la police penserait que Candra avait surpris le cambrioleur dans la cuisine. De plus, cela expliquerait l'usage du couteau, rangé avec d'autres dans un râtelier, à portée de main.

Les doigts gantés s'ouvrirent et lâchèrent la lame sur le sol, à côté du corps. Après tout, cette arme appartenait à la victime.

L'assassin sortit un tournevis de sa poche et s'en servit pour trafiquer la serrure. On penserait ainsi qu'elle avait été forcée. Un travail discret. Tellement discret qu'une femme n'aurait pu remarquer quoi que ce soit d'anormal en rentrant chez elle – dans un couloir mal éclairé, de surcroît. Un travail qui toutefois attirerait l'attention de la police – à coup sûr. Une serrure intacte aurait signifié que Candra connaissait la personne qui l'avait tuée, ou que celle-ci avait utilisé un double de la clé.

L'argent et les bijoux – la plupart des bijoux, et très peu de liquide – se trouvaient dans le petit sac noir et seraient bientôt planqués en lieu sûr. Qui sait, ils pourraient un jour s'avérer utiles…

15

Sweeney se leva peu après 3 heures du matin. Elle traversa l'appartement obscur sans trébucher, sans hésiter. Elle avait l'air absent et son cœur battait de façon régulière.

Elle se posta devant le tableau inachevé. Elle inclina la tête sur le côté, comme attentive à une voix intérieure.

Avec des gestes lents, l'artiste prépara une couleur en utilisant un pigment brun-rouge, qu'elle fonça en y ajoutant du noir. Quand la teinte se rapprocha de celle, profonde et lustrée, du vison, la jeune femme se mit à peindre. Elle représenta, avec minutie, une chevelure sombre étalée sur un tapis beige clair, tel un éventail ouvert.

L'expression fut plus difficile à rendre. Sous son pinceau apparurent un beau visage devenu terreux, des yeux noirs rendus vitreux par la mort, une bouche aux lèvres flasques, maculée de sang.

Le jour se levait quand elle nettoya ses brosses. Elle reboucha ses tubes de couleur puis regagna son lit aussi silencieusement qu'elle l'avait quitté.

Lorsque Sweeney se réveilla, le soleil inondait la chambre. La jeune femme était ramassée sur elle-même, les bras serrés autour du corps, cherchant inconsciemment à conserver sa chaleur interne. La crise s'annonçait plus violente que jamais : elle frissonnait au point de faire trembler le lit.

Elle avait besoin de Richard !

Son réveil, éclaboussé de soleil, indiquait 10 h 38.

Pourquoi Richard n'avait-il pas téléphoné ? Il était convenu entre eux qu'il l'appellerait si Sweeney ne donnait pas de nouvelles.

— Richard ! souffla-t-elle d'une toute petite voix, comme s'il pouvait l'entendre.

Du calme, se raisonna-t-elle. Elle craignait simplement de ne pas réussir à se réchauffer. Mais d'instinct, elle savait qu'elle se sentirait mieux dès qu'elle entendrait la voix de son ami.

Sweeney souleva le téléphone sans fil, posé sur sa table de nuit. Elle se souvint tout à coup du tableau ! Plus elle approchait du but, plus elle avait froid. Elle avait dû peindre le visage de la victime durant la nuit ! Autrement, pourquoi aurait-elle grelotté ?

Sweeney allait découvrir l'identité de la victime…

Elle sortit de son lit et gagna son atelier en chancelant. Elle avait de la peine à coordonner ses mouvements, mais il fallait qu'elle sache, sans plus tarder ! Chaque seconde comptait ! Richard restait persuadé qu'elle représentait ces personnes après leur mort, or Sweeney n'en était pas certaine. Une première crampe lui cisailla la cuisse, comme elle arrivait devant la toile. Elle resta figée, pantelante. Le sang battait à ses tempes, et elle tremblait si fort qu'elle dut serrer les dents pour éviter qu'elles ne s'entrechoquent.

— Candra !

Sweeney fixait sa peinture en s'efforçant de croire qu'elle ne découvrait là qu'une ressemblance avec la morte. Candra avait pris une telle importance dans sa vie, ces derniers temps… Il se pouvait que Sweeney ait cru la voir dans le visage d'une autre.

Hélas, non. Ce portrait était d'une exactitude affolante. Il possédait cette qualité surréaliste des œuvres de Gehard Richter. Or Sweeney se savait bonne portraitiste.

Candra.

— Oh, mon Dieu, mon Dieu ! s'exclama-t-elle.

Elle ne connaissait pas le numéro personnel de Mrs Worth. Il ne figurait pas dans l'annuaire. Candra devait se trouver sur son lieu de travail. Sweeney courut vers le téléphone, composa le numéro de la galerie. Elle entendit sonner six fois, après quoi le répondeur prit le relais. La jeune femme raccrocha, frustrée. Elle tremblait comme une feuille. Le combiné lui tomba des mains. Elle se baissa pour le ramasser et s'écroula, sans force, sur la moquette.

En chutant, Sweeney avait heurté l'appareil téléphonique, dont un coin lui était rentré dans les côtes. Elle réussit à s'asseoir, cala le téléphone sur ses genoux et composa le numéro de Richard.

L'une des assistantes du milliardaire prit la communication, d'une voix curieusement étouffée.

— C'est S-S-Swee-ney. Richard est là ?

— Je suis navrée, miss Sweeney, mais il ne travaillera pas aujourd'hui.

La jeune secrétaire hésita.

— Mrs Worth – Candra – a été assassinée.

— Oh, non ! gémit Sweeney, pleurant presque.

— La femme de ménage a trouvé le... le corps ce matin. Mr Worth est actuellement au poste de police.

Sweeney pleurait pour de bon, à présent. Elle déglutit, avant de conclure d'une voix enrouée :

— Dites à Richard que j'ai appelé.

— Je n'y manquerai pas, miss Sweeney, dès que possible.

Ainsi Richard avait-il vu juste. Sweeney ne pouvait influer sur le destin de ses semblables. La jeune femme remonta ses jambes sous son menton et se mit à sangloter. Il lui semblait absurde d'avoir des visions prémonitoires et de souffrir ainsi d'hypothermie, si elle n'avait pas la capacité de sauver qui que ce soit.

Une crampe lui cisailla la cuisse droite, qu'elle dut masser plusieurs minutes avec vigueur. Puis elle roula sur le sol, vidée de son énergie.

Elle avait besoin de chaleur ! Richard n'allait pas lui venir en aide aujourd'hui. Il était toujours – sur un plan légal – le mari de Candra. Sans doute était-il en train de répondre aux questions des enquêteurs de police, voire d'identifier le corps de la défunte. Sweeney s'interdit de l'appeler sur son téléphone portable. Elle allait devoir s'arranger seule de son problème.

La couverture électrique ne servait à rien. De même que la douche ou le café brûlants. Elle décida de s'immerger dans un bain très chaud, afin de transpirer.

Elle rampa jusque dans la salle de bains, avançant par à-coups, tel un animal blessé. Ses jambes et ses bras lui obéissaient à peine, son cerveau fonctionnait au ralenti. Elle ouvrit le robinet d'eau chaude au maximum. Un vestige de bon sens l'amena tout de même à ajouter un peu d'eau froide. Une immersion prolongée dans un bain trop chaud risque de provoquer une crise cardiaque. Sweeney se devait de rester vigilante.

La jeune femme s'agenouilla devant la baignoire, mit ses mains glacées sous l'eau pour les réchauffer. Elle entra tant bien que mal dans son bain, sans prendre la peine d'enlever son pyjama. La sensation de chaleur lui procura un soulagement inouï. Sweeney regarda ses pieds à travers l'eau claire. Ses orteils étaient blancs, et ratatinés par le froid.

Elle s'immergea jusqu'au menton. Ses cheveux flottèrent autour de ses épaules et les tremblements qui agitaient son corps formèrent des vaguelettes qui allèrent mourir contre l'émail. Faites que cela soit efficace ! songea-t-elle, se surprenant à prier. Si elle ne parvenait pas à vaincre sa sensation de froid, il lui faudrait appeler des secours. Sans doute aurait-elle déjà dû le faire, mais elle ne pouvait se résoudre à prendre la situation au sérieux.

Sweeney sentit tout à coup qu'elle se réchauffait. Le processus fut lent, la chaleur de l'eau s'insinuant peu à peu sous sa peau. Ses crampes l'avaient épuisée. Elle posa la tête contre le bord arrondi de la baignoire, veillant à ne pas s'assoupir. En effet, le retour à une température normale s'accompagnait chaque fois d'une sensation d'endormissement.

Une vingtaine de minutes plus tard, ses doigts et ses orteils rosirent, et des plis se formèrent à la surface de sa peau. Sweeney vida un peu la baignoire, rajouta de l'eau chaude. Ses pensées se tournèrent alors vers Candra et elle se mit à pleurer. Jusqu'à ce qu'elle la surprenne avec Richard, la directrice de la galerie Worth s'était toujours montrée aimable avec elle. Elle avait eu une influence positive sur la carrière de Sweeney, et n'avait pas ménagé sa peine pour promouvoir son œuvre.

La plasticienne déplorait qu'elles fussent restées sur une mauvaise impression. Elle ne regrettait bien sûr pas d'avoir noué des liens amoureux avec Richard, mais le moment était particulièrement mal choisi. Si le divorce des Worth avait été prononcé, si Candra n'avait pas eu à se plaindre de l'arrangement financier…

Sweeney n'osa prolonger davantage sa station dans le bain. Elle ouvrit le siphon, se remit debout, tremblante. Ses muscles avaient comme ramolli. La jeune femme enleva son pyjama dégoulinant et l'accrocha à la barre du rideau de douche pour qu'il égoutte. Se sécher lui demanda un énorme effort. Elle dut s'asseoir sur le couvercle des toilettes pour finir d'essuyer ses jambes et ses pieds.

Elle enroula ensuite une serviette sur ses cheveux mouillés, tel un turban, et tituba jusqu'à son lit. La couverture électrique était toujours branchée. Sweeney se glissa, nue, entre les draps délicieusement chauds. Elle s'endormit presque aussitôt, parfaitement détendue.

L'inspecteur Joseph Aquino avait une forte carrure, le regard vif, et une bonne figure, qui incitait aux confidences. Plus pugnace que son collègue, l'inspecteur H.E. Ritenour, quant à lui, était un garçon mince aux cheveux pâles et coupés en brosse. Il avait pour habitude de dévisager les suspects de ses yeux bleus translucides, afin de les déstabiliser.

Richard, pour sa part, ne trahissait aucun trouble, misant sur son expérience de Ranger pour déjouer les stratagèmes grossiers du policier. Le milliardaire se demanda combien de temps l'inspecteur allait le toiser, tout en s'amusant secrètement de cette tactique classique.

Les enquêteurs avaient sonné chez Richard le matin même, pour lui apprendre la mort de Candra. L'homme d'affaires était le principal suspect. Il avait aussitôt prêté son concours aux policiers et répondait à présent à leurs questions.

Il y avait bien longtemps que Richard Worth n'aimait plus Candra. Au cours de leur dernière année de mariage, il l'avait même haïe – sans pour autant souhaiter sa mort. Il tenait juste à ce que cette femme sorte de sa vie. Voilà qui était fait, et de façon radicale. Le monde change, après la disparition d'un être cher, et l'on doit s'arranger de cette modification brutale et sans appel.

Le divorce des Worth n'ayant pas encore été prononcé, Richard dut effectuer les démarches légales. Il identifia le corps de sa femme. Il avait déjà vu des morts, mais dans un contexte militaire. L'assassinat de Candra le prenait au dépourvu. Richard avait vécu dix ans avec elle, et même s'ils n'avaient pas été heureux ensemble, il l'avait aimée – au début, du moins. Il se désolait à présent qu'elle eût perdu la vie dans des circonstances aussi tragiques.

Il téléphona à ses beaux-parents. Mr et Mrs Maxson avaient quitté Manhattan suite à un revers de fortune. Aujourd'hui, ils habitaient un ranch à Ithaca. Leur fille s'était toujours refusée à y passer la nuit, jugeant cette demeure trop humble à son goût. Richard, pour sa part, considérait la maison de ses beaux-parents comme très confortable. Mais Candra, qui, contrairement à l'homme d'affaires, avait grandi dans le luxe, avait une échelle de valeurs différente.

Vu les circonstances, Richard laissa les Maxson choisir le lieu de la sépulture, ainsi que les modalités du service funéraire.

Le milliardaire n'avait pu circuler dans sa maison sans escorte policière. On avait de même écouté ses conversations téléphoniques. Il s'était raisonné, sachant que les inspecteurs faisaient leur travail. De plus, quand une femme est assassinée, le mari ou l'amant s'avèrent coupables dans la plupart des cas. Candra et Richard avaient engagé une procédure de divorce, ce qui rendait l'homme d'affaires d'autant plus suspect. Aussi conserva-t-il son calme, même quand on l'emmena au poste de police, où on le pria de s'asseoir dans une salle d'interrogatoire – une pièce exiguë, pourvue de trois chaises inconfortables et d'une table branlante.

On lui lut ses droits, puis on lui demanda s'il souhaitait prévenir son avocat.

— Non, répondit-il, surprenant les deux policiers.

— Vous désirez un verre d'eau, une tasse de café ? s'enquit l'inspecteur Ritenour.

Richard déclina également cette offre.

Il réussit à masquer son amusement. Il connaissait la technique : proposez à boire au suspect, qui bientôt aura envie d'uriner. Ne l'autorisez pas à se soulager. Et posez-lui les mêmes questions, peut-être formulées différemment, tandis que sa vessie le met au supplice.

Il chercha la position la moins inconfortable sur le siège sournois qu'on lui avait octroyé. Il avait le sentiment qu'on avait scié les pieds de devant, afin que la personne interrogée ne puisse rester assise sur la chaise sans glisser. Il posa fermement les pieds sur le sol, et ne les bougea plus.

Ritenour commença l'interrogatoire.

— D'après la femme de ménage, Mrs Worth et vous étiez en train de divorcer.

— C'est exact, acquiesça-t-il d'un ton neutre. Nous sommes séparés depuis un an.

— Un divorce est une expérience pénible. Je le sais, j'ai divorcé deux fois, déclara l'inspecteur.

— Ce n'est pas plaisant, effectivement.

— C'est déstabilisant, renchérit Ritenour. D'autant que vous aviez beaucoup à perdre dans l'histoire, n'est-ce pas monsieur Worth ?

— A quel égard ?

— Vous valez une fortune ! Votre femme pouvait profiter du divorce pour vous dépouiller de biens acquis par votre travail. A moins que vous ne vous soyez protégé dès le départ. Mais vous étiez relativement pauvre quand vous avez épousé Candra, n'est-ce pas ?

— Oui.

— Il semblait donc inutile de faire rédiger un contrat de mariage.

— Messieurs, déclara calmement Richard, vous voulez sans doute savoir si je m'exposais à perdre la moitié de ma fortune suite à cette rupture. La réponse est non. Au moment de notre mariage, mes beaux-parents étaient très riches. Le père de Candra a tenu à ce que nous nous mariions sous le régime de la séparation de biens. Charles Maxson avait pour intention de protéger son argent – contre moi – en cas de divorce. Or cet arrangement était valable dans les deux sens. Mon épouse gardait ce qui lui appartenait. Et réciproquement. Candra ne pouvait prétendre à rien.

Le bref regard qu'échangèrent les deux inspecteurs n'échappa nullement à Richard. Dans l'hypothèse où ils le considéraient comme suspect, la cupidité cessait d'être un mobile.

— Vous avez une copie de ce document, je suppose ? s'enquit Ritenour.

— Elle est entre les mains de mon avocat, Gavin Welles. L'avocate de Candra, Olivia Yu, en possède également un double.

Les policiers notèrent les deux noms.

— La femme de ménage affirme que Mrs Worth et vous aviez des difficultés à conclure un accord.

Cette dame a décidément la langue bien pendue, songea Richard.

— Candra n'était pas satisfaite de la somme que je lui offrais, déclara-t-il. Elle voulait plus. Cela a créé des dissensions entre nous, mais mon épouse a fini par accepter mes conditions. Nous avions rendez-vous avec nos avocats aujourd'hui, à 13 heures, pour signer le protocole.

Richard consulta sa montre – il était plus de 14 heures. Il n'avait pas annulé le rendez-vous avec Gavin, mais celui-ci devait connaître la nouvelle à présent, ainsi qu'Olivia Yu.

Candra ayant approuvé les modalités de l'accord financier, les policiers se voyaient donc privés d'un nouveau mobile. Ils parurent rêveurs.

— Aviez-vous une clé de l'appartement de votre femme ? demanda l'inspecteur Aquino, qui prenait la parole pour la première fois depuis le début de l'interrogatoire.

Richard secoua la tête en signe de dénégation.

— Non. Cela aurait été impensable. Je ne suis jamais allé chez elle.

— Jamais ?

— Jamais.

C'était là une déclaration ferme et définitive. Richard se doutait que les enquêteurs espéraient retrouver des fibres provenant de ses vêtements chez Candra. Il précisa la question.

— Ma femme est venue plusieurs fois chez moi, récupérer des affaires, mais je n'ai jamais mis les pieds dans son appartement.

Les policiers masquèrent leur déception. Même s'ils retrouvaient des fibres provenant des habits de Richard dans l'appartement de Candra, il y aurait une explication à cela. Tout ce que le milliardaire leur avait affirmé était aisément vérifiable.

— Votre épouse n'était pas avare de ses charmes, reprit Joseph Aquino. Étiez-vous jaloux de ses nombreux amants, monsieur Worth ?

Richard ne put se retenir de rire. Un rire sinistre.

— Non !

— Quand elle a demandé le divorce…

— C'est moi qui ai entamé cette démarche.

— Vous ?

Nouvel échange de regards.

— Et pourquoi cela ?

Richard n'avait jamais confié à quiconque la raison de sa séparation soudaine et définitive d'avec Candra. Sweeney connaissait ce motif, mais seulement parce qu'elle avait assisté à la dernière dispute des deux époux. L'homme d'affaires ne tenait pas à charger Candra, notamment à propos d'une histoire qui risquait de revenir aux oreilles des Maxson.

— Je ne voudrais pas que ses parents l'apprennent, déclara finalement Richard. Cela les blesserait.

— Apprennent quoi, monsieur Worth ?

— L'année dernière, j'ai découvert que Candra avait avorté. Ma femme m'avait caché sa grossesse.

Les inspecteurs froncèrent les sourcils.

— J'imagine que cela vous a déplu, hasarda Joseph Aquino.

Richard lui lança un regard incrédule.

— Plutôt, oui, admit-il, sarcastique. Notre mariage battait déjà de l'aile, à l'époque. J'ai mis Candra dehors. J'ai fait changer les serrures de la porte d'entrée. Et j'ai engagé une procédure de divorce dès le lendemain.

— Vous lui en vouliez encore, à l'heure de sa mort ?

— J'étais resté amer.

— Où étiez-vous hier soir, monsieur Worth ?

— J'avais un dîner d'affaires au Four Seasons.

Encore une information aisément vérifiable.

— A quelle heure avez-vous quitté le restaurant ?

— A 22 h 30.

— Où êtes-vous allé à ce moment-là ?

— Chez moi.

— Vous étiez seul ?

— Oui.

— Avez-vous passé des coups de fil ? Parlé à quelqu'un ?

— Non. J'ai travaillé, consulté mes messages e-mail, ce genre de chose. Mon ordinateur aura enregistré l'heure de ces opérations.

— A quelle heure avez-vous arrêté de travailler, monsieur Worth ?

— Après minuit et demi, je pense.

Richard n'avait pas la moindre idée de l'heure à laquelle les policiers situaient l'assassinat de Candra. Quelqu'un avait toutefois déclaré, en sa présence, que sa défunte épouse avait toujours sur elle, à l'heure de sa mort, la robe qu'elle avait portée à une réception, le soir même. Candra avait probablement été tuée peu après avoir regagné son appartement. Or elle avait pour habitude de ne quitter une fête qu'à la fin, que les réjouissances se terminent à minuit ou à l'aube.

— Qu'avez-vous fait ensuite ?

— Je suis allé me coucher.

— Seul ?

— Oui.

Joseph Aquino soupira. Son collègue paraissait fatigué. Richard avait été leur principal suspect, et il venait de discréditer leurs thèses, une à une. Ce qui avait dû apparaître aux policiers comme une affaire relativement simple se compliquait de minute en minute.

— Nous aimerions que vous restiez avec nous pendant que nous vérifions quelques petites choses, déclara Ritenour.

— Je comprends.

Il leur lança un regard serein, leur signifiant ainsi qu'il savait parfaitement à quelles vérifications ils entendaient procéder.

— Et puis j'accepterais volontiers cette tasse de café, ajouta-t-il. Si toutefois on ne m'interdit pas l'accès des toilettes.

Les deux inspecteurs lui adressèrent des sourires piteux.

— Bien sûr. Comment le prenez-vous ?

— Noir.

— Mauvaise habitude, remarqua Aquino en sortant. Mieux vaut le diluer dans quelque chose d'autre.

— Je prends le risque, dit Richard.

Il pensait à Sweeney, se doutait que la jeune femme avait besoin de lui. Car elle avait forcément peint la mort de Candra. Le milliardaire brûlait d'envie d'être rassuré sur le sort de son amie, et il dominait ce désir à grand-peine. Il se refusait toutefois à attirer l'attention des policiers sur Sweeney. Dans la mesure où sa peinture reflétait la réalité – et c'était probablement le cas –, la police risquait de l'arrêter. Or Richard tenait absolument à éviter pareille épreuve à la jeune femme.

— Puis-je téléphoner chez moi ? demanda-t-il.

Si Sweeney avait tenté de le joindre, elle aurait laissé un message à ses assistants.

— Bien sûr ! Utilisez le téléphone qui se trouve sur mon bureau, proposa Ritenour.

Richard composa le numéro de son hôtel. Tabitha Hamrick, futur génie de la finance, prit la communication.

— Tab, c'est Richard. Des messages ?

— Des milliers.

L'assistante soupira.

— Je suis navrée, Richard. Puis-je faire quelque chose ?

— Non. J'ai prévenu les parents de Candra. Ils ne devraient plus tarder. Oh, j'ai oublié de leur réserver une chambre au Plaza. Vous voulez bien vous en charger, Tabitha ? Je prends les frais à ma charge.

— Pas de problème, Richard. A propos, miss Sweeney a téléphoné ce matin. Je lui ai promis de vous faire part de son appel.

— Merci.

L'homme d'affaires aurait aimé interroger Tabitha plus avant, savoir si Sweeney lui avait paru nerveuse. Il s'en abstint, à regret.

— A quelle heure ? demanda-t-il.

— Je crois qu'il était près de 11 heures. Je l'ai noté. Attendez… Voilà ! A 10 h 57.

Tard dans la matinée, donc. Sweeney avait manifestement vaincu son hypothermie sans aide extérieure. Richard en éprouva un véritable soulagement.

— Très bien. Merci, Tabitha.

— Vous serez là cet après-midi ?

Il jeta un coup d'œil à Ritenour.

— Vous en avez encore pour quelques heures, n'est-ce pas, inspecteur ?

— Exact, répondit Ritenour.

Puis il adressa un sourire d'excuse à Richard. Le policier avait fait preuve d'agressivité au début de l'interrogatoire, mais se montrait à présent très courtois.

— Non, je ne pense pas, dit Richard. A demain, Tabitha.

Il raccrocha. Aquino parut avec trois gobelets de café, qu'il tenait serrés entre ses mains. Richard prit le café noir. Les policiers burent chacun leur breuvage additionné d'une telle quantité de crème qu'il en était presque blanc. Richard comprit pourquoi dès la première gorgée.

Cette boisson lui rappela Sweeney, et son besoin de chaleur. La jeune femme lui manquait terriblement. Le doute n'était plus permis : il était amoureux d'elle.

16

Il était près de 18 heures. Richard, qui se trouvait au poste de police depuis le matin, ne montrait aucun signe d'impatience : les inspecteurs Aquino et Ritenour le laisseraient partir dès qu'ils seraient assurés qu'il avait dit la vérité. Ils revenaient sans cesse l'interroger sur la vie, les relations, les habitudes de Candra. Le milliardaire coopérait volontiers. Il tenait à ce qu'on découvre l'assassin au plus vite. Toute information concernant la défunte pouvait accélérer l'enquête. Or Richard était l'informateur rêvé. Ayant vécu dix ans avec Candra, il la connaissait mieux que ses propres parents.

Mr et Mrs Maxson étaient arrivés au Plaza. Richard leur avait parlé par téléphone pour s'excuser de ne pouvoir les assister. Mais les Maxson n'étaient pas seuls : ils avaient appelé quelques amis.

Richard, obsédé par la pensée de Sweeney, se demandait si elle avait tenté de le joindre sur son portable, qu'il avait oublié chez lui. Il appréciait sa fraîcheur, sa spontanéité, et ne pouvait s'empêcher de constater les différences qui existaient entre elle et Candra, bien que cela manquât d'élégance, vu les circonstances.

La défunte était issue d'un milieu aisé. On l'avait choyée, adorée, on avait accédé à ses moindres désirs. Elle était devenue, de façon assez logique, une adulte égocentrique, incapable de supporter la moindre rebuffade. Cela dit, son charme et son amabilité lui avaient épargné ce genre de désagréments.

Sweeney, en revanche, avait grandi sans affection. Elle s'était par la suite gardée de toute déception en s'interdisant d'autres attachements et, en réaction contre l'immaturité de ses parents, elle avait refusé de mener une vie futile et s'était forgé une éthique rigide. Richard savait fort bien qu'en temps normal, elle l'aurait tenu à distance des mois durant. Il ne devait qu'à ses pouvoirs étranges et aux manifestations physiques qu'ils généraient de la trouver tout à coup plus vulnérable et plus réceptive à l'amour.

Il craignait que Sweeney ne se retrouve impliquée dans ce meurtre sordide. Lorsqu'elle aurait peint le visage de l'assassin, il pourrait orienter la police sur la bonne piste. Et cela sans mentionner ni le tableau ni son amie. Toutefois, il était probable que les enquêteurs apprennent l'existence de cette peinture. Et qu'ils mettent l'innocence de Sweeney en cause. Resterait alors à les convaincre de la clairvoyance de la jeune femme, ce qui risquait de s'avérer compliqué.

— Mrs Worth a laissé un testament ? s'enquit tout à coup Joseph Aquino.

— Je l'ignore, répondit Richard, s'arrachant à la pensée de Sweeney. Nous avions un testament commun quand nous étions mariés. J'en ai fait établir un nouveau dès que nous nous sommes séparés. Candra possédait assez peu de biens. Je suis propriétaire de la galerie et, d'après ce que j'ai cru comprendre, mon épouse a laissé des dettes importantes. J'avais accepté de lui céder la galerie après notre divorce, mais cela n'aurait pu figurer dans son testament, si toutefois elle en a rédigé un.

— Pourquoi lui laisser la galerie ? s'enquit Aquino, surpris. Le contrat de mariage vous permettait justement de conserver tous vos biens.

Richard haussa les épaules, fataliste.

— Afin qu'elle ait les moyens de gagner sa vie, inspecteur.

— Monsieur Worth… commença Ritenour, qui soupira, cherchant la meilleure façon de formuler sa question. Je sais que vous étiez séparé de votre femme depuis un an, mais connaissez-vous l'identité d'un ou de plusieurs des hommes avec lesquels Candra aurait eu des relations ces derniers temps ? La femme de ménage n'a pu nous donner aucun nom. Elle se montrait discrète chaque fois que Mrs Worth avait de la visite.

Richard n'émit aucun commentaire sur le nombre – important – d'amants que totalisait Candra.

— Jusqu'où désirez-vous remonter ?

Les deux flics se regardèrent.

— Jusqu'à votre séparation, répondit l'inspecteur Aquino.

— Mon avocat possède une liste de tous ces messieurs.

Vu l'expression étonnée des policiers, Richard précisa :

— J'ai tenu à le savoir, au cas où j'aurais eu besoin d'utiliser ces informations.

Les inspecteurs dressèrent l'oreille.

— Vous la faisiez suivre ?

Les rapports d'un détective privé leur auraient facilité la tâche.

— Oui, mais je ne pense pas que cela vous sera utile. Candra ne fréquentait personne en particulier. Ses attirances restaient ponctuelles, elle s'attachait surtout à satisfaire ses appétits sexuels. Kai, son assistant à la galerie, était probablement son amant le plus régulier.

Les policiers parurent de nouveau intéressés.

— Pouvez-vous m'épeler son nom ? demanda Ritenour.

— K-a-i. Patronyme Stengel.

— Était-il amoureux d'elle, d'après vous ?

— Kai n'est amoureux que de sa propre image. Je ne pense pas qu'il l'ait tuée. Cela n'était pas dans son intérêt. Je suis propriétaire de la galerie et il savait qu'il aurait perdu son emploi s'il était arrivé malheur à Candra.

— A cause de sa liaison avec votre femme ?

Richard secoua la tête en signe de dénégation.

— Parce que je n'aurais pas voulu d'un employé sans aucune moralité.

— Monsieur Worth, pardonnez-moi de vous poser la question, déclara Aquino, mais un homme comme vous, de votre trempe... Comment pouviez-vous supporter que votre épouse entretienne toutes ces liaisons ?

L'homme d'affaires eut un regard froid.

— Après son premier amant, je ne me suis plus soucié des infidélités de Candra.

— Mais vous êtes resté marié avec elle !

— J'avais juré de passer ma vie avec elle, inspecteur.

Et Richard ne s'était pas engagé à la légère. Il aurait tenu bon, si sa femme avait décidé de mener à terme sa grossesse. Il avait épousé Candra pour le meilleur et pour le pire, mais le pire n'incluait pas le fait d'avorter de son enfant.

Richard appela son avocat et le pria de faxer le dossier du détective au poste de police. Maître Welles lui proposa de venir l'assister, mais il déclina son offre. Il se sentait capable de déjouer tout soupçon sans aide extérieure. Il était en mesure de prouver qu'il se trouvait chez lui en fin de soirée : son serveur Internet en témoignerait, ainsi que son courtier, à qui Richard avait passé des ordres d'achat la veille, par e-mail. L'homme d'affaires possédait un alibi solide. Il n'avait aucune raison d'avoir tué Candra, sans compter qu'il avait prêté son concours aux policiers.

La dernière fois que Richard avait consulté sa montre, les aiguilles indiquaient 19 h 30. Il était fatigué, affamé, ayant refusé les cookies éventés et autres crackers au beurre de cacahuètes disponibles dans les distributeurs automatiques du poste de police. Les inspecteurs paraissaient exténués, mais ils poursuivaient leur tâche sans relâche. Richard admirait leur persévérance, même s'il éprouvait un besoin impérieux de serrer Sweeney dans ses bras.

Peu après 20 heures, l'inspecteur Aquino s'étira, exténué.

— Vous nous avez été d'une aide précieuse, monsieur Worth, déclara-t-il. Merci pour votre coopération. A votre place, nombre d'hommes auraient perdu patience. Mais il était indispensable que nous vous posions toutes ces questions.

— Je comprends. Je suppose que vous ne me considérez plus comme suspect ?

— Tout ce que vous nous avez déclaré s'est révélé vrai, monsieur Worth. Votre serveur informatique a prouvé que vous étiez en ligne aux heures cruciales. Par ailleurs, merci d'avoir prié votre avocat de nous transmettre les informations requises, sans nous obliger à avoir recours à des procédures officielles. Grâce à vous, nous avons gagné un temps précieux.

— Candra ne méritait pas une fin pareille, dit Richard. Quels qu'aient été nos différends, elle ne méritait pas cela.

L'homme d'affaires se leva, s'étira. Il était courbaturé après cette longue station assise.

— Je serai chez moi si vous avez d'autres questions à me poser, déclara-t-il.

— Une voiture de patrouille peut vous raccompagner, proposa l'inspecteur Ritenour.

— Merci, mais ce ne sera pas utile. Je vais prendre un taxi.

Richard quitta le poste de police et marcha jusqu'au coin de la rue. La circulation était trop fluide à cet endroit pour qu'il trouve un taxi facilement. Il poursuivit son chemin vers une artère plus passante. Il sentait l'excitation le gagner à l'idée de voir Sweeney, de lui parler. Il envisagea de se rendre directement chez elle, mais la prudence l'arrêta. Tout contact direct avec la jeune femme risquait de diriger l'attention de la police sur elle. Les enquêteurs finiraient par découvrir qu'il entretenait des relations amoureuses avec Sweeney – Candra avait dû raconter ici et là qu'elle les avait vus ensemble – mais le plus tard serait le mieux.

Richard savait qu'il aurait dû se rendre au Plaza, afin de présenter ses condoléances à Charles et à Helen Maxson. Par respect, par courtoisie. Il se demandait toutefois ce qu'il lui restait d'urbanité… Il se sentait épuisé. Il ne tenait pas à affronter la vindicte de Mrs Maxson, qui pouvait le rendre responsable de la mort de sa fille, arguant du fait que Candra serait toujours en vie si les époux n'avaient pas engagé une procédure de divorce. En effet, Richard aurait alors été présent le soir du meurtre – et l'aurait sauvée. L'homme d'affaires se promit toutefois de téléphoner aux Maxson – après avoir parlé avec Sweeney – et de leur rendre visite dès le lendemain matin.

Sweeney était sa priorité absolue. Tant qu'il ne serait pas rassuré sur son sort, Richard ne pourrait détacher ses pensées de la jeune femme.

— Le fils de pute ! s'exclama Joseph Aquino en frappant du poing sur la table.

Aquino était en réalité le plus coriace, le plus emporté des deux. Seul son physique bonhomme incitait les suspects à le juger moins menaçant que son coéquipier. Aussi Ritenour tenait-il le rôle du méchant.

— Dans les cas similaires, neuf fois sur dix c'est l'ex-mari qui a fait le coup ! Il s'agit là d'un crime parfaitement orchestré, mais qu'est-ce qu'on a, tu peux me le dire ?

— Que dalle. On a que dalle, ironisa Ritenour.

Ce dernier repassa les divers points en revue. Exprimer les choses à voix haute aidait les enquêteurs à clarifier les énigmes auxquelles ils étaient confrontés.

— C'est Worth qui a demandé le divorce. Il a signé un contrat de mariage qui protège ses biens, aussi n'a-t-il pas à s'inquiéter de laisser des plumes dans l'affaire. Elle lui a cassé les pieds à propos de l'accord financier, mais elle s'apprêtait à signer les papiers, ce n'est donc pas cela le problème. Worth travaillait sur son ordinateur hier soir, à l'heure où elle est supposée avoir regagné son appartement. Elle serait morte peu après, selon le légiste. Tu sais quelle est la première chose que fait une femme, quand elle rentre chez elle ? Elle enlève ses chaussures à talons ! Or Mrs Worth avait toujours ses escarpins aux pieds quand on l'a tuée.

— Tu as souvent vu un client aussi maître de lui ? s'enquit Joseph Aquino en se frottant les yeux.

L'inspecteur Aquino avait répondu à l'appel annonçant le meurtre le matin même, peu avant 7 heures. Le policier avait travaillé sans interruption depuis.

— On n'a pas réussi à le déstabiliser une seule fois. Et puis il a dit ce qu'il a bien voulu dire.

— Joey, soupira Ritenour. Il ne l'a pas tuée !

— Ça sent la mise en scène, poursuivit Aquino. De prime abord, il semble qu'elle ait surpris un cambrioleur, mais…

— Mais à l'évidence, on a fait en sorte que la police pense cela.

— Oui. L'appartement n'était pas sens dessus dessous. Et ces rayures, sur la serrure. On dirait qu'elles ont été faites délibérément ! Elles ne signent pas une entrée par effraction.

— Un autre bon point en faveur de Richard Worth, remarqua Ritenour. Ne te méprends pas : je ne sous-entends pas qu'il est l'assassin. Mais ce genre de type serait bien capable de simuler un cambriolage. Voire pire.

— Oui, je sais. Mais le coupable, quel qu'il soit, la connaissait bien. Il lui en voulait à mort. Un voleur ne l'aurait pas esquintée à ce point-là.

Joseph Aquino tira à lui un rapport préliminaire.

— L'assassin l'a poignardée trois fois dans le dos. Donc elle le fuyait. Il y a des blessures sur les bras, comme si elle avait essayé de le repousser. Et quand elle a été à terre, il a continué à la frapper.

— Pas d'abus sexuel. Elle portait toujours ses sous-vêtements. Pas de trace de sperme, d'après les premiers résultats de l'autopsie. Ses amis affirment que d'habitude, elle ne quittait jamais une réception d'aussi bonne heure. Aussi le tueur ne pouvait-il prévoir son crime à une heure près. De plus, elle est partie seule.

Ritenour bâilla et reporta son attention sur ses notes.

— Le couteau appartenait à un jeu de lames qui se trouvait dans sa cuisine. On l'a laissé sur les lieux. Pas d'empreintes. Les seules que nous ayons retrouvées sont celles de Mrs Worth et de la femme de ménage, sur le bouton de la porte d'entrée.

— Cela ne ressemble pas non plus à un amant jaloux. Ils étaient nombreux à bénéficier de ses faveurs, mais elle ne s'intéressait à aucun en particulier.

— Peut-être que l'un d'eux aurait souhaité avoir l'exclusivité, remarqua Ritenour. Et qu'il s'est vengé. Y aurait-il un homme, sur cette liste, qu'elle voyait régulièrement, puis qu'elle aurait laissé tomber du jour au lendemain ?

Ritenour consigna cette hypothèse sur son bloc.

— Pas récemment, à mon avis, déclara Aquino. Le sénateur McMillan est mentionné, ce qu'on peut juger intéressant. Il aurait pu vouloir cacher cette liaison à sa femme, mais je ne pense pas qu'il serait allé jusqu'à tuer pour garder ses frasques secrètes.

— Sans parler du fait qu'il ne connaît pas l'existence de cette liste.

— Exact. Au fait, les assureurs ont envoyé le descriptif des bijoux qui étaient couverts contre le vol ? On sait ce qui manque ?

— Pas encore, non. Ils sont censés faxer le document demain matin.

— Alors récapitulons.

— On a déjà récapitulé deux fois, Joe !

— Fais ça pour moi, mon vieux.

Aquino se renversa sur le dossier de son siège et croisa ses doigts derrière sa tête.

— Le type entre par effraction. Il a déjà trouvé les bijoux. Peut-être envisage-t-il d'emporter la télé et la chaîne, mais il est seul, aussi j'en doute. Il se trouve dans la cuisine, il regarde dans le réfrigérateur. Nombre de personnes cachent des objets de valeur dans leur frigidaire et dans leur congélateur. Ils s'imaginent que ce sont des cachettes originales. N'importe quel cambrioleur avisé visite les frigidaires.

Ritenour prit le relais.

— Elle arrive, elle le surprend, il panique. Il se saisit d'un couteau. Mais pourquoi ? Il a déjà les bijoux, et il est plus fort qu'elle. Il peut sortir comme il veut, sans faire de dégâts. Il n'avait aucune raison de la tuer, à moins qu'il n'ait fait partie de ses relations.

— Oui, cela pourrait coller, sauf que le type en a rajouté. Il a pris plaisir à la massacrer. Cela supposerait la préméditation. A mon avis, ce meurtre était voulu, pensé, le reste n'est qu'une mise en scène, et pas si habile que cela. Je ne pense pas qu'il s'agissait d'un cambrioleur.

— Dans ce cas, les types figurant sur la liste sont nos suspects les plus probables.

Ritenour baissa les yeux sur la feuille de papier.

— La dame n'était pas en manque ! Le problème, à mon avis, c'est qu'on ne retrouvera pas un seul de ces noms sur le registre du concierge. Du moins, le contraire m'étonnerait fort.

— Parce que d'après toi, un type qui a l'intention de tuer signerait le livre des visiteurs ?

— Alors comment est-il entré ? Quelqu'un, dans l'immeuble, a dû l'autoriser à monter, autrement le garde ne l'aurait jamais laissé passer ! Il a donc fallu qu'il signe. Probablement d'un faux nom.

— A moins qu'il n'ait eu un complice dans la place.

Les policiers échangèrent un regard dubitatif. La thèse de la conspiration ne tenait pas : ce meurtre ressemblait trop à une affaire personnelle. Cela dit, comment un tueur avait-il pu pénétrer dans un immeuble gardé vingt-quatre heures sur vingt-quatre ? Les deux enquêteurs se dévisagèrent, perplexes. Ritenour haussa les sourcils.

— Il nous faut une liste des derniers arrivants qui se sont installés dans l'immeuble, déclara-t-il tout à coup.

— Tu as raison, oui.

— L'assassin aura utilisé un faux nom, mais nous devons chercher un homme seul. Quand nous aurons des photos des amants de Candra Worth, il suffira de les montrer aux gardes et, avec un peu de chance, ils reconnaîtront l'un des locataires.

Soudain revigorés, les policiers s'employèrent à passer des coups de fil. L'heure tardive jouait cependant contre eux. Ils ne trouvèrent personne, au siège du syndic de l'immeuble, qui pût leur fournir une liste des locataires récents. De plus, il leur fallait réunir les photos des amants de la victime.

— Seigneur ! marmonna Aquino, qui étudiait la liste des conquêtes de Candra Worth. Cela peut prendre des mois. Tu les as comptés ? ! Cette femme devait être complètement inconsciente, quand on pense au sida et à tout ce qui court. Tu as vu ça : vingt-trois nouveaux amants, rien que l'année dernière ! Et puis il y avait tous les pseudo-réguliers. Deux par semaine en moyenne !

— Il faudrait que ma vie sexuelle prenne ce tour-là, observa Ritenour, songeur.

— Cesse de rêver, mon grand. De toute façon, nous n'arriverons à rien ce soir.

Joseph Aquino se leva, s'étira.

— Je rentre chez moi. On continuera demain.

Ritenour enfila sa veste.

— Tu viens boire une bière ?

— Non, vas-y tout seul. Je suis vanné.

Joseph Aquino, qui était divorcé, comme son collègue, se serait bien laissé tenter : il est toujours agréable de boire quelques verres avant de regagner une maison vide. Cependant quelque chose le tracassait. A propos de Richard Worth. Non pas qu'il le crût coupable : l'homme d'affaires avait un alibi imparable. Il possédait néanmoins un sang-froid étonnant – surhumain, selon Aquino. Richard Worth n'avait affiché aucune nervosité durant l'interrogatoire, et aucune émotion en identifiant le corps de sa femme. Bien sûr, il avait toutes les raisons de s'être détaché d'elle. De plus, l'homme s'était révélé patient, coopératif. Grâce à lui, les enquêteurs avaient économisé un temps précieux. Joseph Aquino ne doutait pas de l'innocence de Richard Worth, mais son instinct lui soufflait que cet homme lui cachait quelque chose.

Le policier salua Ritenour d'un geste, puis glissa sa carcasse dans l'une de ces épaves beiges que la ville fournissait à ses officiers de police. Sous le coup d'une impulsion, l'inspecteur Aquino mit le cap sur la maison du milliardaire, décidé à se mettre en planque dans les parages.

Richard donna vingt dollars au chauffeur du taxi. Il n'attendit pas la monnaie et gravit à la hâte les marches du perron de son hôtel particulier. Un escalier séparé donnait accès aux bureaux, à l'entresol. Richard pénétra dans le vestibule, dont le sol était recouvert de dalles en ardoise d'importation, et orné d'un tapis de couleurs vives.

L'homme d'affaires se rendit au salon, écouta ses messages téléphoniques en accéléré, sans y trouver la voix de Sweeney. Il composa le numéro de la jeune femme. Le répondeur prit la communication à la sixième sonnerie. Où pouvait-elle être ? L'angoisse lui étreignit la gorge.

Sweeney n'avait pas eu l'intention de marcher aussi loin. Sa crise d'hypothermie l'avait laissée dans un état de somnolence déplaisant. Elle avait erré dans son appartement tout l'après-midi, sans s'attendre à ce que Richard l'appelle, mais restant là malgré tout, au cas où il aurait eu la possibilité de la joindre. La mort tragique de Candra risquait de l'accaparer un certain temps. Sweeney ne pensait pas avoir des nouvelles de lui avant plusieurs jours.

Au crépuscule, toutefois, elle ne supporta plus de rester enfermée. Elle n'avait pas les idées claires. Un peu d'air frais ne pourrait lui faire que du bien.

Sweeney marcha au hasard. Elle habitait le Lower East Side, un quartier vivant, pittoresque. Les loyers relativement bas attiraient les artistes et les étudiants. Acteurs et musiciens se pressaient à Greenwich Village, mais une partie de cette foule artistique se rabattait sur le Lower East Side. L'artiste disposait là d'une mine de visages, source d'inspiration constante. Elle vit de jeunes parents, le visage illuminé de bonheur, qui promenaient leur enfant dans un landau. Sweeney aperçut la petite figure du nourrisson, ses mains minuscules refermées sur le bord de la couverture. Elle aurait aimé caresser le fin duvet sur la tête du bébé.

Un adolescent en rollers filait sans bruit sur le trottoir, l'air hilare, remorqué par cinq Labrador en laisse. Sweeney entra dans un salon de thé, commanda un petit pain à la cannelle et un café. Puis elle repartit d'un bon pas, les mains dans les poches, la brise jouant dans ses cheveux bouclés.

Elle s'efforçait de ne pas penser à Candra. Autour d'elle, les rues changeaient peu à peu d'aspect. Elle reconnut tout à coup les maisons luxueuses de l'Upper East Side. Richard habitait ce quartier, derrière Park Avenue. Et Candra avait vécu dans le voisinage. On devait parler du drame sur toutes les chaînes de télévision – les meurtres sont rares, du côté de Central Park. De plus, Candra était une personnalité du monde artistique.

Sweeney s'arrêta devant l'hôtel particulier de Richard. Elle était venue ici trois ans plus tôt, lors d'un bref séjour à New York, sur une invitation de Candra, qui donnait une fête. Pour l'heure, il y avait de la lumière aux fenêtres. Richard devait être avec des amis, venus présenter leurs condoléances.

Sweeney ne jugeait pas utile d'entrer chez le milliardaire. Elle allait sonner et lui dire... quelque chose de creux, de maladroit. Peut-être employait-il des domestiques et n'ouvrait-il pas la porte lui-même. On l'aviserait toutefois de la visite de la jeune femme. C'était là l'essentiel.

Sweeney gravit les marches, appuya sur la sonnette. Elle mit ses mains dans ses poches, baissa un rien la tête.

La porte s'ouvrit avec une telle brusquerie qu'elle sursauta.

Richard la toisa de toute sa hauteur, l'air contrarié.

— Où étais-tu donc passée, bon dieu ?! aboya-t-il.

Sweeney cligna des yeux.

— J'ai marché.

— Tu as marché, répéta-t-il, incrédule. Depuis chez toi ?

— Oui. J'ai fait un tour et... je me suis retrouvée ici.

L'homme d'affaires fixa sa visiteuse sans mot dire, ses yeux brillant d'un éclat indéchiffrable.

— Entre, dit-il.

Richard s'écarta pour laisser le passage à Sweeney, qui pénétra chez lui après avoir hésité une fraction de seconde.

L'inspecteur Aquino, qui se trouvait dans sa voiture, trente mètres plus loin, haussa les sourcils, nota l'heure d'arrivée de la visiteuse. Rien ne l'incitait à surveiller Richard Worth, n'était son caractère fouineur.

Le milliardaire et la jeune femme ne s'étaient pas touchés, mais on devinait une complicité entre eux. Ainsi Worth avait une petite amie. La loi ne l'interdisait pas. Sa séparation d'avec Candra datait d'un an : il aurait fallu que ce type fût un saint pour vivre dans l'abstinence.

Il n'avait pourtant pas mentionné cette demoiselle une seule fois de la journée. Richard Worth, bien que de nature secrète, avait parlé de l'avortement de sa femme aux policiers. Avoir une maîtresse paraissait bien moins confidentiel. Mieux : cette relation aurait contribué à disculper l'homme d'affaires, car elle aurait prouvé qu'il s'était détaché de Candra.

Pourtant, il avait tu l'existence de cette liaison, omission que Joseph Aquino jugeait tout à fait digne d'intérêt.

17

Il y avait dans l'entrée un tapis aux couleurs chatoyantes. Sweeney, qui n'avait jamais vu un aussi beau kilim, se fût volontiers arrêtée pour le contempler, mais Richard lui désigna l'intérieur de la maison d'un geste, l'invitant à le précéder. Elle s'exécuta, gênée. Le maître de maison affichait un visage de marbre, comme s'il ne tenait pas à la recevoir, et qu'il s'y contraignait par courtoisie. Sweeney eut le sentiment d'être une intruse.

Elle avait eu cette impression lors de sa première visite en ces lieux, trois ans plus tôt. Ce soir-là, la jeune artiste avait dû faire preuve d'un minimum d'hypocrisie sociale – quoique brièvement. Elle ne se sentait guère plus détendue aujourd'hui. Le luxe la rendait nerveuse. Dans son enfance, c'était toujours elle qui cassait les objets de valeur, ce qui lui avait valu le surnom de miss Catastrophe. Sa mère répétait à qui voulait l'entendre qu'elle l'aurait volontiers mise en cage, tant la pauvre petite accumulait les gaffes. Cependant, parce que Mrs Saville s'excusait un peu trop de la maladresse de sa fille, celle-ci avait cru, terrorisée, qu'on allait l'enfermer pour de bon derrière des barreaux.

Sweeney avait surmonté cette peur, mais elle avait conservé une certaine propension à la maladresse. Elle traversa le vestibule en mettant une distance prudente entre sa personne et des lampes en verre coloré, qui avaient des airs d'objets rares, même sous la lumière tamisée.

Elle entra dans le living, Richard sur ses talons. Il n'avait pas décroché un mot. La jeune femme avait la vague sensation que son compagnon l'escortait, telle une visiteuse importune. Elle songea qu'elle n'aurait pas dû se trouver là. Non seulement elle ne se sentait pas à sa place dans cet hôtel, mais le moment était mal choisi. Elle se reprocha d'avoir trop présumé de cette relation, qui datait d'une semaine, et qui restait mal définie.

Malgré son embarras, Sweeney ne manqua pas de noter les changements dans la pièce. Candra s'était complu dans les tons neutres. A présent, meubles, murs et planchers s'avéraient plus gais, plus colorés.

Elle resta debout au milieu du salon, dansant d'un pied sur l'autre.

— Assieds-toi, lui dit Richard.

— Je ne tiens pas à rester, dit-elle sans en penser un mot. Je ne devrais pas être là en de telles circonstances. Je force la porte de ton...

— Assieds-toi, répéta Richard sur un ton fâché.

Sweeney choisit un grand fauteuil en cuir et se percha sur le bord du siège. Il y avait une statuette non loin du fauteuil. Elle posa ses mains sur ses genoux pour se garder de tout geste intempestif.

La gêne qu'elle éprouvait tout à coup en présence de Richard la déstabilisait. Elle s'était toujours sentie à son aise avec lui. Aussi bien chez elle qu'en territoire neutre. Pour la première fois depuis leur rencontre, elle prit conscience du fossé – énorme – qui les séparait sur le plan financier. Richard avait toujours été d'une grande simplicité avec elle, et elle se reprocha de se laisser impressionner par le décor.

— Je ne sais pas à quoi tu penses, mais je n'aime pas ton expression, déclara-t-il avec une ironie désabusée.

Planté devant le fauteuil de Sweeney, il la couvait d'un regard indéchiffrable.

— Je pense que je ne suis pas à ma place ici, déclara-t-elle.

C'était la pure vérité, que son hôte l'appréciât ou non.

Richard haussa les épaules.

— Moi non plus, avoua-t-il.

Sweeney le considéra, surprise.

— Tu as pourtant acheté cet hôtel !

— Je suis un homme de la campagne, au fond. Cette maison est l'endroit où je vis, rien de plus.

Elle ne parvenait pas à détacher les yeux de son compagnon. Les iris de Richard devenaient noirs, dans la faible clarté des lampes. L'homme ne cessait pas lui-même de la regarder. Sweeney en ressentait une vive excitation, qu'elle s'efforçait de réprimer. Ce désir lui apparaissait pour le moins déplacé.

— J'ai passé la journée au poste de police, lui expliqua-t-il. Je m'inquiétais terriblement à ton sujet, mais il n'était pas question de t'appeler.

— Je comprends, dit Sweeney, très vite. Je me doutais que tu ne téléphonerais pas. J'ai trouvé une solution de fortune : je me suis plongée dans un bain brûlant. J'ai mariné dedans jusqu'à ce que j'arrête de grelotter.

— Je préférerais te réchauffer moi-même, quand tu grelottes.

Ces mots restèrent suspendus, brûlants, entre les deux amants. Sweeney s'en émut et comprit, tout à coup, que Richard ne la regardait pas comme une indésirable, mais tel un homme qui entend assouvir ses instincts sur-le-champ.

Elle se retrouva debout, sans savoir comment. L'émotion, le désir la dominaient. Cette simple déclaration de la part de Richard avait suffi à la bouleverser. Ses mamelons durcirent de façon presque douloureuse. Elle se sentit prête à l'accueillir en elle.

Elle éprouvait une vive attirance pour Richard. Elle adorait ses baisers délicieusement frustrants, le contact troublant de sa peau nue, ce bonheur paradoxal : se sentir à la fois en danger et en sécurité dans ses bras. Autant elle brûlait d'envie de faire l'amour avec lui, autant elle appréciait la retenue de son amant. Elle éprouvait une grande difficulté à s'engager, or Richard exigeait d'elle le plus primitif, le plus fort des engagements. Sweeney s'était repue de fantasmes à ce sujet, mais le passage à l'acte revêtait encore à ses yeux quelque chose d'effrayant.

— Je crois que je devrais y aller, bafouilla-t-elle, se retournant pour sortir de la pièce.

Les mains de Richard se refermèrent sur sa taille et l'immobilisèrent avant qu'elle puisse esquisser un geste.

— Moi, je pense que tu devrais rester.

Il la maintint fermement contre lui. Son érection se fit pressante contre le ventre de Sweeney.

— Tu n'as pas envie de moi ? murmura-t-il.

Il se pencha vers son amie. Il embrassa sa tempe, puis le petit creux, sensible, sous son oreille.

Sweeney se mit à haleter. Envie de lui ?! Elle n'avait jamais désiré un homme avec une telle fougue ! Mais ses émois n'étaient pas seulement physiques. Elle l'aimait aussi, et cela la déstabilisait. Dans son enfance, elle avait chéri ses parents, et attendu – en vain – de l'amour en retour. Aussi la jeune femme s'était-elle forgé une carapace, ne s'autorisant plus à être la proie d'un sentiment fort.

Tant pis pour la prudence, songea-t-elle farouchement. Elle l'aimait déjà. Et puis elle voulait de nouveau connaître ce plaisir que Richard lui avait par deux fois procuré.

Mais saurait-elle lui accorder ce qu'il lui demandait ? La panique, l'excitation la gagnaient. La jeune artiste se pendit au cou de Richard. Elle se hissa sur la pointe des pieds et serra entre ses cuisses le sexe en érection de son compagnon. Lequel répondit aussitôt à cette avance.

Ses bras se refermèrent sur Sweeney, sa langue envahit la bouche de la jeune femme, avide. Il laissait tout à coup libre cours à ses instincts, lui donnant la sensation d'être dévorée. Un vide en elle brûlait d'être comblé.

Richard baissa la veste de Sweeney sur ses bras, laissa le vêtement tomber sur le sol. Il passa ses mains sous sa chemise, les referma sur ses seins. Sweeney gémit au contact de ces doigts chauds sur ses mamelons. Son corps se cambra vers lui.

— Richard ! l'implora-t-elle.

Il tira la chemise de Sweeney par-dessus sa tête, fébrile. La seconde d'après, son invitée était couchée sur l'immense canapé. Dix secondes plus tard, elle était nue. Richard lui avait enlevé ses chaussures, ses chaussettes, et arraché son jean et son slip. Ses mains se posèrent sur les cuisses de Sweeney, les écartèrent.

Comme dans un état second, elle le vit s'agenouiller entre ses jambes, un genou sur le sofa, un pied sur le sol. D'un geste, Richard défit les boutons de son pantalon. Sweeney avait le sentiment que son corps entier vibrait d'impatience. Que son sang devenait lourd, bouillant, qu'il se rassemblait dans ses reins. Son compagnon se pencha sur elle, leurs regards se croisèrent. Elle avait les yeux grands ouverts. Son amant, lui, ressemblait à un fauve au-dessus de sa proie. Il la dévisagea quand il la pénétra, profondément.

La douleur surprit Sweeney, qui ressentit une brûlure, telle une vierge. Elle poussa un cri, se raidit. Richard grommela un juron indistinct. Il revint plus lentement en elle. Sweeney n'avait souffert qu'une seconde, réaction spontanée à une invasion inhabituelle. Le deuxième mouvement de Richard lui arracha un nouveau cri, de plaisir cette fois.

— Seigneur, s'exclama-t-il d'une voix rauque.

Il s'immobilisa, comme si une estocade de plus risquait de l'entraîner trop loin, de l'inciter à poursuivre jusqu'à ce qu'il jouisse.

Sweeney resserra ses jambes autour de la taille de Richard, inclina son pubis, réclamant d'être prise. Elle se trouvait dans un état d'excitation extrême. Elle se cambra vers lui, planta ses ongles dans son torse.

— Mais vas-y, protesta-t-elle. Vas-y !

Richard attrapa les poignets de Sweeney, les plaqua sur les coussins du canapé. Il se coucha sur elle, le visage luisant de sueur et, dans les profondeurs noires de ses yeux, Sweeney vit son désir l'emporter sur sa volonté.

Il lui fit l'amour avec passion, l'amenant à jouir presque aussitôt. Richard continua à aller et venir en elle tandis qu'elle criait de plaisir. Puis il tressaillit violemment.

Dans le silence qui suivit, Sweeney entendit sa propre respiration, rapide, irrégulière. Son cœur battait à se rompre dans sa poitrine, tandis que son corps lui paraissait immatériel. Richard était couché sur elle, l'écrasant sur les coussins. Sweeney serait volontiers restée des heures ainsi, supportant le poids de son amant. Ces sensations étaient bien plus intenses qu'elle n'aurait pu l'imaginer.

Richard leva la tête. Ses cheveux châtains étaient humides de sueur. Il avait un air satisfait, triomphant, possessif.

— Ç'a été ?

Sweeney déglutit.

— A toi de me le dire. Je n'ai pas une grande expérience de la chose.

Un petit sourire éclaira la figure de Richard.

— Je te trouve parfaite !

Il se redressa légèrement pour prendre appui sur ses coudes. Il prit le visage de Sweeney entre ses mains, l'embrassa lentement, singeant avec sa langue les mouvements de son sexe, qui restait ferme en elle. La jeune femme frémit sous son amant : l'état d'extrême sensibilité où il l'avait amenée rendait ce léger frottement presque insupportable.

Richard en avait conscience. Il se retira avec une telle douceur que Sweeney en aurait pleuré. Il s'agenouilla, remit un semblant d'ordre dans sa tenue. Puis il se leva et la prit dans ses bras. Elle se blottit contre lui, offrande nue, tandis que Richard la portait dans les escaliers.

— J'espère que tu peux passer la nuit ici, murmura-t-il, parce que je suis loin d'en avoir fini avec toi.

— Non… Le lit de Candra…

— Elle n'a jamais dormi dans ce lit, la rassura-t-il. Ni dans cette pièce. J'ai fait rénover et redécorer toute la maison.

Richard ouvrit deux doubles-portes d'un coup d'épaule et traversa une grande pièce, Sweeney toujours dans ses bras. Les tapis qui recouvraient le sol avaient l'éclat de pierres précieuses et le lit était assez grand pour accueillir six personnes. Richard remit Sweeney debout, tira les couvertures, découvrit le lit.

Elle avait de la peine à tenir sur ses jambes.

— Il faudrait que je me lave, dit-elle.

Sweeney avait rarement eu une conscience aussi vive de sa nudité.

Richard se raidit.

— Quel idiot ! souffla-t-il. Je n'ai pas mis de préservatif !

Ils se regardèrent. Sweeney fit un rapide calcul.

— Je crois que ça devrait aller. Mes dernières règles remontent à trois semaines environ.

Tout en se reprochant sa folie, elle regretta presque de ne pas être à une période plus féconde de son cycle.

Richard prit une boîte dans le tiroir de sa table de nuit et en sortit un condom.

— Allons prendre une douche, dit-il. La salle de bains est par là.

Dans le même temps, il la fit pivoter dans l'axe d'une porte à claire-voie.

Il désirait l'accompagner sous la douche. Et sans doute avait-il une autre idée en tête, songea Sweeney, le cœur battant. Comme ils entraient dans la salle de bains, elle constata que Richard s'était dévêtu en chemin.

La pièce était immense – plus grande que sa chambre à elle ! Il y avait un bain à remous, encastré dans le sol en marbre rose. D'épaisses serviettes s'empilaient au bord.

Elle nota également les deux miroirs en verre fumé sur l'un des murs, et les deux lavabos dotés de robinets dorés, qui lui rappelèrent des cous de cygne.

En vis-à-vis se trouvait la douche – pourvue d'un éclairage tamisé.

— Quelle décadence ! s'exclama-t-elle.

Une grande main se referma sur son derrière.

— Ravi que tu apprécies.

Sweeney ouvrit la porte de la douche et jeta un coup d'œil à l'intérieur.

— C'est immense !

La main de Richard se fit plus pressante, incitant la jeune femme à entrer dans la cabine. Elle se retourna et le découvrit entièrement nu. Elle retint sa respiration. Certes, elle avait imaginé Richard en tenue d'Adam, mais la réalité, comme souvent, dépassait la fiction. Le milliardaire avait un corps d'athlète. Par sa maturité, son physique et le vif intérêt qu'il lui portait, il incarnait l'homme parfait. Sweeney tendit impulsivement la main pour la refermer sur ce sexe dressé, et s'émerveilla du gémissement de plaisir qu'elle arracha ainsi à son compagnon.

— Attention ! Si tu continues, tu risques de ne pas prendre cette douche tout de suite ! la prévint-il.

— C'est important ?

— J'essaie de me montrer romantique.

Sweeney haussa les sourcils, amusée.

— Romantique ?

— Je ne pense qu'à cela depuis une semaine. J'ai imaginé tout ce que j'allais te faire.

Sweeney caressait le torse de Richard, tout en serrant son pénis dans sa main.

— Quels projets romantiques avais-tu en tête ? s'enquit-elle, haletante.

— En vérité, il n'y en a qu'un.

— Ah oui ? Lequel ?

— Te baiser jusqu'à ce que tu demandes grâce, déclara-t-il, prosaïque.

Sweeney pouffa de rire. Richard retira la main de la jeune femme de son pénis. Il profita de son hilarité pour la pousser complètement dans la douche et ouvrir l'eau.

Il orienta le jet de façon à éclabousser la taille et les reins de Sweeney, mais à ne pas mouiller ses cheveux. A l'évidence, il avait l'habitude de ce type de jeu érotique, songea-t-elle avec une pointe de jalousie. Il la savonna, enfila prestemment un préservatif et la pénétra. Ce fut rapide, bestial. Richard la plaqua contre le mur de marbre et la martela de ses coups de reins. Sweeney ne tarda pas à jouir, et dut ensuite s'appuyer contre lui tant ses jambes flageolaient. Mais il n'en avait pas encore fini avec elle, car lui n'avait pas joui. Sweeney comprit qu'elle devait s'attendre à une nouvelle avalanche de caresses, et ne sut si elle devait s'en féliciter ou crier grâce.

Richard la porta alors dans le lit, et toute envie de le retenir s'envola aussitôt. Avec une lenteur délibérée, il parcourut son corps de baisers et lui suça les seins tant et si bien qu'elle en pleura presque de plaisir et de frustration ; ses doigts s'égarèrent entre ses jambes, remplacés ensuite par sa langue, et un nouvel orgasme la secoua, si violent qu'elle ne put retenir un cri. Il lui laissa le temps de se préparer de nouveau à l'accueillir, puis la retourna sur le ventre. Les amants se régalèrent de nouveau l'un de l'autre, avant de s'affaler sur le lit, rompus, ravis, et toujours enlacés. La jeune femme ferma les yeux. Leurs deux cœurs s'apaisèrent de concert, jusqu'à battre d'un même élan.

— Dis-moi si tu veux dormir, murmura-t-il au bout d'un moment.

— Non, je n'ai pas sommeil, souffla-t-elle.

Sweeney agrippa les fesses de Richard et l'attira en elle.

— Ne me laisse pas dormir, cette nuit, s'il te plaît.

Elle était lasse des tragédies, des scènes de meurtre, des tableaux prémonitoires. Il lui semblait qu'un pouvoir surnaturel régissait sa vie. Elle n'aspirait plus qu'à s'épuiser dans les bras de son amant, qu'à s'étourdir de plaisir.

Il la tint éveillée jusqu'à l'aube. Sweeney crut s'assoupir à plusieurs reprises durant la nuit, à moins qu'il ne se fût agi là que de cet engourdissement que procure la plénitude sexuelle. Richard lui fit l'amour sans discontinuer. Après plusieurs heures, elle crut capituler, mais s'aperçut, ravie, qu'elle ne se rassasiait jamais de lui. Cette nuit-là, le froid n'eut aucune prise sur elle.

Tous deux étaient couchés l'un à côté de l'autre quand le ciel commença à pâlir. Richard caressa la tête de Sweeney d'un geste d'une infinie tendresse.

— Parle-moi du tableau, demanda-t-il.

Cette intrusion de la réalité dans leur bonheur la hérissa, mais elle céda.

— J'ai peint le visage de la victime, déclara-t-elle. Quand j'ai vu qu'il s'agissait de ta femme, j'ai téléphoné à la galerie, mais je suis tombée sur le répondeur. Je n'avais pas le numéro personnel de Candra, alors j'ai appelé chez toi – et j'ai appris qu'il était trop tard.

— Ne te le reproche pas ! s'exclama Richard, farouche.

Il prit le menton de Sweeney dans sa main et tourna le visage de son amie vers lui.

— Les policiers pensent qu'elle a été tuée aux alentours de minuit. Quand tu as fini de peindre son visage, il était déjà trop tard.

— Je…

La gorge de la jeune femme se noua. Elle savait que Richard avait raison.

— J'étais tellement inquiet pour toi !

— Tout va bien, maintenant, Richard.

Sweeney l'embrassa sur l'épaule. Elle s'émerveillait de cette sensation de chaleur qui l'enveloppait, de ce sentiment d'être en sécurité et pleinement satisfaite. Elle eut pour Richard une bouffée d'amour immense, au point que son cœur lui sembla grossir dans sa poitrine. Elle dut faire un effort pour s'arracher à cette béatitude et reporter ses pensées sur le problème du moment.

— Je ne vais pas te mentir, dit-elle. Ç'a été assez dur, mais je me suis débrouillée toute seule.

Les yeux de Richard étincelèrent.

— Tu ne devrais pas avoir à t'en sortir seule. J'aurais dû être là !

— Tu ne pouvais pas venir. Tu devais t'occuper de Candra, déclara Sweeney, la gorge serrée. Tu as dû accuser le coup...

Richard émit un grondement sourd, lâcha Sweeney et roula sur le dos.

— Je ne souffre pas, Sweeney. Et je ne vais pas feindre la douleur auprès de mes amis. Libre à eux de me juger sans cœur.

Sweeney s'efforça d'apaiser du mieux qu'elle put la colère de son amant en lui caressant la joue.

— Tu as raison. Ce ne serait pas honnête.

Richard tourna la tête vers elle.

— Tu as peint le visage de l'assassin ? demanda-t-il.

— Pas encore, non.

Sweeney s'efforçait à la désinvolture, mais son regard trahissait la terreur que lui inspirait ce tableau. Richard devina que la crise de la veille avait été la pire à ce jour.

Ce fut à son tour de la rassurer.

— Je voulais t'appeler, souffla-t-il. J'ai passé la journée au poste de police, à répondre à leurs questions.

— Je sais, dit Sweeney. Je me doutais que tu avais des dispositions à prendre.

— Sans parler du fait que j'étais le suspect numéro un.

Elle sursauta.

— Quoi ?

— J'étais leur meilleure piste. Quand une femme se fait assassiner, c'est en général le mari ou l'amant le coupable. Il leur fallait s'assurer de mon innocence.

— Et ils t'ont disculpé ?

— Oui, je suis hors de cause, affirma Richard avec un sourire triste. Je n'avais pas de mobile, et puis j'ai pu prouver que j'étais ici.

— Comment ?

— Je travaillais sur Internet au moment du crime. Mon serveur leur a indiqué les heures précises.

Sweeney ferma les yeux, soulagée. Elle reposa sa joue sur la poitrine de Richard.

— Il faut que j'y aille, murmura-t-elle. Je sais que tu as des milliers de choses à faire aujourd'hui. Et le tableau ? Je devrais peut-être le montrer à la police ?

— Non, déclara-t-il, catégorique. Promets-moi de ne pas faire cela.

— Pourquoi ? s'enquit-elle, surprise.

— Tu penses vraiment qu'ils croiront que tu l'as peint dans un état second ? Tu deviendrais leur principal suspect, chérie, du moins pendant un temps. Je tiens à t'épargner cela. De plus, si les flics s'attachent à ton cas, ils perdront un temps précieux, au lieu de se mettre à la recherche du tueur. Quand tu auras fini ton tableau et que nous connaîtrons l'identité de ce salaud, je veillerai à orienter l'enquête dans la bonne direction.

Richard passa son pouce sous le menton de Sweeney.

— Promets-moi.

— D'accord, capitula-t-elle, avec un sourire incertain. On navigue en pleine folie.

— Pas plus que dans un épisode de *La Quatrième Dimension* !

— C'est si terrible que cela, alors ?

— Oui. Quand tu sauras qui est le tueur, j'agirai. Mais autrement, je ne veux pas que tu sois mêlée à cela.

Dehors, dans sa voiture, l'inspecteur Aquino s'étira, luttant contre le sommeil. Il lui fallait soulager sa vessie et il avait envie d'une tasse de café. Le policier se préparait une dure journée. Il eût été plus sage qu'il passe la nuit dans son lit. Le fait que Richard Worth entretînt des relations amoureuses avec une femme n'avait rien de suspect.

Cependant, Joseph Aquino tenait à connaître l'identité, l'adresse et la profession de la jeune femme. L'officier de police s'interrogeait. Pourquoi l'amie de Richard Worth était-elle arrivée à pied, et à l'improviste ? Pourquoi était-elle restée jusqu'au matin ?

Il se pouvait que l'inspecteur Aquino se laisse emporter par son imagination. Cela dit, ses pressentiments se révélaient souvent exacts. Et il n'allait pas renoncer maintenant, après être resté en planque toute la nuit dans sa voiture.

18

Richard insista pour que Sweeney rentre chez elle en taxi. Il appela une agence pour commander une voiture, paya le chauffeur et embrassa son amie. Après quoi, il l'aida à monter dans l'auto, comme si elle avait été une reine.

Quel bonheur de ne pas avoir eu à marcher, songea Sweeney en ouvrant la porte de son appartement. Ses jambes ne la portaient plus. Elle envisagea de faire un petit somme, puis renonça à cette idée : elle ne se sentait pas la force de vivre un nouvel épisode de somnambulisme créatif – et encore moins de découvrir le visage du tueur. Elle avait besoin d'un peu de calme avant de s'y remettre. Elle avait surtout envie de penser à Richard, de rêver à cette folle nuit qu'ils venaient de vivre.

Sweeney était encore surprise de l'amour qu'elle éprouvait pour le milliardaire. Elle s'était pourtant crue à l'abri de tels sentiments. Aujourd'hui, elle découvrait non seulement qu'elle s'était leurrée, mais qu'elle souhaitait aussi, de toute son âme, entretenir sa flamme.

La jeune femme s'installa dans un fauteuil pour lire, espérant ainsi lutter contre le sommeil. Elle était plongée dans un traité sur la peinture acrylique depuis une heure quand la sonnette retentit. Elle poussa un juron. Ce ne pouvait être Richard – il s'agissait donc forcément d'un importun. Elle se dirigea vers la porte, colla un œil contre le judas. Deux hommes en complets sombres se tenaient sur le palier.

— Qui est-ce ? s'enquit-elle en gardant l'œil rivé sur la lentille grossissante.

— Les inspecteurs Aquino et Ritenour, de la police de New York, répondit le plus corpulent des deux visiteurs.

Les policiers plaquèrent leurs insignes contre l'œilleton – comme si Sweeney pouvait les déchiffrer de cette façon…

Ces messieurs ne pouvaient connaître l'existence de sa toile. Seul Richard savait qu'elle réalisait des tableaux prémonitoires. Cela dit, ils avaient été informés que Sweeney fréquentait l'homme d'affaires. Elle ouvrit la porte en soupirant. Ces enquêteurs faisaient leur travail et ne laissaient rien au hasard. Elle éprouvait toutefois un certain malaise à l'idée de les recevoir.

— Miss Paris Sweeney ? demanda le flic le plus baraqué.

La jeune artiste fronça les sourcils d'un air féroce.

— Sweeney tout court, grommela-t-elle.

L'enquêteur parut surpris, mais il reprit rapidement contenance.

— Pouvons-nous entrer ?

Le policier réprima un bâillement. Sa fatigue transparaissait, bien qu'il fût rasé de près. Il avait le teint grisâtre et des cernes noirs sous les yeux. Son collègue, mince et blond, semblait plus dispos – mais beaucoup moins affable.

— Voulez-vous une tasse de café ? leur proposa-t-elle.

— Ce sera avec plaisir, répondit Joseph Aquino. Avec du sucre et de la crème, s'il vous plaît. Beaucoup de sucre. Et beaucoup de crème.

— Même chose, marmonna Ritenour.

Sweeney se rendit à la cuisine et remplit trois tasses de café. Dans celles de ses visiteurs, elle ajouta assez de sucre pour assommer un diabétique et suffisamment de crème pour faire monter leur taux de cholestérol de façon alarmante. Sans doute les enquêteurs avalaient-ils des hectolitres de mauvais café, dont ils masquaient le goût avec les moyens du bord.

Elle mit les tasses sur un petit plateau, qu'elle emporta au salon. Elle posa le tout sur la table basse, tout en se reprochant sa nervosité. Elle n'avait aucune raison de s'inquiéter. Elle s'assit calmement et attendit leurs questions.

— Connaissez-vous Richard Worth, miss Sweeney ?

La jeune artiste lui lança un regard incrédule.

— Bien sûr que oui, sinon vous ne seriez pas ici !

L'inspecteur Aquino toussota, gêné.

— Vous savez que son ex-épouse a été assassinée.

C'était là une affirmation.

— Oui.

— Mrs Worth faisait-elle également partie de vos relations ?

Le regard de Sweeney s'assombrit.

— Oui, répondit-elle. Je connaissais Candra depuis des années. Elle exposait mes toiles dans sa galerie.

— Ainsi vous êtes peintre.

— Effectivement.

— Sans blague !

Joseph Aquino considéra un grand tableau, accroché au mur, et représentant un paysage.

— C'est l'une de vos œuvres ?

— Non.

Sweeney ne vivait pas au milieu de ses toiles. Quand elle sortait de son atelier, elle aimait contempler les peintures des autres.

Ayant épuisé les ressources de cette faible digression, Aquino revint à son sujet.

— Mrs Worth n'appréciait pas que vous fréquentiez son mari, n'est-ce pas ?

Le concierge, pensa Sweeney. La scène dans le vestibule.

— Candra m'avait dit que cela l'indifférait. Cependant, quand elle nous a croisés ensemble, ici, un matin, elle l'a très mal pris.

Elle se félicita d'avoir été aussi concise.

— Quand était-ce ?

Les flics le savaient. Ils avaient déjà interrogé le gardien de l'immeuble. Ils tenaient simplement à s'assurer que Sweeney disait la vérité – en lui posant des questions dont ils connaissaient déjà les réponses.

— Il y a trois ou quatre jours, répondit-elle.

— Depuis combien de temps fréquentez-vous Mr Worth ?

Sweeney cilla, désarçonnée par cette question.

— Je ne sais pas. Quel jour sommes-nous ?

Les officiers de police échangèrent un bref regard.

— Jeudi, répondit Ritenour.

— Dans ce cas, cela doit faire une semaine. Je n'ai pas une conscience précise de la fuite du temps.

— Une semaine, répéta Joseph Aquino, qui prit note. Vous avez passé la nuit dernière chez Richard Worth.

Sweeney rougit.

— Oui.

— Où étiez-vous la nuit d'avant, miss Sweeney ?

L'étau se resserrait. La jeune femme eut un instant de panique. Elle avait passé la nuit chez elle. Seule. Pas de coups de fil, pas de témoins – pas d'alibi.

— Ici.

— Seule ?

— Oui.

— Toute la nuit ?

— Oui.

— Êtes-vous sortie prendre l'air avant de vous coucher, par exemple ?

— Non, je n'ai pas quitté mon appartement.

Ritenour se frotta le nez.

— Avez-vous passé des coups de téléphone, parlé à quelqu'un ?

— Non.

— Étiez-vous déjà allée chez Mrs Worth ?

— Non. Je ne savais pas exactement où elle habitait.

— Avez-vous eu des contacts avec Mrs Worth depuis la dispute ? Vous a-t-elle appelée ensuite, menacée ? Vous savez, comme le font les gens dans les affaires de cœur.

« Les affaires de cœur. » Qu'un flic ait employé une expression aussi désuète la laissa rêveuse.

— Non. Ç'a été la dernière fois que je l'ai vue et qu'elle m'a parlé.

— Connaîtriez-vous des ennemis à Candra Worth ?

Personne, outre Richard, faillit répondre Sweeney. Ils avaient innocenté son amant, grâce au ciel.

— Non. Candra et moi n'étions pas des amies intimes. Mais je l'aimais bien, avoua-t-elle, à voix basse.

Elle baissa les yeux.

— Jusqu'au jour de la dispute, Candra s'était toujours montrée polie avec moi. Elle était aimable avec tout le monde.

Les deux policiers sourirent.

— Ce sera tout, miss Sweeney, déclara l'inspecteur Aquino, en refermant son carnet. Merci de nous avoir consacré du temps.

— Je vous en prie.

Elle les raccompagna à la porte.

Ils se dirigeaient vers l'ascenseur, quand Aquino se retourna.

— Avez-vous l'intention de quitter New York, miss Sweeney ? Dans l'hypothèse où nous aurions d'autres questions à vous poser.

— Non, dit-elle. Je reste en ville.

Dès que les policiers furent partis, Sweeney se dirigea vers le téléphone pour appeler Richard, puis se ravisa. Pourquoi l'inquiéter inutilement ? Les inspecteurs n'avaient fait que lui poser quelques questions. La jeune artiste ne pouvait prouver qu'elle avait passé la nuit du meurtre dans son lit. Cela dit, elle n'était jamais allée chez Candra. Il n'existait aucun lien entre elle et le crime. Excepté le tableau – mais les policiers en ignoraient l'existence.

Sweeney reprit sa lecture, lava du linge, puis repensa à cette maudite peinture. Elle s'était pourtant promis de ne pas pénétrer dans son atelier. Elle ne tenait pas à revoir cette scène macabre, tout en sachant qu'il lui faudrait l'examiner. Et l'achever. Les policiers ne disposaient d'aucune piste sérieuse, sans quoi ils ne l'auraient pas interrogée. Tant que la jeune femme n'aurait pas terminé cette toile, le tueur ne serait pas inquiété.

Trois jours plus tôt, Sweeney avait travaillé à ce tableau eu état de veille. Si elle parvenait à renouveler l'expérience, elle s'épargnerait une crise d'hypothermie.

Elle se rendit donc à son atelier, où la puissance évocatrice de l'image la cloua sur place. Elle semblait exsuder la terreur inouïe qu'avait éprouvée Candra durant les derniers instants de sa vie. On devinait comme un contentement immonde chez le tueur, qui se tenait au-dessus de la victime.

L'artiste fixa l'espace – vierge – sur lequel il lui restait à peindre la figure de l'assassin. Elle se concentra sur cette zone blanche et distingua quelques vagues traits qui transparaissaient. Elle s'empara d'un pinceau, déboucha un tube de couleur, comme dans un état second. Puis la sonnette retentit. Ce bruit déconcentra Sweeney, qui pourtant approchait du but. Elle se dirigea vers la porte avec mauvaise humeur.

Kai se trouvait sur le palier, les bras chargés de toiles emballées dans du papier kraft.

— Salut, lança-t-il quand Sweeney lui eut ouvert. Je vous rapporte vos tableaux. Ils viennent de chez l'encadreur.

— Par ici, dit la jeune femme en précédant Kai dans l'atelier.

— Au fait, j'ai vendu vos dernières toiles, déclara-t-il.

— Très bien.

Sweeney dégagea un espace contre le mur, où déposer les peintures.

— Mettez-les là.

Kai s'exécuta, tout en regardant autour de lui. Il contempla les œuvres achevées.

— C'est vraiment beau, remarqua-t-il. Vous allez gagner des fortunes, Sweeney.

— Je l'espère, dit-elle en souriant.

— La lumière est géniale, ici ! s'exclama-t-il.

Le play-boy fit quelques pas vers les fenêtres, jeta un coup d'œil dans la rue, en contrebas. Après quoi, il se retourna et vit le tableau.

Kai blêmit. Il regarda la toile, bouche bée.

— Seigneur ! bafouilla-t-il.

— N'en parlez à personne, l'avertit Sweeney.

La jeune artiste s'agitait sur place, mal à l'aise.

— Quand avez-vous... Avez-vous peint tout cela en une journée et demie ?

Sweeney hésita.

— Non, je travaille dessus depuis plusieurs jours.

— Quoi ? Comment cela ?

— Je...

Elle ne sut que dire. Elle se reprocha d'être à ce point incapable de mentir.

— Si vous éventez la nouvelle, Kai, je vous arrache les cheveux !

— Éventer la nouvelle ? répéta le jeune homme, interloqué.

Son regard allait de Sweeney au tableau. Le séducteur se demandait visiblement s'il ne rêvait pas.

— Je suis voyante, lança Sweeney.

— Quoi ? !

— Des événements m'apparaissent, qui ne se sont pas encore produits. Quand j'aurai fini ce tableau, je saurai qui a tué Candra.

Sweeney fusilla Kai du regard.

— Je vous interdis de parler de cela à qui que ce soit !

Le don Juan recula lentement vers la porte.

— Je ne dirai rien, l'assura-t-il.

— Je suis sérieuse, Kai. Je ne veux pas que la police le sache, du moins pas pour le moment.

Il prit une profonde inspiration.

— Je comprends, déclara-t-il. Je n'avertirai pas les flics, je vous le promets.

A peine eut-il prononcé ces mots qu'il éclata de rire – un rire forcé cependant.

— Et merde, lâcha-t-il. Qui l'eût cru ?

19

— Je l'ai vu, je te le jure !

— C'est impossible. Tu dois te tromper.

— Me tromper à propos d'une chose pareille ? Tu plaisantes ! protesta Kai.

— Je ne crois pas à la voyance. Sweeney avait peut-être déjà commencé ce tableau, mais elle aura ajouté le visage de Candra après avoir appris la nouvelle !

— Elle n'aurait pas pu deviner la façon dont Candra était habillée ce soir-là ! Moi, en revanche, je sais ce qu'elle portait. J'ai vu notre amie à cette fête, tu te souviens ? Or tout correspond, au détail près ! Les escarpins, la robe, les bijoux !

— C'est incroyable. Sweeney aura obtenu ces informations d'une autre façon.

— Elle n'avait aucun moyen de le savoir, persista Kai. Que tu croies ou non à ses dons de médium ne change rien à l'affaire. Ce tableau existe : je l'ai vu ! Il te faut trouver une solution !

— Une solution ? Comment veux-tu que je fasse ? Officiellement, je ne suis au courant de rien ! Toi, par contre, tu vas faire ton devoir de citoyen et aviser la police de cet étrange phénomène. A priori, ils vont la croire coupable. Au pire, la police confisquera le tableau et Sweeney ne pourra pas le terminer.

— Tu ne crois pas que les flics pourraient lui demander de peindre le visage de l'assassin ?

— Et pourquoi l'en prieraient-ils ?

Kai avait le sentiment de s'adresser à un mur. Il s'efforça de conserver son calme.

— Dans un premier temps, ils penseront que Sweeney est coupable. Malheureusement, il n'y a aucune preuve contre elle – hormis cette peinture. Ensuite, elle les convaincra qu'elle dit la vérité. Alors ils n'attendront plus qu'une chose : qu'elle peigne le visage de l'assassin !

— Ils ne pourront pas se servir de cette toile devant un tribunal.

— Non, mais dès qu'ils sauront dans quel sens chercher, tu te doutes bien qu'ils trouveront une preuve pour te confondre.

— Non, je ne le pense pas. Toutes leurs découvertes orienteront leurs soupçons sur quelqu'un d'autre, et tu le sais.

— Et ton visage ? s'exclama Kai, qui perdait patience. Dès que les policiers en auront une image précise, ils montreront ton portrait au concierge, et alors, à ton avis, que se passera-t-il ?

Le jeune homme venait d'ébranler son vis-à-vis. Les deux complices se regardèrent un long moment sans mot dire.

— Tu as raison, Kai. Il faut qu'on limite les dégâts. Je pense vraiment que tu devrais aller la dénoncer. Cela te laverait de tout soupçon. Et puis réfléchis : les flics ne la laisseront pas travailler sur le tableau. Autrement, ils ne pourraient plus s'en servir contre elle ! Ils tiennent une coupable. Ils ne vont pas risquer de la disculper.

— Et s'ils prennent le risque ?

— Dans ce cas, nous opterons pour la solution de rechange. Avec des preuves matérielles, et la bande magnétique comme mobile, tu crois vraiment que les flics accorderaient foi à la peinture d'une cinglée ? Il faudrait qu'il meure, bien sûr, et qu'il laisse une lettre expliquant son suicide. Quelle tristesse.

Kai se détendit. La logique de ce plan le rassurait. Pour la première fois depuis qu'il avait vu la toile dans l'atelier de Sweeney, le jeune homme nourrit l'espoir de sortir indemne de cette histoire.

— Et puis il y a toujours la solution imparable.

— C'est-à-dire ?

— Tuer Sweeney, voyons. Avant qu'elle ne termine le tableau.

En fin d'après-midi, Sweeney eut de nouveau la visite des inspecteurs Ritenour et Aquino. Leur regard froid lui glaça les sangs. Elle devina aussitôt l'indiscrétion de Kai. Quel sale con, pensa-t-elle.

— Miss Sweeney, déclara l'inspecteur Aquino, avec votre permission, nous aimerions procéder à la fouille de votre appartement. Si vous l'exigez, nous pouvons obtenir un mandat dans l'heure, mais les choses se passeront beaucoup mieux si vous coopérez.

La jeune femme soupira.

— Le tableau est dans l'atelier. Je vais aller le chercher.

— Si vous n'y voyez pas d'inconvénient, nous aimerions vous accompagner, dit Ritenour.

Les deux flics lui emboîtèrent le pas.

Elle était tellement fatiguée qu'elle n'en avait cure. Elle se devait de terminer cette toile. Ne pas agir équivalait à laisser un tueur courir. Cela dit, elle n'aurait probablement pas le loisir de travailler durant les heures qui allaient suivre.

— Il est là, dit-elle en se dirigeant vers le tableau.

Les policiers se placèrent derrière Sweeney. De peur, sans doute, qu'elle fît quelque chose de stupide : partir en courant, par exemple. Elle les ignora, tandis qu'ils étudiaient la toile. Sweeney devinait ce qu'ils pensaient.

— Comment se fait-il que vous connaissiez autant de détails ayant trait à ce meurtre ? demanda Ritenour d'un ton neutre.

— Vous ne me croirez pas, répondit-elle, désespérée.

— Essayez toujours.

— Je ne connaissais aucun élément en rapport avec ce crime.

Sweeney demeura immobile, aux aguets, tel le lapin qui sent le loup à l'entrée de son terrier.

— J'ai peint cette toile dans mon sommeil.

Leurs expressions sarcastiques étaient plus qu'édifiantes.

— Nous aimerions que vous nous accompagniez au poste de police, déclara l'inspecteur Ritenour. Nous emporterons ce tableau, en tant que pièce à conviction.

Sweeney ne l'écoutait pas. Elle s'efforçait de maîtriser le sentiment de panique qui la gagnait. Les policiers ne pourraient jamais l'incriminer, puisqu'elle était innocente. Elle se raccrocha à cette idée.

— J'ai peint cette toile dans mon sommeil, répéta-t-elle avec conviction. Il m'arrive d'avoir des crises de somnambulisme. A mon réveil, je m'aperçois que j'ai peint quelque chose pendant la nuit, mais je n'en garde aucun souvenir. Attendez – j'ai fait un autre tableau ! Un marchand de hot-dogs qui a été assassiné il y a quelques jours. Il s'appelait Elijah Stokes. Un témoin a vu un homme s'enfuir. On ne pourra donc pas m'impliquer dans ce meurtre.

Sweeney s'empressa d'ouvrir son placard, de sortir la toile représentant la mort du vieux marchand. Elle évita de regarder ce visage qui avait toujours exprimé la bonté – et qui n'exprimerait plus jamais rien.

Ritenour se saisit du tableau, l'examina d'un air sombre.

— Je n'ai pas suivi cette affaire. Il faudra que nous vérifiions.

Les policiers ne croyaient pas un mot de ce qu'elle racontait. Sweeney comprit soudain qu'on pouvait l'accuser – outre de l'assassinat de Candra – de complicité dans le meurtre de Mr Stokes. A moins qu'elle ne se disculpât, mais comment ? Un frisson lui parcourut l'échine. Elle serra instinctivement ses bras autour d'elle, les frictionna.

— Depuis un an, il m'arrive des choses bizarres, avoua-t-elle.

Les inspecteurs ne lui prêtèrent aucune attention. Ils ne voyaient qu'une explication possible : Sweeney s'était trouvée sur le lieu des deux crimes. Une peur affreuse la saisit. Il lui fallait tenter de convaincre ces policiers, coûte que coûte.

— Allez chercher vos chaussures et votre sac à main, je vous prie, lui ordonna Joseph Aquino.

Sweeney s'exécuta et prit un manteau de surcroît. Les enquêteurs lui lancèrent des regards ébahis. Il avait fait vingt-sept degrés, ce jour-là. Sweeney sentait pourtant un froid glacé s'insinuer dans ses os. Elle lutta contre, en s'efforçant de rester maîtresse d'elle-même.

Aquino s'empara du sac de Sweeney, regarda dedans. Après quoi il le lui rendit et prit son bras.

— Écoutez, dit la jeune femme en gardant son calme. Lorsque nous serons en voiture, surveillez bien les feux.

— Nous respectons toujours les feux de la circulation, ironisa Ritenour, tandis qu'ils escortaient Sweeney dans l'ascenseur.

Ils la firent monter dans une berline banalisée, après avoir mis les tableaux dans le coffre. Sweeney remarqua que les portières arrière étaient dépourvues de poignées. Ignorant tout des procédures policières, elle se demanda si elle se trouvait en état d'arrestation. Dans l'affirmative, on lui proposerait de téléphoner à son avocat. Or la seule personne à qui Sweeney eût envie de parler était Richard. Elle se refusait toutefois à le replonger dans l'ambiance sinistre d'un poste de police.

La circulation devenait plus fluide, les feux passaient au vert à l'approche du véhicule banalisé. Les voitures s'écartaient sur son passage, ou bien bifurquaient dans des rues adjacentes. Les flics n'eurent pas à ralentir une seule fois durant le trajet. Lorsqu'ils arrivèrent devant le poste de police, un break quitta une place de parking, non loin de l'entrée. Aquino poussa un juron étouffé.

Le poste de police grouillait de monde. Sweeney se retrouva happée dans un univers indifférencié de bureaux cubiques, de casiers métalliques, de cris, de jurons, de rires, de policiers armés, de femmes flics en uniformes. On invita la suspecte à s'asseoir sur une chaise bancale, dans une pièce miteuse. Des foules de pensées tourbillonnaient dans sa tête – elle cherchait le moyen de prouver sa bonne foi.

Sweeney fut soudain agitée de frissons. Elle enfila son manteau, se pelotonna dedans. C'était donc bien un stress violent qui provoquait ces crises d'hypothermie, songea-t-elle.

— Miss Sweeney, où étiez-vous durant la nuit d'avant-hier ? l'interrogea l'inspecteur Ritenour, d'un ton froid, tout en la dévisageant.

L'officier de police avait des yeux d'un bleu très pâle et des cheveux d'un blond presque blanc.

— Chez moi, répondit Sweeney, qui claquait des dents. Il se passe des choses étranges dans ma vie depuis un an. Outre le miracle des feux de la circulation, et le fait que des places de parking se libèrent à mon intention, mes plantes fleurissent six fois dans l'année.

— Miss Sweeney, reprit le policier d'une voix dure, est-ce que j'ai l'air de quelqu'un qui pourrait s'intéresser à vos plantes d'appartement ?

Non, pensa Sweeney. Ritenour semblait plutôt s'être retenu d'ajouter un juron devant le mot plantes.

La jeune femme ouvrit la bouche pour évoquer les fantômes, mais se ravisa : cet aveu-là ne ferait qu'aggraver les choses.

— J'ai commencé le tableau il y a plusieurs jours. Je ne saurais dire quand exactement. Un matin, en me réveillant, j'ai découvert que j'avais peint deux souliers durant la nuit. Une chaussure d'homme et un escarpin de femme. Chaque matin, je trouv… trouvais un aj… ajout.

Sweeney se tut : ses dents s'entrechoquaient.

— Voulez-vous du café ? demanda Joseph Aquino.

Elle accepta avec gratitude. Le policier sortit de la pièce et Sweeney reporta son attention sur Ritenour.

— Au bout de-de quelques jours, j'ai com... compris que mon tableau représentait une scène de meurtre, mais je ne... ne pouvais pas sa... savoir qui é... étaient la victime et l'assassin : je n'avais pas encore peint les vi... visages. Hier ma... matin, en me réveillant, j'ai vu qu'il s'agissait de Candra. J'ai tenté de la joindre, de l'a... l'avertir, mais personne n'a répondu à la ga... galerie. Alors j'ai appelé le bu... bureau de Richard et son assistante m'a dit que Candra était m... morte.

Sweeney tremblait violemment. Ses mains avaient viré au blanc, comme si ses veines s'étaient vidées de leur sang.

— Si tout cela est vrai, pourquoi ne pas nous l'avoir dit ce matin ?

Malgré lui, Ritenour s'intéressait à ces curieuses manifestations. Des centaines de personnes s'adressaient à la police à longueur d'année, affirmant détenir des informations sur des crimes qui n'avaient pas encore eu lieu, se prétendant médiums. Ces illuminés espéraient seulement voir leur nom imprimé dans le journal. L'inspecteur Ritenour savait par expérience que ces témoins spontanés étaient le plus souvent coupables des délits qu'ils entendaient dénoncer. Les humains sont vraiment bizarres, songea l'officier de police.

— Je savais que... que vous ne m... me croiriez p... pas.

Sans blague, pensa Ritenour, mais il se maîtrisa. Qu'arrivait-il à cette jeune femme ? Elle paraissait gelée, comme si elle sortait d'une chambre froide. Elle s'emmitouflait dans ce manteau, alors qu'il faisait plus de vingt-cinq degrés dans la pièce ! Pourtant, elle ne simulait pas : elle avait les lèvres violettes.

Le policier fronça les sourcils, puis sortit sans explication. Il croisa Joseph Aquino, qui revenait avec un gobelet de café.

— Notre cliente a un problème, annonça Ritenour à son coéquipier. Elle claque des dents. Je me demande si nous ne devrions pas appeler un médecin et la faire soigner pour hypothermie.

L'enquêteur de police ne plaisantait qu'à moitié.

— Merde, fit Aquino.

Un incident médical obligerait les inspecteurs à reporter l'interrogatoire. Bien sûr, il suffisait que l'artiste demande l'assistance d'un avocat pour qu'ils ne puissent plus la questionner. Cependant, Sweeney n'avait pas souhaité qu'on la défende.

— Le café va peut-être la réchauffer, remarqua Aquino.

Les deux flics regagnèrent la salle d'interrogatoire. Sweeney était restée assise dans la même position, nota Joseph Aquino. Il posa le gobelet de café devant elle. Sweeney ne put le porter à sa bouche : elle tremblait tellement qu'elle en renversa une partie sur la table.

— On a des pailles ? marmonna Ritenour.

Joseph Aquino haussa les épaules, perplexe. Sweeney se réchauffa les mains sur le gobelet, se pencha en avant, aspira du café sans bouger le récipient. Le breuvage sembla la revigorer. Après en avoir bu deux gorgées, elle parvint à soulever sa tasse sans répandre la moitié du liquide.

Ritenour revint à la charge.

— Miss Sweeney, saviez-vous que Mr et Mrs Worth avaient fait établir un contrat de mariage ?

— Non, répondit-elle, abasourdie. Pourquoi l'aurais-je su ?

— Vous fréquentez Mr Worth. Une femme s'inquiète généralement de la situation financière de son amant. A fortiori si celui-ci divorce, et qu'il est en passe de perdre la moitié de ses biens.

— Je… Nous… déclara Sweeney. Notre relation est très récente. Nous n'avons pas…

— Vous estimez le connaître assez pour passer la nuit chez lui, la coupa Aquino. Nombre d'actes et de comportements sont motivés par l'appât du gain, miss Sweeney.

— Richard devait verser une somme d'argent à Candra, dont j'ignore le montant. Mais cela ne pouvait représenter la moitié de ce qu'il possède.

Les policiers acquiescèrent. Ritenour se frotta la mâchoire. Il portait une montre énorme, truffée de boutons. Sweeney considéra l'objet, tandis qu'une idée se faisait jour dans son esprit.

— Quelle heure est-il ? demanda-t-elle.

Ritenour consulta sa montre.

— 18 h 43.

— Je peux vous prouver que j'ai un don de voyance, déclara Sweeney. Vous avez vu la façon dont j'influe sur les feux de la circulation ? Cela se produit chaque fois que j'effectue un trajet en voiture. Mais je crois avoir trouvé un moyen de vous prouver que je suis médium.

— Ah oui ? Lequel ? s'enquit Joseph Aquino.

Les officiers de police paraissaient sceptiques, mais du moins n'avaient-ils pas opposé un refus catégorique à Sweeney.

— Y a-t-il une télévision, ici ? *Jeopardy !* va bientôt commencer.

— Et alors ?

— Alors ce jeu est diffusé en direct. La probabilité que j'aie déjà vu l'émission est nulle. D'accord ?

Ritenour haussa les épaules.

— D'accord.

Sweeney termina son café. Elle frissonnait encore, mais ne claquait plus des dents.

— Et si j'étais capable de deviner les réponses avant les joueurs ? Admettriez-vous alors que j'aie pu peindre ce tableau sans avoir jamais vu le lieu du crime ?

Les officiers de police toisèrent la jeune femme en silence. Sweeney les dévisagea de son côté, d'un air de défi. Aquino désigna la porte d'un mouvement de tête à son collègue. Les deux flics sortirent de nouveau de la pièce. Sweeney se demanda si elle allait tenir le coup.

Les inspecteurs Aquino et Ritenour firent quelques pas dans le couloir.

— Qu'en penses-tu ? s'enquit Joseph Aquino.

— On n'a rien à perdre, Joey. Allons voir *Jeopardy !*

— Et qu'est-ce que cela prouvera ? Que notre demoiselle est très cultivée ?

— Non. Cela prouvera qu'elle est – ou non – voyante. Je trouve la chose intéressante. Nous n'avons pas à croire tout ce qu'elle nous raconte, mais il me semble juste de le vérifier. Le tableau n'est pas la seule pièce à conviction. Le labo est en train d'analyser les fibres. Nous verrons bien si certains échantillons viennent de chez cette fille.

— Je crois que tu as simplement envie de voir *Jeopardy !*

Ritenour leva les yeux au ciel.

— Cela ne prendra pas longtemps. Et comme ça, nous saurons à quoi nous en tenir.

20

Les trois joueurs prirent place sur le podium. La voix off donna leur nom, leur lieu de résidence. Alex Trebek parut, déclara que ces personnes concouraient pour la première fois.

— C'est le numéro trois qui va gagner, affirma Sweeney, à qui on venait de resservir du café.

La jeune femme porta la tasse à sa bouche, en but une gorgée. Elle se trouvait en compagnie des deux officiers de police, dans une pièce jonchée de tasses vides en polystyrène et de canettes usagées. Les sièges en vinyle sur lesquels ils avaient pris place étaient fendillés, le rembourrage en mousse s'échappait des déchirures. Des distributeurs automatiques de boissons, de sucreries et de snacks occupaient une grande partie de l'espace, émettant un ronronnement incessant. L'écran du téléviseur ne faisait que trente centimètres de haut, mais la réception se révélait correcte.

Sweeney et ses compagnons ne restèrent pas seuls bien longtemps. La gent policière, de nature curieuse et fouineuse, ne faillit pas à sa réputation. Les employés qui disposaient de quelques minutes trouvèrent une excuse pour s'introduire dans les lieux. Deux flics en uniformes et trois autres en civil rejoignirent Sweeney et ses deux gardiens.

Alex Trebek énuméra les diverses catégories de questions.

— Inventeurs.

— Cyrus McCormick, dit aussitôt Sweeney.

— Cinéma.

— Steven Spielberg.

— J'aurais pu deviner cela, remarqua un policier en uniforme.

— Alors pourquoi n'as-tu rien dit ? s'enquit un autre flic.

— La ferme ! beugla Aquino.

— Universités.

— Tulane, répondit Sweeney.

La jeune femme crispa sa main sur sa tasse. Il s'avérait plus difficile de trouver les bonnes réponses ici que chez elle. Jusqu'alors l'enjeu avait été nul, tandis qu'à présent elle devait prouver son innocence. Il se pouvait qu'elle ait seulement eu de la chance dans le passé…

— Grands Magasins.

— Five and Dime, déclara-t-elle.

— Mathématiques.

— Nombres premiers.

— Et enfin, Littérature !

— Charlotte Brontë, conclut Sweeney, qui attendit, nerveuse, que la première joueuse se prononce.

Le silence se fit dans la petite pièce. Elle avait deviné juste. L'émission se poursuivit : le miracle se reproduisit chaque fois. De plus, la joueuse numéro trois l'emporta, comme Sweeney l'avait prédit.

— Suivez-moi, dit Joseph Aquino à la jeune femme, qui se leva et sortit, Ritenour sur ses talons.

— Très bien, grommela l'inspecteur Aquino quand ils se furent rassis dans la salle d'interrogatoire. Vous êtes capable de deviner les réponses de *Jeopardy !* Et d'influer sur les feux de la circulation. Je suis impressionné, mais je ne suis pas convaincu. Convainquez-moi !

Sweeney le dévisagea, impuissante.

— Vous convaincre ? Comment ?! J'y crois à peine moi-même ! Je ne saurais vous dire ce qui va arriver demain, ni lire dans vos pensées. Je peins en état de somnambulisme et je vois des fantômes... Oh mince ! s'exclama-t-elle lorsqu'elle croisa le regard des policiers.

Sweeney n'avait pas eu l'intention de mentionner cette particularité-là. Elle n'avait aucun moyen de prouver qu'elle communiquait avec des revenants. Cette information lui avait échappé – la fatigue, sans doute.

— Des fantômes, répéta Ritenour.

— Oubliez ce que je viens de dire.

— C'est cela, oui. Et je vais aussi oublier de manger jusqu'à la semaine prochaine !

Ces paroles réveillèrent l'appétit de Sweeney. Car elle mourait de faim, outre le fait qu'elle grelottait.

— Les revenants ne m'embêtent pas, déclara-t-elle, faussement désinvolte. La plupart du temps, ils ne disent même pas bonjour. Quoique Elijah Stokes m'ait donné le nom de ses fils, afin que je puisse leur envoyer un dessin.

— Elijah Stokes ?

— Le marchand de hot-dogs qui s'est fait tuer. Mon autre tableau prémonitoire. Vous êtes-vous renseigné sur ce meurtre ?

— Je verrai ce que je peux trouver, grommela Ritenour. Un autre district a dû se charger de l'affaire. Dans quel quartier Elijah Stokes a-t-il été tué ?

— Je ne sais pas, répondit Sweeney, mais l'un de ses fils pourrait vous le dire. Ils s'appelaient...

Elle réfléchit.

— Daniel, non. David. David et Jacob Stokes. Ils sont tous les deux avocats.

L'inspecteur Ritenour sortit de la pièce. Sweeney s'appuya contre le dossier de sa chaise et ferma les yeux. Elle se massa les tempes, sentant venir un début de migraine.

— Quelqu'un d'autre a-t-il vu ce tableau ? demanda Aquino. Outre Mr Stengel.

— Sten… Oh, vous voulez dire Kai.

Sweeney n'avait entendu prononcer le nom du réceptionniste qu'en de rares occasions. Elle avait du mal à le mémoriser.

— Et Mr Worth ? Il est venu chez vous. A-t-il vu la toile ?

Ne pas mentionner Richard était une chose, mentir à un policier en était une autre.

— Oui, dit Sweeney, d'une toute petite voix. Richard est au courant depuis le début.

Aquino haussa les sourcils.

— Depuis le début… C'est-à-dire depuis plusieurs jours ?

— C'est exact.

— Je me demande pourquoi il n'a pas jugé utile de nous en aviser.

— Richard ne voulait pas m'impliquer dans cette histoire. Il s'est juré de vous mettre sur la bonne voie dès que j'aurai fini le tableau, et que nous connaîtrons le visage de l'assassin.

— C'est aimable à lui, s'exclama Aquino, furieux. J'ai horreur que des civils décident à ma place de la marche à suivre !

Sweeney frappa la table du plat de la main, en rage.

— Et comment auriez-vous réagi, inspecteur, si Richard était venu vous voir et vous avait dit : « A propos, la femme que je fréquente a un don de voyance, et elle est en train de faire un tableau représentant le tueur » ? Auriez-vous accordé foi à ses déclarations, ou montré le même scepticisme qu'avec moi ?

Joseph Aquino s'appuya sur la table à deux mains et se pencha vers Sweeney, agressif.

— Ce n'est pas mon boulot que de croire tout ce qu'on me raconte !

— Certes, mais c'est votre boulot que de reconnaître la vérité quand elle vous saute aux yeux !

Sweeney se pencha également vers lui, approcha son nez du sien.

A son grand étonnement, il lui dit :

— Jusqu'à présent, je serais plutôt enclin à vous croire.

La jeune femme ne s'attendait pas à cela. Elle retomba sur son siège, interloquée.

— Vraiment ?

— Tout ce que vous avez affirmé s'est révélé vrai, déclara l'inspecteur Aquino. Les feux de la circulation sont passés au vert à notre approche, la place de parking s'est libérée dès notre arrivée au poste, vous avez deviné toutes les réponses de *Jeopardy !* Il ne peut plus s'agir de coïncidences. Je commence à penser que cette histoire de tableau n'est peut-être pas si fantaisiste que cela.

Sweeney ne trouva rien à ajouter. Elle faillit pleurer, puis cette envie se dissipa. Elle était trop épuisée pour fournir un tel effort.

— Il y a une chose qui m'intrigue, avoua Ritenour. Pourquoi n'avez-vous pas demandé l'assistance d'un avocat ?

— Je l'aurais fait, si vous m'aviez arrêtée, répondit Sweeney. Mais je ne suis pas en état d'arrestation, n'est-ce pas ?

— Non, mais si vous n'aviez pas trouvé les réponses à *Jeopardy !*, nous vous aurions mise en garde à vue.

— Dans ce cas, j'aimerais passer un coup de fil.

— Vous voulez appeler un avocat ?

— Non, je voudrais téléphoner à Richard.

Pendant qu'ils attendaient l'arrivée du milliardaire, Ritenour se procura le rapport sur le meurtre d'Elijah Stokes. Ce dossier contenait un croquis de la victime, sur le lieu du crime. Une esquisse identique au tableau de Sweeney. On avait arrêté un voyou de dix-neuf ans. Les taches de sang retrouvées sur sa chemise correspondaient au groupe sanguin du vieillard.

Sweeney avait dû capter ces informations par un canal des plus subtils…

En arrivant au poste de police, Richard dut masquer sa fureur, afin de ne pas s'aliéner les enquêteurs – et de ne pas nuire à Sweeney. Il remarqua tout de suite que son amie était pelotonnée dans son manteau.

Richard Worth serra la main des deux policiers, sans quitter Sweeney des yeux. La jeune femme s'était levée à sa vue. Il se dirigea vers elle, tout en ouvrant la veste de son complet, et la prit dans ses bras. Elle posa ses mains froides sur le dos de Richard, enfouit son visage dans le creux de son épaule. La présence de cet homme, sa chaleur lui apportaient un tel soulagement !

— Tu aurais dû m'appeler plus tôt, murmura-t-il.

— Et vous, vous auriez dû nous parler du tableau hier, remarqua Aquino.

— Si j'avais su que cela éviterait à Sweeney de passer la soirée chez vous, je l'aurais fait.

— Pouvez-vous affirmer que vous avez vu cette toile à divers stades de sa réalisation, et que miss Sweeney l'a commencée plusieurs jours avant la mort de Candra Worth ?

— Absolument, déclara Richard.

Il dévisagea les enquêteurs.

— J'ignore ce que Candra portait ce soir-là, déclara-t-il. Vous, en revanche, vous le savez. Aussi pourrez-vous me dire si sa robe était noire, ses escarpins noirs également, avec un talon orné d'une petite boule dorée.

— Effectivement, dit Aquino.

Sweeney constata que Richard s'était fié à la description qu'elle lui avait donnée de son tableau. En effet, l'homme d'affaires n'était pas revenu chez elle depuis la mort de Candra. Il n'avait donc pu voir la peinture presque achevée.

— Très bien, très bien, dit Aquino, en se frottant les yeux. A moins que vous n'ayez conspiré pour commettre un meurtre, pour Dieu seul sait quelle raison, miss Sweeney est libre.

— Et le tableau ? s'enquit Richard. Voulez-vous qu'elle le termine ?

Il avait serré Sweeney un peu plus fort dans ses bras en disant cela. Il savait qu'elle se préparait des moments pénibles, mais ne voyait pas d'autre solution.

— Quoi qu'il en soit, dit Ritenour après avoir donné son accord à Aquino d'un hochement de tête, le tableau ne saurait être considéré comme une preuve recevable. Reste à identifier l'assassin.

— Et si aucun d'entre nous ne le reconnaît ? s'enquit Sweeney.

— Nous devrions pouvoir le repérer sur la bande de vidéo-surveillance grâce à son signalement. Ce film indique la date et l'heure. En recoupant cette information avec l'heure à laquelle le tueur a paraphé le registre du concierge, nous le tenons.

Richard prit un air pensif.

— Je devrais pouvoir le reconnaître sur la bande vidéo.

— Nous n'y sommes pas parvenus, remarqua Aquino. Nous avons pourtant des photos de tous les messieurs de la liste…

— Quelle liste ? l'interrompit Sweeney.

Ils ignorèrent sa question.

— … le garde non plus. Il a pourtant regardé le film et les photos. Nous recherchons toujours diverses personnes ayant apposé leur signature dans la colonne des visiteurs, mais toutes celles que nous avons retrouvées jusqu'ici ont été disculpées.

— Cette peinture demeure notre meilleure piste, avoua l'inspecteur Ritenour.

Richard acquiesça d'un hochement de tête.

— Je vais rester chez Sweeney cette nuit. Je ne tiens pas à la laisser seule. Kai a sans doute parlé du tableau à tout le monde et l'homme qui a tué Candra doit déjà être au courant. Je vous contacterai dès que Sweeney aura peint le visage du tueur.

Son ton mit les policiers sur leurs gardes.

— N'essayez pas de jouer les héros, monsieur Worth, l'avertit Joseph Aquino. Si d'aventure miss Sweeney devait se trouver en danger, contentez-vous de veiller sur elle. Et laissez-nous appréhender le criminel.

— Protéger Sweeney est mon principal souci, déclara Richard de façon ambiguë.

Edward conduisait la Mercedes, ce soir-là.

— Nous emmenons Sweeney chez elle, dit Richard.

— Très bien, monsieur.

Les inspecteurs Aquino et Ritenour avaient rendu les deux tableaux à la jeune femme. Edward les avait placés à côté de lui, sur le siège passager. Le chauffeur de Richard avait eu un mouvement de recul en les voyant, puis il s'était ressaisi, les manipulant comme de vulgaires paysages.

Lorsqu'ils furent assis sur la banquette arrière, Richard prit la main de Sweeney, passa ses doigts entre les siens.

— Tu as froid, remarqua-t-il.

— J'ai eu peur, expliqua-t-elle en agrippant sa main. Mais j'ai pu surmonter la crise en buvant du café.

— Si tu m'avais appelé immédiatement, tu n'aurais pas eu à en passer par là.

— D'un autre côté, j'ai pu me disculper grâce à *Jeopardy !*

Richard lui lança un regard perplexe.

— *Jeopardy !*?

— Un de mes talents cachés. Je te montrerai un jour.

Leurs mains entrelacées reposaient sur la cuisse droite de Sweeney, que Richard caressait lentement.

— Les parents de Candra et certains de leurs amis sont chez moi, déclara-t-il. Nous avons pris les dispositions nécessaires pour le service funéraire. Les Maxson tiennent à ce que Candra soit enterrée près de chez eux. Edward les reconduira à l'hôtel tout à l'heure. Je prends quelques vêtements, puis je reviens chez toi en taxi.

Sweeney se réjouit de la décision de Richard, qui avait laissé entendre qu'elle pouvait être en danger. Elle avait le sommeil lourd et pouvait ne pas entendre quelqu'un pénétrer par effraction dans son appartement, à moins que les criminels ne fassent une entrée spectaculaire ou qu'ils ne brisent le carreau à côté de son lit.

Comme s'il lisait dans ses pensées, ce qui lui arrivait fréquemment, Richard lui dit :

— Tu as dormi, aujourd'hui ?

— Non. Et toi ?

— J'ai fait une sieste après le déjeuner.

Sweeney lui envia son énergie.

— Tu pourras dormir cette nuit, lui promit-il d'une voix douce.

La jeune femme pressa les doigts de son amant entre les siens, puis lui parla très bas, afin qu'Edward ne l'entende pas.

— Pas toute la nuit, j'espère.

— Je crois pouvoir te rassurer sur ce point.

Richard lui pressa la main à son tour. Sweeney resta ensuite silencieuse et sourit tout le long du trajet.

Il y avait un petit restaurant italien en face de chez elle. Cet établissement était manifestement apprécié par les gens du quartier, qui venaient en nombre acheter des plats à emporter. Kai réussit à obtenir une table près de la fenêtre. Ainsi pourrait-il surveiller les allées et venues dans l'immeuble de l'artiste.

Le play-boy avait accepté de participer au complot visant à assassiner Candra. Sa maîtresse s'était conduite comme une garce avec lui, et se préparait de plus à le renvoyer. Quand Kai s'était vu proposé cent mille dollars, il n'avait pu résister à l'appât du gain. Grâce à cet argent, il allait arrêter de travailler durant quelque temps.

Il aurait entre autres le loisir d'achever ses études artistiques, puis de se faire un nom en tant que peintre. Il ne doutait pas d'avoir du talent. Et il allait désormais bénéficier de l'appui d'une personne influente – et pouvoir exposer dans les galeries les plus prestigieuses de la ville. Il entendait bien vendre ses toiles à prix d'or d'entrée de jeu. Les riches et les snobs prêts à débourser une fortune pour acquérir les œuvres des débutants pullulaient à New York.

Tout allait pour le mieux dans le meilleur des mondes possibles. Jusqu'à ce que Sweeney peigne ce maudit tableau. Lequel ne prouvait en rien la culpabilité de la jeune femme, Kai en restait persuadé, contrairement à son contact. Les flics attendraient qu'elle ait représenté le visage du tueur pour cueillir celui-ci. Il convenait donc d'éliminer Sweeney. Kai agirait à regret – il aimait bien cette artiste. Cependant, il entendait réaliser son rêve. Et détruire quiconque se placerait en travers de son chemin.

Le jeune homme avait attendu que les flics emmènent Sweeney pour tenter sa chance et pénétrer dans l'immeuble en même temps qu'un groupe de locataires rentrant de leur travail. Le concierge, occupé à regarder un feuilleton stupide, n'avait pas levé les yeux de son poste de télévision.

Kai avait ensuite pris son temps pour se repérer et examiner les lieux : le couloir à l'étage de Sweeney n'était pas pourvu de sortie de secours – il fallait descendre à l'étage inférieur en cas d'incendie. Après s'être assuré qu'il ne faisait pas erreur, il avait tenté de s'introduire chez la jeune femme, ce qui ne fut pas chose aisée. Sweeney ayant tiré les deux verrous, il s'était retrouvé contraint de passer par l'appartement de ses voisins. Il avait collé l'oreille à la porte de ces derniers et, devant l'absence de tout bruit, s'était risqué à sonner. Pas de réponse. Par chance, ces gens ne disposaient que d'une simple serrure et dix secondes à peine lui avaient suffi pour la forcer.

Une fois à l'intérieur, il était resté quelques instants aux aguets, s'assurant qu'il n'y avait personne – sous la douche, par exemple. Rassuré, il avait verrouillé la porte

– au cas où les locataires reparaîtraient avant qu'il eût achevé sa tâche.

Il s'était alors rendu dans une petite chambre adjacente à l'appartement de Sweeney. Il avait gagné l'escalier de secours, en passant par la fenêtre, puis, accroupi à côté de l'une des grandes baies vitrées de l'atelier, avait découpé un morceau de verre à l'aide du matériel qu'il avait emporté. Durant tout ce temps, Kai avait feint d'effectuer des vérifications sur les installations de l'immeuble, afin de ne pas éveiller les soupçons d'un éventuel observateur. Après avoir forcé la fenêtre, il avait abaissé l'échelle d'un étage. Quand tout avait été prêt, il n'avait plus eu qu'à ressortir par où il était venu et attendre que Sweeney rentre chez elle.

Il flirta avec la serveuse du restaurant, lut le journal de la première à la dernière page, mit un temps fou à manger ses pâtes. Après quoi, il commanda un dessert et un café. Sa patience fut récompensée à 21 heures, quand la Mercedes de Richard Worth s'arrêta devant chez Sweeney. Les amants en sortirent. Richard récupéra les deux tableaux sur le siège passager, puis entra dans l'immeuble avec sa maîtresse. Quelques minutes plus tard, il ressortait seul, et sans les peintures, nota Kai.

Le jeune homme paya sa note. Il donna un gros pourboire à la serveuse et lui adressa un sourire appréciateur. Il traversa la rue, tourna au coin de l'immeuble et alla se poster à un endroit stratégique depuis lequel on apercevait les fenêtres de l'atelier de l'artiste. La pièce s'illumina mais ne resta allumée que quelques minutes. Elle ne travaillait pas sur le tableau, ce dont Kai se félicita.

Il retourna surveiller l'entrée de l'immeuble. Au bout de vingt minutes, un jeune couple y entra. Le criminel se glissa derrière eux juste avant que la porte ne se referme. Le gardien, qui entendit le bourdonnement du système d'ouverture, leva les yeux sur les deux locataires et se replongea aussitôt dans son émission télévisée, sans voir Kai.

L'opération se déroula comme prévu. Il grimpa sur le toit par l'échelle à incendie et s'y installa. Des bruits de voix et de klaxons lui parvenaient de la rue, en contrebas. Plus il attendrait une heure avancée pour agir, moins il risquerait de se faire repérer. Tout le monde dormirait à poings fermés lorsqu'il réemprunterait l'échelle pour descendre les étages et regagner la rue. Et de toute façon, même si quelqu'un l'entendait, il arriverait trop tard à sa fenêtre pour l'apercevoir.

Et trop tard pour venir en aide à Sweeney.

21

Sweeney était abrutie de fatigue. Une douche chaude la revigora toutefois assez pour qu'elle trouve l'énergie de se préparer à dîner. Après avoir avalé une soupe brûlante et une tartine de beurre de cacahuètes, elle se sentit ragaillardie.

Elle erra dans son atelier, sans prendre la peine d'allumer les spots. Les réverbères et les lumières des immeubles d'en face éclairaient suffisamment les lieux, lui permettant de s'y mouvoir sans risque. Elle s'arrêta devant la peinture de Candra un long moment. A quoi avait bien pu penser ce cinglé, tandis qu'il se tenait au-dessus de sa victime ? Quel genre d'homme était-ce pour se complaire ainsi à contempler la mort qu'il avait donnée ?

Chaque fois que Sweeney tentait de saisir la personnalité de l'assassin, celui-ci se dérobait. Qu'adviendrait-il si elle n'achevait jamais ce tableau ?

Richard revint au bout d'une heure, un sac en cuir à la main. Comme il se retournait pour verrouiller la porte, Sweeney le détailla. Son amant s'était changé. Il portait à présent un jean et un tee-shirt noir. Elle le trouva tellement séduisant qu'elle en oublia sa fatigue. Elle l'avait toujours imaginé ainsi, et non vêtu d'un complet de marque. Ses biceps saillaient sous les manches du tee-shirt et sa mâchoire s'ombrait de bleu. Le milliardaire se révélait être l'homme le plus viril, le plus sexy qu'elle eût jamais vu.

— C'est tout à fait cela, déclara-t-elle, rêveuse, imaginant l'esquisse. Je veux te peindre dans cette tenue. Ne bouge pas !

Sweeney regarda autour d'elle, comme si elle cherchait son carnet de croquis. Mais avant qu'elle ait eu le temps de faire un pas vers l'atelier, Richard l'avait arrêtée et entourait sa taille d'un bras musclé... Il la souleva de terre, la tint serrée contre lui.

— Pas ce soir, ma douce. C'est l'heure du coucher.

Il l'emmena dans la chambre, la portant toujours dans ses bras.

— Je t'aime, lui dit-il tout à coup.

Sweeney cligna des yeux, ensommeillée.

— Moi aussi, murmura-t-elle.

— Je sais.

Il l'embrassa, puis il la remit debout. Sweeney regretta de ne pas avoir de chemise de nuit sexy. Cette nuit, toutefois, elle n'aurait pas besoin de se couvrir : Richard lui tiendrait chaud.

Richard la posa sur le lit, se dévêtit, et la rejoignit aussitôt. Serrés l'un contre l'autre, ils ne tardèrent pas à être envahis par le désir.

— Il faut que tu dormes, dit le milliardaire, dont l'érection contredisait cependant les propos.

Sweeney s'occupa de son sexe avec douceur.

— Viens ! souffla-t-elle.

La tentation était trop forte. Richard lui écarta les jambes et lentement, doucement, lui fit l'amour avec une retenue qui attisa davantage encore la faim qu'ils avaient l'un de l'autre. Le plaisir les submergea, les laissant en sueur, le cœur battant. Sweeney s'assoupit, mais ouvrit un œil quand Richard roula hors du lit.

— Où tu vas ? demanda-t-elle, tendant la main pour lui caresser le dos.

— Aux toilettes, chercher mon sac et éteindre les lumières, répondit-il.

Sweeney pouffa de rire, puis reposa la tête sur son oreiller.

Elle n'était pas totalement endormie quand Richard revint. Elle se nicha dans ses bras et frissonna au contact de l'air frais sur ses épaules nues.

— Je peux mettre ton tee-shirt ? le pria-t-elle d'une voix ensommeillée.

Il se pencha hors du lit, ramassa le vêtement sur le sol.

Sweeney s'assit, l'enfila et se coula de nouveau dans les bras de son amant.

— Voilà, maintenant je peux dormir.

— Il serait temps ! grommela-t-il.

Elle perçut l'amusement dans sa voix. Elle s'endormit, plus rassurée qu'elle ne l'avait jamais été de toute sa vie.

Sweeney se réveilla en sursaut, tendue.

Elle ne pouvait pas avoir dormi plus d'une heure, songea-t-elle. Un bruit l'avait alertée. La jeune femme tendit l'oreille, aux aguets, avec le sentiment d'être un animal pris au piège par un tigre posté à l'entrée de sa grotte. Elle se demanda si cette comparaison était justifiée. Y avait-il un prédateur d'une autre espèce dans l'appartement ?

Elle tenta d'identifier ce bruit, qui ne lui était pas familier. Il s'agissait d'un son étouffé. Un pas ? Un chuintement ? Une fenêtre qui s'ouvre en coulissant ? Non, le bruit venait de l'atelier !

Elle secoua Richard, qui fut aussitôt en alerte.

— J'ai entendu quelque chose ! souffla-t-elle.

Il sortit du lit en silence. Il s'accroupit et, à la lumière d'un réverbère, elle le vit lui faire signe de l'imiter, un doigt sur la bouche.

Sweeney s'efforça de se lever sans appuyer sur les ressorts grinçants du matelas. On n'entendit que le froissement de son corps sur le drap. Elle braqua son regard à l'entrée de la chambre – ils n'avaient pas fermé la porte –, s'attendant à voir surgir une forme sombre. Une silhouette menaçante, peut-être un homme armé…

Richard s'accroupit à côté du petit sac qu'il avait apporté. Il plongea la main dedans, sans cesser de regarder la porte. Lorsqu'il se redressa, la pâle clarté du réverbère se refléta sur un gros revolver, qu'il tenait dans sa main droite. Il attira Sweeney à lui et se plaça devant elle pour la protéger.

Ils avancèrent sans bruit et s'arrêtèrent à un pas de la porte – l'intrus risquait de donner un coup de pied dedans pour l'ouvrir complètement. Là, ils attendirent.

Sweeney n'entendait que le tic-tac de la pendule, qui provenait du salon.

Il semblait que leur visiteur eût disparu. Cependant, Richard ne baissait pas sa garde. Il se trouvait en première ligne et continuait à offrir à Sweeney le rempart de son corps.

Soudain, la jeune femme sentit la présence d'un inconnu sur le seuil de la chambre. Immobile, il scrutait l'obscurité mais, depuis sa place, il ne pouvait voir que le pied du lit. Or le lit était vide ! Allait-il en déduire qu'ils l'avaient entendu et s'étaient réfugiés quelque part dans l'appartement ? Ou bien penserait-il que Sweeney n'était pas chez elle ? Allait-il pénétrer dans la chambre ou…

La porte cogna le mur, avec un grand fracas.

Richard s'accroupit aussitôt. L'ancien Ranger saisit Sweeney par le poignet, l'entraîna à terre avec lui. Une détonation retentit, suivi d'une deuxième, peu après. Sweeney sentit un souffle d'air sur sa peau.

Ses oreilles bourdonnaient et elle respira une odeur de cordite. Elle retrouva néanmoins ses esprits, à temps pour voir leur agresseur s'effondrer dans l'embrasure de la porte. L'homme émit un grognement horrible. Il expira, tel un ballon qui se dégonfle. Puis l'air s'empuantit.

Sweeney eut un haut-le-cœur et ravala la bile qui lui montait dans la gorge.

— Ça va ? demanda Richard, toujours accroupi.

Il pivota pour se tourner vers elle.

— Oui, souffla-t-elle.

Il se releva, se dirigea vers le lit, alluma la lampe de chevet.

Sweeney plissa les yeux, aveuglée, le temps qu'ils s'ajustent à cette clarté soudaine. Richard téléphonait, les yeux rivés sur le cadavre qui gisait par terre.

— Ici Richard Worth, déclara-t-il à son interlocuteur, quel qu'il fût. Kai Stengel vient de pénétrer par effraction dans l'appartement de Sweeney. Il a essayé de nous tuer.

— Kai ?

Sweeney tourna la tête vers leur agresseur. Kai était étalé sur le ventre, le regard fixe. Il baignait dans son sang, lequel avait éclaboussé les montants de la porte et le mur.

— N'aie pas peur, dit Richard. Je l'ai tué. Il est mort.

L'homme d'affaires reposa le combiné. Sweeney se remit sur ses pieds, tremblante. Elle s'apprêtait à se jeter dans les bras de Richard, mais elle se figea. Des ruisselets sombres zébraient le bras gauche et la poitrine de son amant.

— Oh mon Dieu ! Tu es blessé ! s'écria-t-elle.

Il baissa les yeux sur son épaule.

— Juste un peu, dit-il, très calme, en prenant la jeune femme dans ses bras.

Sweeney s'arracha à son étreinte et le força à s'asseoir au bord du lit.

— Tu ne peux pas être « un peu » blessé, rétorqua-t-elle. C'est comme être enceinte : on l'est ou on ne l'est pas. Reste là !

Elle courut à la salle de bains. Elle dut enjamber Kai pour ce faire, mais elle n'hésita qu'un instant : Richard perdait du sang, il lui fallait le soigner.

Elle reparut, munie de sa trousse de premiers secours, ainsi que d'une serviette et d'un gant de toilette. Richard avait enfilé son jean. Il était en train de lacer ses chaussures.

— Je t'avais dit de t'asseoir ! gronda-t-elle.

— Non, tu m'as demandé de rester ici, or je n'ai pas bougé.

Cette voix suave la mit en rage. Richard se rassit toutefois sur le lit et elle put appliquer une compresse sur son épaule.

— Ce n'est qu'une éraflure, déclara-t-il. Je n'aurai pas besoin de points de suture.

Son calme et son détachement surprirent Sweeney. Elle se souvint alors qu'il avait été Ranger, et devina qu'il avait déjà tué. De sang-froid.

Au bout de deux minutes, elle souleva la compresse et constata, soulagée, que la blessure était sans gravité. Les hululements des sirènes de police résonnèrent dans la rue. Quelques secondes plus tard, le bruit s'interrompit. Sweeney se saisit du gant de toilette humide et entreprit de nettoyer l'épaule de son amant. Lequel lui prit le gant des mains.

— Je vais le faire moi-même.

Il glissa sa main libre sous le tee-shirt de Sweeney, lui tapota les fesses.

— Tu ferais mieux de te couvrir un peu, à moins que tu ne veuilles que les flics voient ces jolies fesses !

Sweeney lui lança un regard de reproche, tout en se dirigeant vers la penderie. Richard avait raison cependant : à peine avait-elle enfilé un jean qu'on tambourinait à sa porte. Une fois de plus, elle dut enjamber Kai.

Quatre flics en uniforme se ruèrent dans l'appartement. Sweeney aperçut les voisins, massés dans le couloir tels des charognards. Richard referma la porte et l'entraîna dans la cuisine, afin de ne pas gêner les policiers dans leur travail.

S'ensuivirent des heures tumultueuses. L'inspecteur Ritenour arriva peu après ses collègues, et quelques minutes avant les ambulanciers. Il portait une chemise toute froissée et sa cravate pendait de travers. Richard avait préféré téléphoner à la police plutôt qu'aux urgences.

D'autres flics en uniformes parurent, ainsi que deux médecins légistes, précédés de Joseph Aquino. L'appartement de Sweeney grouillait de monde. Des radios crachotaient de toutes parts.

Richard enjoignit son amie à rester dans la cuisine. Il l'installa dos à la porte, afin qu'elle ne voie pas ce qui se passait derrière elle. Deux médecins examinèrent l'épaule du milliardaire. Ils appliquèrent une solution désinfectante sur l'éraflure, ainsi qu'un bandage. Richard refusa tout autre soin. Il se lava le bras au-dessus de l'évier et effaça les traces de sang qui restaient sur sa peau avec une serviette en papier.

Les inspecteurs Ritenour et Aquino prirent les dépositions de Sweeney et de son compagnon. Les policiers découvrirent peu après le trou que Kai avait percé dans la fenêtre. Le fait que Richard eût agi en état de légitime défense ne fut pas contesté.

— A mon avis, Kai Stengel a également tué Candra Worth, déclara Joseph Aquino. Il aura vu votre tableau par hasard. Cela a dû lui faire un choc. Par chance, vous avez bénéficié de l'effet de surprise. Autrement, il se serait débarrassé de vous sur-le-champ. Il n'a dénoncé l'existence du tableau que pour tenter de vous incriminer.

L'inspecteur Aquino lança un regard sombre à Richard.

— Il est illégal de détenir un pistolet sans permis, monsieur Worth. Du moins dans une ville comme New York.

— J'ai un permis de port d'armes.

— Cela ne m'étonne qu'à moitié. C'est du travail de pro. Une balle en plein cœur. Vous avez suivi un entraînement, n'est-ce pas ?

— J'ai été militaire, répondit Richard.

— Ah oui ? s'étonna Ritenour. Quelle unité ?

— Les Rangers.

L'expression des flics se fit respectueuse.

— Le salopard n'avait pas la moindre chance, remarqua Ritenour.

22

— Tu es au bout du rouleau, dit Richard en prenant le visage de Sweeney entre ses mains.

La jeune femme était blanche comme un linge. Le choc des derniers événements, le manque de sommeil et le stress avaient eu raison de son énergie. Sweeney avait des cernes noirs sous les yeux qui rappelaient des bleus.

— Prends quelques vêtements, lui dit-il. Je te ramène à la maison avec moi.

Joseph Aquino se leva de sa chaise.

— Je vais m'en occuper, monsieur. Cela lui évitera de retourner dans la chambre. Y a-t-il quelque chose dont vous ayez besoin en particulier ?

Elle secoua la tête en signe de dénégation. En temps normal, elle n'aurait jamais laissé un étranger fouiller dans ses affaires, mais pour l'heure, cela l'indifférait. Elle bénit en pensée Joseph Aquino, qui lui épargnait de revoir le cadavre de Kai. Elle doutait de pouvoir jamais remettre les pieds dans sa chambre.

— Il y a un sac sur la dernière étagère de la penderie, expliqua-t-elle. Prenez le nécessaire et mettez-le dedans.

— Il faudra que vous fassiez une déposition, dit Ritenour à Richard, mais cela peut attendre quelques heures. Je vous conseille d'aller dormir. Si toutefois vous y arrivez.

Le policier marqua une pause.

— Les médias vont se ruer sur l'affaire, vous savez.

— Oui, je sais, soupira Richard en se frottant la mâchoire. Y aurait-il moyen de ne pas ébruiter l'histoire du tableau ?

Afin que Sweeney ne devînt pas la proie des médias, entendait-il.

— Peut-être, répondit Joseph Aquino. Je ne vois pas l'utilité d'en parler. Les journalistes considéreront cette affaire comme une histoire d'amour qui a mal tourné.

Les Maxson avaient déjà terriblement souffert de la mort de leur fille. Or la liaison de Candra avec Kai allait être analysée, disséquée et décriée. Publiquement.

— Je me demande pourquoi il l'a tuée, s'interrogea l'inspecteur Ritenour. Il se peut que nous ne parvenions jamais à éclaircir le mystère.

— Si toutefois il l'a tuée, remarqua Sweeney.

Les deux hommes la dévisagèrent. Richard un peu plus longtemps que le policier.

— Qu'est-ce qui vous fait dire cela ? s'enquit Ritenour. Si ce jeune homme n'était pas l'assassin, il ne se serait pas inquiété du tableau. Et pourquoi aurait-il tenté de vous tuer ? Kai n'aurait eu aucun mobile !

Sweeney parut perplexe. Elle n'aurait su dire pourquoi elle avait émis cette hypothèse. Elle essaya de se représenter le visage de Kai, sur son tableau, à la place du tueur, mais pour une raison ou pour une autre, cette image détonnait dans la scène.

Quelques minutes plus tard, Joseph Aquino revenait avec le sac.

— C'est l'une de nos collègues qui l'a préparé, précisa-t-il.

Une façon pudique de laisser entendre à Sweeney qu'il n'avait pas manipulé ses sous-vêtements.

— J'ai pensé qu'une femme saurait mieux qu'un homme ce dont pouvait avoir besoin une autre femme.

— Merci, dit Sweeney.

Elle tendit la main pour prendre son bagage, mais Richard, galant, fut plus rapide qu'elle. Sweeney craignit que la bandoulière ne cisaille son épaule blessée. Si tel était le cas, il se garda toutefois d'en rien montrer.

— Inutile d'appeler un taxi, déclara Ritenour. L'un de nos hommes va vous raccompagner.

Richard accepta d'un hochement de tête et prit Sweeney par le coude.

— Je vous appellerai en fin de matinée.

— Plutôt après le déjeuner, précisa Joseph Aquino en étouffant un bâillement. Je vais essayer de dormir un peu. Je vous conseille de débrancher le téléphone, et de vous reposer le plus longtemps possible.

— J'ai besoin du tableau, observa Sweeney, comme Richard l'entraînait vers la porte.

— Chérie, il n'est pas utile de…

— Il me le faut ! répéta-t-elle, butée.

Elle s'arrêta, forçant Richard à faire de même. Bien que titubant de fatigue, elle tenait absolument à emporter son tableau.

— Il y a des reporters dehors…

— Je vais l'envelopper dans un drap.

Sweeney se rendit dans l'atelier d'un pas lourd et descendit la toile du chevalet. Elle avait toujours un rouleau d'étamine en réserve, dont elle se servait pour nettoyer et couvrir ses toiles. Elle enveloppa la peinture dedans. Richard ne quitta pas sa maîtresse des yeux, la couvant d'un regard inquiet.

Un policier escorta les amants au milieu des journalistes et des badauds massés dans le vestibule de l'immeuble. Des flashs éblouirent Sweeney, des questions fusèrent de toutes parts, mais ni la jeune femme ni Richard ne s'en soucièrent. Quelqu'un reconnut l'homme d'affaires et l'appela par son nom. Richard ne répondit pas, concentrant toute son attention sur Sweeney. Il jura entre ses dents, mais elle seule l'entendit.

Le policier réussit à semer les reporters qui tentèrent de les suivre et parvint sans encombre devant le domicile de Richard. Sweeney serrait sa toile sous son bras. Elle s'arrêta devant les marches, fatiguée par avance à l'idée de les gravir. Sans parler de l'escalier intérieur.

— Allez viens, ma douce, lui lança Richard d'un air enjôleur.

— Je ne suis pas un bébé ! protesta Sweeney. Je vais très bien.

— J'en suis persuadé.

Sweeney ravala son orgueil et s'appuya sur son bras pour grimper les marches.

Une fois chez lui, il verrouilla la porte et rebrancha l'alarme derrière eux.

— Laisse le tableau ici, dit-il.

— Non, je veux l'avoir en haut avec moi !

Il comprit qu'il gaspillerait son énergie à essayer de la faire changer d'avis. Il déposa son sac au pied de l'escalier, puis il souleva Sweeney dans ses bras.

— Ton épaule ! protesta-t-elle, tentant de lui échapper.

— Reste tranquille, sinon tu vas me faire mal !

Sweeney ne bougea plus. Elle dévisagea son amant avec de grands yeux de chouette, tandis qu'il la portait au premier étage. Richard aurait ri si la jeune femme n'avait pas eu l'air aussi épuisé.

Il allongea Sweeney sur le lit, et elle s'endormit avant même qu'il lui eût enlevé ses chaussures.

Il la déshabilla, en lui laissant toutefois son tee-shirt. Après quoi il se dévêtit à son tour, se coucha à côté d'elle et l'attira à lui, se réjouissant qu'elle fût vivante, et entre ses bras.

Le soleil était déjà haut dans le ciel quand elle s'agita. Richard ouvrit un œil, regarda le réveil. 7 h 30.

— Rendors-toi, marmonna-t-il.

Sweeney ne répondit pas. Elle continua à remuer la tête sur l'oreiller, puis repoussa les couvertures. Richard eut alors un moment de panique quand il s'aperçut que sa compagne était endormie.

Sweeney se glissa hors du lit avec une souplesse telle qu'il ne put la retenir. Elle se tint près du lit, les yeux ouverts et l'air éberlué, comme si elle désirait aller quelque part, mais ne connaissait pas le chemin pour s'y rendre.

Richard se leva, passa un bras autour de sa taille et la secoua doucement pour l'arracher à sa transe.

— Réveille-toi, ma douce ! Tu n'as pas besoin de peindre, aujourd'hui.

Il s'écoula plus d'une minute avant que Sweeney ne réponde. Elle cilla, posa sur lui un regard chassieux.

— Quoi ? marmonna-t-elle.

— Tu étais en pleine crise de somnambulisme.

Richard s'était exprimé d'un ton calme. Il la ramena au lit et elle sombra aussitôt dans un profond sommeil. Le milliardaire s'autorisa à somnoler, mais resta sur ses gardes. Sweeney connaissait mal la maison et risquait de se blesser en déambulant dans un état d'inconscience. Chaque fois qu'elle bougea, il la serra un peu plus dans ses bras, la protégeant contre elle-même.

Parce qu'il ne voulait pas la laisser seule, il l'éveilla à 10 h 30. Elle ouvrit à demi les yeux. Elle était de nouveau elle-même, au grand soulagement de Richard.

— Tu as intérêt à m'avoir réveillée pour me faire l'amour, grommela-t-elle. Autrement tu n'as aucune excuse !

Les yeux de Richard étincelèrent. Il lui laissa une demi-seconde pour changer d'avis, puis se coucha sur elle.

— Je plaisan… commença-t-elle.

Il lui coupa le souffle en la pénétrant avant qu'elle ait pu finir sa phrase. Elle poussa un petit cri, vite étouffé sous les baisers de son amant. Ses mamelons se durcirent et son excitation aviva encore plus celle de Richard, dont l'érection devint presque douloureuse.

— Seigneur, lâcha-t-il.

Il jouit presque aussitôt. Il se cambra et tressaillit en même temps qu'il éjaculait. Sweeney laissa échapper un nouveau cri et, serrant ses jambes autour de lui, l'accompagna dans la jouissance.

Ensuite, Richard eut le sentiment d'être une épave humaine : il gisait sur le dos, incapable du moindre mouvement. Sweeney remua la première. Elle repoussa ses cheveux, s'assit au bord du lit.

— Ce n'est pas juste, se plaignit-elle d'un ton accusateur, mais qui masquait mal son contentement. Tu as été trop vite. J'attends que tu recommences.

— Tu peux toujours rêver ! parvint-il à articuler en souriant. Ce soir, peut-être.

— Je prends note.

Sweeney bondit du lit. Elle enleva son tee-shirt et se dirigea vers la salle de bains. Le spectacle de son derrière rebondi suffit pour le tirer du lit et il s'empressa de la rejoindre sous la douche.

Sachant qu'il lui faudrait affronter une horde de journalistes au poste de police, Richard mit un costume et une cravate. S'ils n'avaient pas encore été ennuyés, c'était probablement parce que le numéro personnel de Richard ne figurait pas dans l'annuaire. Cependant, un reporter futé pouvait l'obtenir sans peine. Richard songea que le téléphone, au rez-de-chaussée, devait sonner sans discontinuer.

Il appela Tabitha par l'interphone – et découvrit qu'il avait deviné juste.

— Dites-leur que je ferai une déclaration au poste de police dans deux heures. Et que vous ne savez rien d'autre.

— Ce qui est effectivement le cas, remarqua Tabitha, ironique.

— Et puis prenez votre temps pour déjeuner, ajouta Richard.

— Avec plaisir ! s'exclama son assistante.

Il appela ensuite Edward et le pria d'avancer la voiture. Après quoi il embrassa Sweeney. La jeune femme avait enfilé un jean et un sweat-shirt, comme de coutume. Assise en tailleur sur le lit, elle le dévisageait.

— J'aurai mon téléphone portable sur moi, dit Richard.

— J'ai laissé le numéro à la maison.

Il le lui griffonna sur un bloc.

— Si le téléphone sonne, ne décroche pas, lui conseilla-t-il. Si je veux te joindre, je raccrocherai après la première sonnerie, et je rappellerai aussitôt après.

— D'accord, dit Sweeney.

— J'espère que cela ne prendra pas trop de temps. Je rentrerai le plus tôt possible.

— Pourquoi es-tu si inquiet ? Kai est mort.

La chose lui paraissait irréelle, comme si une autre personne avait vécu ce cauchemar à sa place.

Richard la fixa longuement.

— Je ne tiens pas à prendre le moindre risque, Sweeney.

Elle se rappela alors l'espace vierge sur son tableau. Le visage du tueur ne lui était toujours pas apparu.

— Je serai prudente, promit-elle.

Richard était parti depuis une heure quand son assistant appela Sweeney par l'interphone.

— Nous allons déjeuner, voulez-vous que je vous ramène quelque chose ?

— Non merci. Je trouverai bien de quoi grignoter.

— Dommage que Richard ait donné sa journée à Violet. Elle fait des omelettes délicieuses !

— Je me débrouillerai seule, assura Sweeney.

Après tout, elle en avait l'habitude.

Elle fit griller un toast et se prépara un œuf brouillé qu'elle accompagna d'une tasse de café. Ce repas, aussi frugal fût-il, lui prit un temps fou, car il lui fallut d'abord chercher le grille-pain et la cafetière, qui ne se trouvaient pas sur le comptoir – là où ce type d'appareils est censé demeurer.

Après avoir mangé, Sweeney ne sut que faire d'elle-même. Si elle avait été chez elle, elle aurait travaillé, mais cela lui était impossible dans la maison de Richard. Elle explora les lieux, passa la tête derrière chaque porte. Elle finit par revenir à son point de départ : la chambre. Sweeney se sentait moins fatiguée que la veille, mais elle manquait encore de sommeil. Elle s'apprêtait à dormir un peu quand ses yeux tombèrent sur le tableau emballé que son amant avait posé, debout, sur une chaise.

Étant donné ce qui s'était passé, elle hésita à défaire le papier. Elle ne tenait pas à contempler de nouveau le même spectacle horrible. Une pulsion irrépressible l'obligea toutefois à découvrir la toile.

Rien n'avait changé. L'espace blanc, sur le tableau, la narguait autant que la veille. La jeune artiste, qui emportait toujours des fusains dans son sac à main, s'efforça d'esquisser le portrait de Kai. Elle n'y parvint pas. Le play-boy avait des cheveux noirs, brillants. Or la chevelure qui apparaissait à Sweeney était… d'un autre genre.

Elle recula d'un pas et contempla son tableau. Les lignes au fusain semblaient grossières sur une peinture d'une telle netteté, mais le dessin était lisible. L'assassin avait les cheveux clairs et raides, et une jolie coupe au carré. Cette coiffure rappelait quelqu'un à Sweeney, sans qu'elle parvienne à l'associer à un visage.

Soudain, elle se figea, puis se rua sur le téléphone.

Richard répondit immédiatement. Sweeney perçut des bruits derrière lui. Sans doute était-il entouré de journalistes.

— C'est une femme ! déclara-t-elle d'une voix tremblante.

— Quoi ? !

— C'est une femme, Richard ! J'ai dessiné les cheveux – juste une esquisse, mais je suis sûre de moi. Et… j'ai déjà vu cette coiffure.

— Merde ! cracha-t-il. Je n'aurais jamais pensé… Il faut que je prévienne Aquino ! Les flics cherchent un coupable sur la vidéo de surveillance. Ferme la porte à clé, Sweeney, et n'ouvre à personne jusqu'à ce que je rentre !

— Je n'ouvrirai... commença-t-elle, avant qu'un bruit la fasse sursauter.

— Sweeney !

— Je crois que j'ai entendu quelque chose, dit-elle. En bas !

— Les portes sont verrouillées ?

— Oui, bien sûr.

— Où sont Tabitha et Martin ?

— Partis déjeuner.

— Merde !

L'inquiétude de Richard était manifeste.

— Ferme la chambre à clé, chérie. Pousse des meubles contre la porte. Tout ce qui te permettra de gagner du temps, tu comprends ?

— Oui.

— Ne raccroche pas. Je reste en ligne et j'arrive !

Sweeney posa le combiné, puis sortit de la chambre. Elle doutait d'elle-même, tout à coup. Et si elle avait simplement entendu Tabitha et Martin rentrer ? Le couloir était désert, de même que l'escalier.

La jeune femme marcha jusqu'à la rambarde sur la pointe des pieds, ne vit personne dans le vestibule.

Puis elle perçut un bruit étouffé qui semblait provenir de la cuisine.

Le personnage de son tableau lui vint à l'esprit, et elle se souvint du couteau dans la main gantée. On venait de tirer une lame du râtelier de la cuisine !

Une tête blonde parut, au rez-de-chaussée.

Margo McMillan !

Sweeney recula brusquement, la peur au ventre. Elle tituba en direction de la chambre, sans se soucier du bruit qu'elle faisait, et claqua la porte derrière elle. La clé tourna sans difficulté dans la serrure. Elle tira une chaise, la coinça sous la poignée. Le meuble était léger cependant. Allait-il résister à une bonne poussée ? Margo McMillan était mince, mais musclée. De plus, une porte intérieure n'a pas l'épaisseur ni la solidité d'une porte d'entrée.

— Merde, merde, merde ! gémit-elle en saisissant le téléphone. Richard !

— Je suis là.

Il paraissait à bout de souffle. Le bruit d'une sirène noyait presque entièrement sa voix. Sweeney espéra qu'il se trouvait dans une voiture de patrouille.

— C'est Margo !

Elle se mit tout à coup à claquer des dents, secouée tout entière par un frisson.

— Ma... Margo McMi... Millan. Elle est là !

— Dans la maison ? s'enquit Richard, masquant son inquiétude.

— Oui. Elle a pris un couteau de cuisine ! La porte est verrouillée, mais...

— Enferme-toi dans la salle de bains si nécessaire. Enroule des serviettes autour de tes bras. Utilise tout ce que tu trouveras pour entraver ses mouvements ! Lance des serviettes sur le couteau – cela la gênera. Vaporise-lui du déodorant dans la figure. Il y a des armes dans la salle de bains, chérie. Il faut que tu t'en serves pour te défendre !

— Je comprends, dit Sweeney, qui n'osait pas parler trop fort.

Avec le vacarme de la sirène, Richard l'entendait à peine.

Le bouton de la porte tourna, puis il y eut un bruit de lime : Margo McMillan forçait la serrure ! Sweeney reposa le téléphone et se précipita dans la salle de bains.

La serrure n'était pas plus sécurisante que celle de la chambre. Sweeney se munit du flacon de déodorant et, suivant les conseils de Richard, protégea chacun de ses bras avec une serviette de toilette. Elle avait encore en mémoire les blessures de Candra.

La porte de la chambre céda et la chaise bascula. Margo McMillan pénétra dans la pièce sans prononcer un seul mot, la lame du couteau étincelant dans sa main.

Sweeney empoigna une grosse serviette et se jeta sur elle de tout son poids, dans l'espoir de la déséquilibrer. Mrs McMillan protesta, comme le drap de bains entravait la mobilité de son bras. Elle frappa malgré tout. Le couteau traversa l'éponge épaisse et Sweeney sentit la brûlure du métal tranchant sur son bras.

Elle ne savait pas se battre. Elle se contorsionna donc pour éviter le poignard et, sans réfléchir, écrasa son poing dans la figure de Margo, qui se mit à saigner du nez. Sweeney lut la stupeur dans les yeux de l'épouse du sénateur, qui refusait de croire qu'on eût osé la frapper. Révoltée par ce monstre, la jeune femme la cogna de nouveau, de toutes ses forces. Puis encore, et encore, les pieds rivés à la moquette. Sweeney usait d'une vigueur renouvelée à chaque assaut, obligeant Margo à reculer.

— Salope ! s'écria la folle assassine en essayant de lever son arme.

L'escalier ! songea Sweeney, qui portait des coups toujours plus violents à son adversaire, dans le but de l'acculer à la rampe. La lame troua la serviette enroulée autour de son bras gauche. La douleur, fulgurante, décupla les forces de Sweeney. Elle s'entendit crier comme une furie, tandis qu'elle projetait tout son poids contre la meurtrière. L'espace d'un instant, celle-ci eut un regard incrédule, avant de basculer par-dessus le garde-fou et de s'écraser sur les ardoises du rez-de-chaussée.

Sweeney se laissa tomber à quatre pattes, le cœur battant à tout rompre. La jeune femme crut durant un bref moment qu'elle allait s'évanouir. Du sang ruisselait de son épaule droite et maculait la serviette. Il allait lui falloir des points de suture. Chose absurde, cette idée l'irrita. Elle pensa à la douleur que cela lui procurerait et ses lèvres se mirent à trembler.

Ce petit tremblement l'avertit qu'elle était au bord de l'hystérie. Elle inspira profondément, s'efforça de rassembler ses idées. Au bout d'un moment, un léger mieux se fit sentir et elle s'assit sur le sol, sans toutefois pouvoir se résoudre à regarder par-dessus la rampe. La chute de Margo avait produit un bruit à la fois sourd et mouillé.

Richard ! Ce nom s'imposa à Sweeney, la galvanisa. Elle trouva assez d'énergie pour se relever, pour courir – en trébuchant – jusque dans la chambre, jusqu'au téléphone.

L'appareil lui échappa à moitié, puis elle se cogna la pommette avec.

— Merde, marmonna-t-elle.

Sweeney n'avait pas encore collé le combiné contre son oreille qu'elle perçut le rugissement de Richard.

— SWEENEY !

— Tout va bien, le rassura-t-elle à la hâte. Enfin, presque. Margo a basculé par-dessus la rampe de l'escalier. Je n'ai pas encore regardé.

— Ne regarde pas ! lui conseilla-t-il d'une voix étranglée. Mon Dieu, Sweeney…

Richard s'interrompit. Il respirait difficilement.

— Nous serons là dans cinq minutes. D'autres voitures de patrouille sont en route. Tu es blessée ?

— Un peu, oui. Quelques entailles sur le bras, rien de sérieux.

Du moins l'espérait-elle. Elle n'avait pas constaté les dégâts et, pour l'heure, s'efforçait de supporter la douleur.

— Je vais raccrocher, d'accord ? dit-elle. Je crois que je vais vomir.

Sweeney n'attendit pas la réponse et interrompit simplement la communication. Elle baissa la tête entre ses genoux et prit de profondes inspirations, luttant contre la nausée.

Il y eut un bruit, très faible. Sweeney douta d'abord d'avoir entendu quelque chose, mais elle releva la tête d'un coup, les tempes battantes, prête à reprendre le combat. Cependant, il n'y avait personne alentour. Elle tendit l'oreille et perçut alors d'autres bruits : des plaintes sourdes, provenant du rez-de-chaussée.

La jeune femme sortit de la chambre sur la pointe des pieds et marcha jusqu'à la rambarde de l'escalier. Elle se pencha par-dessus. Margo McMillan gisait sur le ventre, la jambe gauche repliée sous son torse. Une fracture ouverte hérissait sa cuisse d'arêtes osseuses gris pâle. Elle remua faiblement et essaya de se retourner. Un nouveau gémissement retentit dans la maison.

Sweeney descendit l'escalier, les jambes flageolantes. Bien que l'épouse du sénateur eût tenté de la tuer, elle ne se sentait pas le droit de l'abandonner à son triste sort. Vu la gravité des blessures de Margo, toutefois, elle se demandait en quoi elle pourrait lui être utile.

Sweeney s'agenouilla auprès de la meurtrière, qui posa sur elle un regard embrumé.

— Je suis tombée, souffla Margo.

— Ne parlez pas. Les secours arrivent…

— Je veux vous… raconter. Que quelqu'un sache.

Margo toussa ; du sang perla à ses lèvres et goutta sur les dalles.

— Candra… Candra faisait chanter… Carson. Il fallait que je l'empêche de… continuer. Kai avait une… clé de… son appartement. J'ai… loué un quatre pièces dans… dans l'immeuble et je l'ai attendue.

Margo gémit, toussa de nouveau.

— Je n'ai… pas réussi à… trouver les bandes magnétiques ni les… photos. J'ai mis les vêtements… de Carson… pour qu'on l'accuse… ensuite. Le sang de Candra… sur les chaussures de Carson. Et puis vous… avez peint…

Sweeney comprit.

— Kai a vu le tableau et vous a avertie, déclara-t-elle.

— Il était si… beau, murmura Margo, dont le regard se brouilla. Je… l'aimais. C'est idiot. J'étais assez… vieille pour être… sa mère. A cause de Carson… il est mort. Dites-leur… Dites-leur pour Carson. Trouvez… les photos.

Les lèvres de Margo se contractèrent en un rictus amer.

— Épinglez-le !

— Vous pourrez le leur dire vous-même, s'empressa d'affirmer Sweeney.

Cependant, les yeux de Margo devenaient vitreux et son visage s'affaissait. Quelques instants plus tard, ses poumons exhalèrent leur dernier soupir.

Le bruit d'une sirène sembla se rapprocher, puis devint de plus en plus audible. Sweeney se releva, comme hébétée. Elle s'en fut ouvrir la porte, tandis que deux voitures de patrouille s'arrêtaient devant la maison dans un crissement de pneus.

La jeune femme était assise sur la dernière marche de l'escalier quand Richard, suivi des inspecteurs Ritenour et Aquino, fit irruption dans l'entrée. Le teint livide et les traits tirés, le milliardaire dévisagea Sweeney et se dirigea vers elle, sans accorder un seul regard à Margo. Il se baissa, souleva Sweeney dans ses bras, la serra contre lui.

— Je l'emmène à l'hôpital ! déclara-t-il d'une voix rauque.

Son corps était agité de tremblements.

— L'ambulance arrive dans une minute, remarqua Aquino.

Richard l'ignora et sortit, Sweeney dans ses bras. La jeune femme cligna des yeux, aveuglée par le soleil. La Mercedes était garée derrière les voitures de patrouille. Richard s'installa à l'arrière avec son amie sur ses genoux. Il aboya ses instructions au chauffeur.

Sweeney voulut faire part à Richard des aveux de Margo McMillan, mais il lui mit un doigt sur la bouche.

— Cela ne m'intéresse pas, déclara-t-il. Je veux seulement te serrer contre moi. J'ai eu si peur…

Sa voix se brisa et il enfouit son visage dans les cheveux de Sweeney.

Richard resta avec Sweeney tandis qu'on recousait ses blessures. La coupure sur son avant-bras gauche requit vingt-quatre points de suture. Par chance, les entailles n'avaient pas été assez profondes pour endommager des nerfs ou des tendons.

— C'est grâce aux serviettes éponge, expliqua Sweeney à Richard d'une voix blanche.

L'artiste commençait à subir le contrecoup de sa mésaventure.

— Si tu ne m'avais pas dit de me protéger les bras...

— Je vais vous prescrire un antalgique, déclara la doctoresse en descendant de son tabouret.

Elle sourit à Sweeney.

— Vous irez voir votre médecin dans une semaine, pour qu'il retire les fils.

Richard souleva la jeune femme de terre, la porta dans ses bras.

— Je t'aime, chuchota-t-il d'une voix émue. J'ai eu si peur de te perdre ! Veux-tu m'épouser ?

La question déconcerta presque autant Sweeney que l'agression de Margo.

— T'épou... t'épouser ? bafouilla-t-elle.

— Oui, te marier avec moi.

Richard prit le visage de Sweeney entre ses mains et plongea dans ses yeux un regard implorant, sincère.

— Je sais que tu hésites à t'engager, ma chérie. Et je comprends pourquoi. Mais je ne t'empêcherai jamais de créer, je te le promets. J'ai entrepris de liquider mes affaires. J'aimerais quitter New York. Acheter un ranch quelque part, mais si tu...

— Où ? s'enquit Sweeney, l'interrompant.

— Je n'ai pas encore décidé, répondit Richard. Dans le Sud peut-être, ou alors dans le Sud-Ouest. Mais si tu préfères rester à New York, j'oublie ces projets de déménagement.

— Si c'est une région où il fait plus chaud qu'ici, je suis partante, le coupa-t-elle de nouveau. Quelques palmiers seraient même les bienvenus.

Richard sourit.

— Tic-tac, tic-tac, le taquina alors Sweeney.

— Qu'y a-t-il ?

— Mon horloge biologique. Je crois qu'elle marque un temps d'arrêt.

L'expression de Richard changea. Il couva Sweeney d'un regard à la fois ému et fier.

— Tu en es sûre ? demanda-t-il, d'une voix vacillante.

— Je suis terrifiée, avoua Sweeney qui venait d'envisager les conséquences de son état. Vu mes antécédents, il se peut que je ne sois pas douée pour la maternité, mais je suis sûre d'une chose…

Sweeney déglutit.

— Je te veux comme mari. Et je veux des enfants de toi.

Richard eut un petit rire.

— Alors c'est génial !

Épilogue

Un an plus tard.

Richard leva les yeux de son livre.

— A quelle heure es-tu née ? demanda-t-il, curieux.

Sweeney lui lança un regard suspicieux.

— Qu'es-tu en train de lire ?

— Réponds simplement à ma question, ma douce.

— Je ne sais pas exactement. Peu après le coucher du soleil, je crois. En tout cas, c'est ce que m'a raconté ma mère. Pourquoi ?

Richard sourit et brandit un livre dont Sweeney lut le titre : *Fantômes et autres esprits.*

— Et alors ?

Son mari baissa les yeux et cita l'auteur, d'une voix suave :

— Ceux qui sont nés au crépuscule, certains jours de l'année, auront des pouvoirs surnaturels et la capacité de communiquer avec les esprits.

CHEZ LE MÊME ÉDITEUR

Mary Jane Clark

PUIS-JE VOUS DIRE UN SECRET ?

Un présentateur vedette de journal télévisé qui se suicide sans raison apparente…

Une future « First Lady » impliquée dans une relation inavouable…

Une jeune journaliste qui ne se console pas de la mort de son mari…

Et un tueur insaisissable.

Autant de personnages pris dans l'engrenage du secret et du mensonge, sur fond de chasse au scoop et de campagne électorale.

Autant d'ambitions contrariées, de trahisons, de rivalité.

Autant de raisons de basculer dans la vengeance et le meurtre.

Productrice à CBS News, Mary Jane Clark s'est imposée, avec ce premier roman comme une rivale sérieuse de… Mary Higgins Clark en personne, sa propre belle-mère. Elle réside dans le New Jersey, près de New York.

Traduit de l'américain par François Thibaux

« Du suspense, des rebondissements et une intrigue du tonnerre… »

Mary Higgins Clark

ISBN 2-84187-204-1 / H 50-2383-3 / 308 p. / 15,95 €

Mary Jane Clark

VOUS PROMETTEZ DE NE RIEN DIRE ?

Dans la salle des ventes de Churchill's, la tension est à son comble. L'un des plus célèbres bijoux de la collection Fabergé, l'« Œuf de lune », que l'on croyait disparu avec la famille impériale russe, est mis aux enchères.

Un million de dollars… deux millions… trois millions… Au fond de la salle, Faye Slater, la journaliste vedette de KEY News, retient son souffle : cette vente est l'occasion inespérée de sortir sa carrière de l'impasse où elle se trouve.

Mais le monde des médias et la monde de l'art ont un point en commun : les apparences trompeuses. Au moment où le marteau du commissaire-priseur s'abat, un artisan joaillier de Little Odessa, le quartier russe de Brooklyn, est assassiné…

Traduit de l'américain par François Thibaux

« Mary Jane Clark a ficelé un scénario au suspense efficace, qui nous entraîne dans une course aux œufs des plus haletantes. »
Le Matin

ISBN 2-84187-257-2 / H 50-2468-2 / 264 p. / 15,95 €

Mary Jane Clark

VOUS NE DEVINEREZ JAMAIS !

C'est le grand soir. Deux adolescents franchissent les grilles du parc d'attractions. Le responsable de la grande roue leur a promis, à la fermeture, un tour gratuit. Ils s'installent, ferment les yeux. Quand la grande roue redescend, la place de l'un des enfants est vide…

Trente ans plus tard, la présentatrice vedette de KEY News, qui s'apprêtait à diffuser un reportage sur l'affaire, fait une chute mortelle. Pour Laura Walsh, qui réalise les notices nécrologiques de l'émission, il existe forcément un lien entre les victimes. Elle va tout mettre en œuvre pour le découvrir.

Mais qui sait si, dans l'ombre, sa propre « nécro » n'est pas en train de s'écrire…

Traduit de l'américain par Emmanuel Dazin

« Une intrigue lancée à toute allure sur des montagnes russes, qui laisse le lecteur haletant. »

Le Matin

ISBN 2-84187-323-4 / H 50-2557-2 / 288 p. / 18,50 €

Lisa Gardner

JUSQU'À CE QUE LA MORT NOUS SÉPARE

Tess croyait avoir trouvé le mari idéal en la personne de Jim Beckett, un policier jouissant d'une excellente réputation dans la petite ville de Williamstown, Massachusetts.

Mais deux ans après leur mariage, elle découvre l'horreur : son époux a tué, dans des circonstances effroyables, plusieurs femmes. Tess n'a pas d'autre choix que de le dénoncer à la justice.

En attendant d'être jugé, Jim est placé dans un quartier de haute sécurité. Le jour où, tuant deux gardiens, il parvient à s'évader, il n'a plus qu'une idée en tête : retrouver celle qui l'a trahi. Et lui rappeler qu'ils sont unis, quoi qu'il arrive, jusqu'à ce que la mort les sépare...

Diplômée de l'université de Pennsylvanie, consultante dans un cabinet d'audit, Lisa Gardner vit à Boston.

Traduit de l'américain par Sophie Dalle

« Aucun répit au lecteur pour un thriller digne du *Silence des agneaux.* »
La Marseillaise

ISBN 2-84187-121-5 / H 50-2283-5 / 308 p. / 19,95 €

Lisa Gardner

LA FILLE CACHÉE

Mélanie Stockes, née d'un père criminel ? La fille du docteur Stockes, honorablement connu à Boston, aurait pour géniteur un homme qui, pour avoir tué six enfants, a été condamné à mort et exécuté !

Lorsqu'un journaliste de la presse à scandale fait cette révélation à la jeune femme, Mélanie refuse de prêter foi à ses propos. Cette histoire est tellement incroyable… et terrifiante. Pourtant, tout semble concorder : le meurtrier avait laissé derrière lui une fillette amnésique de neuf ans, âge auquel, cette année-là, Mélanie fut adoptée par un médecin.

Bientôt, menaces et appels anonymes parviennent à Mélanie, qui se confie au FBI. Le jour où le journaliste est retrouvé mort dans des circonstances mystérieuses, elle comprend que son désir de connaître la vérité sur son passé risque de mettre en péril, au-delà de sa raison, sa vie même…

« Un roman aux multiples rebondissements qui masquent un coup de théâtre magistral. Vous veillerez tard dans la nuit »

Mystery New

Traduit de l'américain par François Tétreau

ISBN 2-84187-312-9 / H 50-2547-3 / 408 p. / 19,95 €

Susanna Moore

A VIF

Fiona, la trentaine, est enseignante à l'université de New York. Spécialiste en linguistique, elle se passionne pour les rites et les langages des adolescents, et prépare un ouvrage sur l'argot de Rhode Island.

Un soir, alors qu'elle prend un verre avec un de ses élèves dans un bar, elle est témoin des ébats d'un couple dans l'arrière-salle. Quelques jours plus tard, la femme est retrouvée assassinée dans le voisinage. Fascinée par l'ambiance de violence et d'érotisme qui baigne cette affaire, Fiona suit de près l'enquête – et devient la maîtresse de l'inspecteur Malloy.

Mais les événements se précipitent : Pauline, la meilleure amie de Fiona, est assassinée à son tour. Et le meurtrier pourrait bien s'intéresser à cette jeune femme trop curieuse, dont les fantasmes ressemblent si étrangement aux siens...

Susanna Moore a travaillé dans la mode et le cinéma – elle a été l'assistante de Warren Beatty et Jack Nicholson – avant de diriger des ateliers d'écriture à Yale et à l'université de New York.

Traduit de l'américain par Anne Sauvêtre

« C'est chaud, fascinant, dérangeant... mais toujours remarquablement bien fait. »

Encore

ISBN 2-84187-077-4 / H 50-2210-8 / 220 p. / 16,95 €

Ouvrage composé
par Atlant' Communication
aux Sables d'Olonne (Vendée)

Impression réalisée sur CAMERON par

BRODARD & TAUPIN

GROUPE CPI

La Flèche
en mai 2002
pour le compte des Éditions de l'Archipel
département éditorial
de la S.A.R.L. Écriture-Communication

Imprimé en France
N° d'édition : 481 – N° d'impression : 13102
Dépôt légal : mai 2002